5

원심력과 구심력

붉은 지게 5

펴낸날 2021년 7월 9일

지은이 강기현
펴낸이 주계수 | **편집책임** 이슬기 | **꾸민이** 이슬기

펴낸곳 밥북 | **출판등록** 제 2014-000085 호
주소 서울시 마포구 양화로 59 화승리버스텔 303호
전화 02-6925-0370 | **팩스** 02-6925-0380
홈페이지 www.bobbook.co.kr | **이메일** bobbook@hanmail.net

© 강기현, 2021.
ISBN 979-11-5858-800-7 (04810)
      979-11-5858-775-8 (세트)

역사장편소설

붉은 지게

강기현

5
원심력과 구심력

평범하게 열심히 살았던
비범한 사람들의 역사

원심력과 구심력

고뇌

　지구가 태양 주위를 공전하며 안정된 궤도를 돌 수 있는 까닭은 원심력과 구심력이 균형을 이루기 때문이다. 만약 지구가 태양을 벗어나려는 원심력이 조금만 더 커지면 지구는 궤도를 벗어나 태양계 바깥으로 날아가 버릴 것이다. 반대로 태양이 지구를 당기는 구심력이 조금만 더 커지면 지구는 태양 속으로 빨려 들어가 버릴 것이다.

　지구도 태양과의 사이에 원심력과 구심력이 서로 균형을 이루고 있기에 안정된 궤도를 유지하며 아름다운 타원운동을 하고 있다. 그런 면에서 균형이란 단어는 우주가 존재하는 본질적인 진리일지도 모른다.

　우주 속의 균형이 깨질 때 항성과 행성 사이에 혼란이 일어나듯이 인류 사회에 있어서도 국가 간이나 개인 간의 세력균형이 깨어지면 충돌이 일어나서 평화는 깨어지고 그에 따른 비극은 그 누구도 감당할 수 없을 만큼 큰 아픔을 가져올 수도 있을 것이다.

당숙의 그 길고 긴 이야기가 나에게 던진 충격파는 내 마음에 지진을 일으킬 만큼 요동쳤다. 내 머리에는 할아버지가 맴돌고 내 가슴에는 불쌍한 아버지가 통곡하고 계신다. 왜 할아버지는 아버지의 원수를 용서하셨는가? 그런 할아버지가 왜 마지막 순간까지 아버지의 병원 치료를 거부하셨는가? 아! 도대체 뭐가 뭐란 말인가.

　아버지의 마지막 고통스러운 모습이 내 가슴을 찢는다. 동시에 그 젊은 나이에 청상과부 되어 고생고생하며 살아온 나의 어머니 생각이 갑자기 떠올라 가슴이 먹먹하니 메어 온다.

　아버지가 치안대에 끌려가 그 모진 고문을 받는 모습이 떠올라 눈을 뜰 수가 없다. 도대체 공산주의란 무엇이기에 인간이 어떻게 한순간에 짐승처럼 돌변할 수 있단 말인가. 자기에게 그리 은덕을 베푼 은인에게 살기의 칼을 들이댈 수 있단 말인가.

　마치 BC와 AD가 나뉘는 것처럼 고전면의 역사는 공산주의의 등장 이전과 이후로 나뉘는 느낌이다. 사람들은 일제강점기의 만행에 이를 갈지만 공산주의의 만행에 비하면 그건 어린애들 장난에 불과하다. 이 정도라면 공산주의야말로 유사 이래 인류의 역사가 낳은 최대의 괴물이라 하지 않을 수 없다.

　내 비극의 본질은 사실 부친에 대한 슬픔과 분노의 문제라기보다 나 자신의 문제에 있음이 더 아픈 현실이다. 사실 당숙이 해주는 이야기를 듣기 전까지 나는 공산주의에 대해 호의적 생각을 지니고 있었다. 아니, 솔직히 말해 나는 공산주의자가 될 뻔까지 했었다. 그것이 내가 부친께 더욱 죄스러운 마음을 갖고 나 자신에 대해 분노할 수밖에 없는 부분이었다.

놀라운 것은, 나는 아버지의 역사 이야기를 들으며 내 속의 공산주의에 대해 의문을 갖게 되었고, 이것에 대해 반감을 갖게 되었으며, 마침내 나는 공산주의 이론이 허구임을 논리적으로 파헤쳐서 앞으로는 이념 갈등으로 인한 피해자가 더는 생겨나지 않도록 하기 위해 미력하나마 한 알의 밀알이 되기로 결심했다는 것이다.

물론 이 생각을 완성시키기 위해서는 내가 해야 할 과제가 남아 있다. 나는 이미 친공산주의 단체에 가입되어 있으며 아주 명망 높은 분과 긴밀히 연결까지 되어 있다. 사실 내가 공산주의에 발을 들여놓게 된 까닭이 바로 이 명망 높은 분 때문이었다. 그는 애송이에 불과한 내게 접근하여 칼 마르크스의 〈자본론〉을 읽게 하고 나를 붉은색으로 물들였다.

이 고리를 끊기 위해서는 그에게 맞설 탄탄한 이론적 무장이 필요하다. 그런 점에서 나는 이 길고 긴 역사 이야기에서 가장 감정이입이 된 인물이 '현수'일 수밖에 없었다. 그는 지금 나의 처지와 매우 흡사한 인물이었기 때문이다.

나는 결심했다. 공산주의는 왜 괴물이 될 수밖에 없었는지? 그 이론의 문제점이 무엇인지? 조부는 어떻게 원수를 용서할 수 있었는지? 이 모든 의문을 풀기로 말이다. 나는 그 시작점을 처음 나를 공산주의로 인도한 〈자본론〉에서 시작하려 한다.

〈자본론〉에서 마르크스는 인간을 선과 악으로 양분된 존재인 자본가와 노동자의 이분법적 존재로 파악했으며, 역사는 계급투쟁의 역사라는 명제를 통해 불합리한 계급사회는 결국 프롤레타리아트가 승리하게 되어 있다고 주장했다. 그리하여 그는 착취와 계급이 없는 노동자들의 지상낙원이 필연적으로 도래할 것이라고 하여 역사 발전을 결정론적으로 규정했다.

칼 마르크스는 평생을 가난한 노동자들을 위한 이론을 연구해서 그들을 위한 사상과 이론을 정립하기 위해 노력한 사람임에는 분명하다. 그가 노동자들이 당면하고 있는 비참한 생활고를 해결하기 위해 인간의 행·불행에 관한 철학적인 문제를 과학적으로 분석하여 그 해결점을 찾으려고 연구한 점은 높이 평가할 만하다. 그러나 인간의 마음을 어찌 선악으로 확연하게 양분할 수 있는 것인가? 자본가이건 노동자건 양자 모두 선악의 마음을 공유하고 있는 존재는 아닐까? 악한 사람의 마음을 수신하고 교육을 하면 순화될 수는 없는 것인가? 그리고 역사란 흥망성쇠가 있는 것이고 변화무쌍한데 어쩌면 역사를 변증법과 과학적인 유물론을 근거로 단순화하여 결정론적으로 단정 지을 수 있는 것인가? 하는 등의 관점에서는 의문점을 가지지 않을 수 없었다.

나는 역사란 과연 우연인가 필연인가? 그리고 공산주의가 탄생한 역사적 배경은 무엇인가? 그리고 동서양의 역사와 문화의 차이와 동, 서양인들의 사고 차원의 차이는 어떤 것인가? 등을 알아보기 위해 동서양의 문화가 하나의 용광로 속에 녹아들었던 몽골제국의 역사부터 고찰해 본다.

음^陰과 양^陽

—

    칭기즈칸은 12세기 말에 몽골을 통일한 후에 유라시아에 걸쳐서 세계 최대의 제국을 건설하였다. 칭기즈칸은 몽골부의 제4대 족장(칸)에 오를 것으로 촉망받고 있었던 에스게이의 아들로 태어났다. 그의 아버지는 그가 어렸을 때 숙적인 타타르 부_部에 의해 독살당했다. 그 후에 그의 아버지를 따르던 양아버지의 배신으로 죽음 직전까지 위기에 몰리면서 갖은 고초를 겪었다.

    그는 자신의 주위에 마지막까지 남아 있던 19명의 부하와 충성을 다하고 신의를 지키는 맹약을 맺고 재기의 기회를 노렸다. 그는 혈연과 종교가 아닌 믿음과 충성심으로 부하들과 단결하여 소수의 정예부대를 이끌고 점점 세력을 키워 여러 부족으로 나뉘어 있던 몽골을 통일하는 대업적을 이루었다.

    당시 몽골족은 약육강식의 사회로 자신에게 복종하지 않는 부족은 강하게 탄압하면서 전쟁 후에는 항복하지 않고 살아남은 부족을 모두 몰살하는 전통이 있었다. 그러나 칭기즈칸은 전쟁이 끝나고 나서 자신에게 복종하는 부족은 죽이지 않고 차별 없이 대하며 다른 부족들과 평등하게 지낼 수 있게 하였다. 그리고 자신이 통치하는 지역에서는 어떤 범죄도 일어나지 않도록 강한 법을 만들어 시행하여 대제국 건설의 기틀을 마련하였다. 칭기즈칸이 대제국 건설을 가능하게 했던 정복자로서의 기질은 '실용'과 패자에 대한 '관용'과 다양한 문화를 수용하는 '포용'의 자세였다.

그는 자신의 군대가 전쟁을 수행하는 과정에서 희생자가 증가하면서 수적으로 열세에 처하는 경우가 많았고, 강력한 적군과의 전쟁에서 이기려면 초원에서의 기병전술만으로는 한계가 있다는 것을 깨달았다.

칭기즈칸은 이러한 약점을 극복하기 위해 몽골군에 패배한 패자에 대한 관용의 정신으로 그들이 정복한 모든 나라의 군대를 자국의 군대와 동등한 대우를 하여 자국 군대에 편입시켰다. 그들은 대우도 좋았고 존경도 받았기 때문에 칭기즈칸을 위해 스스로 나가서 싸웠다.

칭기즈칸은 이러한 '포용'의 정신으로 여러 나라 군대를 다민족 집합체로 재조직하여 전쟁을 수행했기 때문에 그들의 군대는 전쟁을 거듭할수록 군대조직이 확대되어 군사력이 더 강력해졌던 것이다.

그리고 칭기즈칸은 '실용'을 중시하고 다양한 문화와 종교를 수용하는 정책을 펼쳤다. 그는 중국과의 전쟁에서 포로로 잡은 사람 중에서 화약 무기와 투석기를 다루는 인재들의 기술을 활용하여 바그다드를 함락하였고, 이 전투에서 포로로 잡은 이교도 출신인 아랍 기술자들을 '관용'의 정신으로 중용하여 그들의 활약으로 유럽에서의 전투를 승리로 이끌 수 있었다.

그런데 유럽에서 이해할 수 없는 일이 일어났다. 몽골군이 연전연승하며 헝가리와 독일의 유럽 기사들로 구성된 강력한 군대를 물리치고 파죽지세로 서진하고 있을 때였다. 그런데 파리를 점령하기 위해 서쪽으로 진격해 가던 몽골군대가 유럽에서 갑자기 사라진 것이다.

그 이유는 몽골의 지도자인 대 칸의 서거로 인하여 몽골군이 완전히 철수하였기 때문이다. 몽골의 전통은 칸이 사망하면 모든 장졸은 무조건 고향으로 돌아와서 다음 칸을 선출하기 위한 부족회의에 참석하게 되어 있었다.

한편 몽골군의 침략에 대비해 전쟁준비를 하고 있던 프랑스의 루이 9세는 갑자기 몽골군대가 사라진 영문을 알 수가 없어서 극도로 불안하고 초조해하였다. 그래서 그는 몽골과의 관계개선을 위해 수도사 루브룩을 사신으로 몽골의 수도 카라코룸에 파견했다.

루브룩은 표면적으로는 외교사절로 가장하여 카라코룸을 방문하였지만, 사실은 앞으로 몽골군이 프랑스를 침공할 것인가에 대한 그들의 의도를 파악하고, 동시에 몽골의 군대 조직방식과 무기 등에 관한 정보를 암암리에 탐지하기 위한 스파이 활동을 하기 위해서였다.

루브룩은 카라코룸에 도착해서 시가지를 살펴보다가 놀랄만한 사실을 알게 되었다. 카라코룸은 종교별로 다양한 공동체를 구성하고 있었는데 그에게는 그 구조가 너무도 낯선 도시였다. 그곳은 서구세계의 어디에도 볼 수 없었던 도시구조로 되어 있었다.

이때 몽골제국에서는 '얌'이라는 역참제도를 실시하여 말을 이용해 동아시아에서 유럽까지 열흘 안에 소식을 전할 수 있었다. 몽골제국은 이 제도를 바탕으로 유라시아 대륙을 하나의 거대한 문명권으로 재편하게 되었다. 이리하여 이 카라코룸에서는 유라시아 세계각지에서 모인 다양한 인종과 종교, 언어를 가진 사람들이 절대적으로 평등한 대우를 받으면서 작은 공동체를 이루어 하나의 법 아래에 평화롭게 공존하며 살고 있었다.

루브룩의 눈에 비친 이 도시는 마치 다양한 인종과 사회가 한 도시에 모여 사는 유라시아의 축소판 같았는데, 인종이나 종교 간에 알력이나 갈등 없이 평화롭게 공존하며 사는 현상이 놀라울 뿐이었다.

루브룩은 카라코룸에 도착한 지 얼마 안 되어 몽골제국의 제4대 황제인 뭉케칸을 알현했다. 그는 그 자리에서 성경을 진상하며 루이 9세가 몽골인들이 전지전능한 하나님의 세계인 기독교로 개종하기를 바란다는 메시지를 전했다. 그 말을 듣고 뭉케칸이 대답하였다.

"사람의 손가락이 다섯 개인 것처럼 신은 인간에게 여러 가지 신을 믿도록 하였다. 너희들 같은 기독교도들에게는 하나님을, 그리고 이슬람인들에게는 알라를, 불교도들에게는 부처를, 우리 몽골인들에게는 선지자를 내리셨다. 그래서 이 도시에서는 어떤 종교도 차별받아서는 안 되며, 또한 서로 다투어서도 안 된다. 이 도시에 사는 사람들은 누구나 자기 종교를 믿되 평등하게 평화를 지키며 살아야 할 것이다."

당시에 유럽은 이슬람과 십자군전쟁을 벌이던 중이었는데 루브룩은 뭉케칸의 명령에 따라 자신의 의지와는 상관없이 적대 세력인 이슬람인들과도 평화를 지키며 공동생활을 할 수밖에 없었다.

루브룩은 카라코룸에 있는 동안 칸의 명령으로 생전 경험하지 못한 과제를 수행해야만 했다. 그것은 밤마다 황제 앞에서 각 종교 대표자들이 모여서 칸이 정한 규칙에 따라 토론을 하는 것이었다.

그 규칙은 서로 토론을 하되 절대로 싸워서는 안 되며, 논리와 근거로 상대방을 설득시켜야 한다는 것이다. 그리고 토론이 1회전을 치르고 나면 몽골인들의 전통 경기인 씨름판에서 씨름이 한판 끝날 때마다 마유주를 마셨던 전통대로 반드시 마유주를 한 잔씩 마시게 되어 있었다.

밤마다 각 종교 지도자들은 황제 앞에서 토론하다가 1회전이 끝나면 마유주를 마시고, 또 토론하다가 한 회전이 끝날 때마다 마유주를 마시기를 되풀이하였다. 그런데 누구 하나 상대방을 설득시키는 사람은 없었다.

각 종교 지도자들은 토론의 횟수를 거듭할수록 마유주에 취해 가기 시작했다. 그리하여 결국에 서로 술에 취하게 되면 기독교도는 찬송가를 부르고, 이슬람인은 알라신에게 기도하고, 불교도는 목탁을 두드리며 불경을 외는 일이 반복되었다.

상당한 기간 토론을 벌인 결과 뭉케칸의 판결에 따라 불교와 유교 지도자가 결승에 올라갔다. 뭉케칸은 오늘도 마유주를 마시며 불교와 유교 지도자의 토론과정을 지켜보고 있었다.

그런데 뭉케칸이 오랫동안 그들의 토론과정을 지켜보다가 한 가지 이상한 점을 발견했다. 그것은 모든 종교 지도자들이 각기 자기들이 숭배하는 신의 위대함을 설파하기 위해 논쟁을 벌였는데, 유독 유교 지도자만이 신에 대해 논하지 않는다는 점이었다. 그래서 하루는 뭉케칸이 유학자를 따로 불러서 물어보았다.

"그대 이름이 무어라고 했던가?"

"예, 손지과孫止戈라고 하옵니다."

"손지과라? 그러면 그대의 이름에 무슨 특별한 의미라도 담겨 있는 것인가?"

"예, 폐하! 저의 조상 중에 손무孫武라고 하는 대 병술가가 계셨는데, 저의 부친께서 그분의 정신을 본받으라는 뜻으로 그분의 함자인 '무武' 자를 풀어서 제 이름을 지어주셨습니다."

"그러면 그대 조상 이름의 무武 자와 그대 이름인 지과止戈 글자는 어떤 의미를 지니는 글자인가?"

"예, 무武 자는 무기나 무예, 무사, 병창기 등을 뜻하는데 지止 자와 과戈 자가 합쳐진 합성어이옵니다. 지과止戈에 담긴 뜻은 '과戈', 즉 창과 같은 무기武器로 '지止', 즉 병란兵亂을 막아 그치게 한다는 뜻이옵니다. 따라서 무예를 익히는 목적은 무술로 전쟁에 이기는 것이 아니라 병란을 그치게 하여 평화와 민생의 안정을 도모하고자 하는 것이라는 뜻이옵니다."

"유학에서는 글자를 그런 식으로 해석하여 이름을 짓기도 하는구먼."

"유학의 근본정신은 백성을 위하는 위민사상이라 할 수 있사옵니다."

"그런데 내가 궁금한 것은 다른 종교 지도자들은 다 각자 숭배하는 신이 있는데 왜 그대는 신을 숭배하지 않는 건가?"

"예, 유학에서는 신을 '유기성 즉 유신有氣性 卽 有神하고, 무기성 즉 무신無氣性 卽 無神' 하다고 합니다. 그 뜻은 사람 마음속에 신이 있다고 생각하면 존재하는 것이고, 신이 없다고 생각하면 없다는 뜻이옵니다."

"그 참! 신이란 있거나 아니면 없는 것이지, 그도 저도 아닌 그런 엉터리 같은 말이 어디 있는가? 더 알기 쉽게 설명해 보거라."

황제는 의아한 표정을 지으며 말했다.

"예, 폐하. 여기서 말하는 '기성氣性'은 인간 성격의 기초가 되는 감정이온데 그 근원이 되는 것이 '기氣'이옵니다. 유학에서는 이 '기氣'를 삼라만상을 구성하는 근원이며 본질이라 보옵니다."

"그러면 유학에서는 이 모든 세계가 '기氣'로 이루어져 있다. 이 말인가?"

"그러하옵니다. 유학에서는 모든 존재현상이 '기氣'가 모이고 흩어지는 데 따라 생겨나고 없어지는 것이라 여기옵니다. 따라서 모든 생명生命이나 '기성氣性'의 근원을 '기氣'라 할 수 있는 것이옵니다."

"그래? 그럼, '기氣'가 있다면 어떤 형체를 하고 있는가?"

"예, 유학자들은 '기氣'의 형체가 있다고 하는 이도 있고, 없다고 하는 이도 있으며, 또 어떤 이는 있을 수도 있고, 없을 수도 있다는 사람도 있사옵니다."

"세상에 그런 엉터리 같은 주장이 어디 있는가?"

"폐하! 유학에서는 모든 사상이나 세계관을 상대적 관점에서 보는데 이것이 음양 사상의 근본 이치이옵니다."

"예를 들어 설명해 보게."

"예, 폐하. 음양의 이치란 빛이 있으면 그림자가 있듯이 이 세상에 존재하는 모든 것은 다 상대성이 있다는 것이지요."

"계속해 보거라."

"예, 하늘이 있으면 땅이 있고, 낮이 있으면 밤이 있으며, 해가 있으면 달이 있는 것처럼 위가 있으면 아래가 있고, 큰 것이 있으면 작은 것이 있는 법이지요. 또한, 시작이 있으면 끝이 있을 뿐만 아니라 시작이 있으면 시작이 아닌 것이 있어야 하고 끝이 있으면 끝이 아닌 것도 있다는 것입니다."

"잠깐, 시작과 끝은 알겠는데 세상에 시작도 아니고 끝도 아닌 것이 있는가?"

"예, 시간과 공간과 같은 것이 그것이지요. 폐하, 시간이 언제 시작되어 언제 끝나는지, 우리가 사는 공간인 우주의 시작과 끝이 어디까지인지는 아무도 알 수 없지 않습니까?"

"그도 그렇군. 그래서 유학에서 말하는 신은 어떤 것이라 했는가?"

"앞에서 말씀드린 바와 같이 사람의 기성氣性, 즉 감정에 따라 신의 유무가 결정된다고 보옵니다. 그것은 만약 신이 있다면 신이 없어야 하는 논리도 있어야 음양의 이치에 맞게 된다는 것이지요."

"허, 그 참, 알 것도 같고 모를 것도 같네그려. 그러면 만약 신이 존재한다면 신도 음양의 이치에 따라 상대적으로 존재한단 말인가?"

"그러하옵니다. 폐하께서는 음양의 진리를 금방 이해하시니 참 영명하신 분이십니다. 만일 신神이 있다고 전제한다면 음양의 이치에 따라 천신天神이 있으면 지신地神이 있고, 산신山神이 있으면 수신水神이 있사오

며, 동쪽에 청룡青龍이 있으면 서쪽에 백호白虎가 있고, 남쪽에 주작朱雀
이 있으면 북쪽에는 현무玄武라는 신이 있다고 믿는 것이옵니다."

"그러면 중국 사람들에게는 하나님이나 부처나 알라와 같이 절대적
이며 전지전능한 신은 없는가?"

"고대로부터 최고의 신으로 삼황오제三皇五帝가 있다고는 하오나 전지
전능한 유일신은 없사옵니다."

"신이 그리 수없이 많고, 신을 음양의 이치로 구분한다고 하니 어느
한 신을 최고라고 주장 할 수는 없겠구려."

"그러하옵니다. 그래서 유학에서는 신보다는 인간 생활에서 지킬 도
리나 예의를 더 중히 여기며 불경이나 성경 같은 경전보다는 인간으로
서의 도道나 예禮를 논하는 사서삼경이나 역사적 기록을 더 중시하옵니
다. 그리하여 후세 사람들이 과거의 기록이나 업적을 거울삼아 치세의
밑천으로 삼으려고 노력하옵니다."

"유학의 이치를 알 것도 같지만 짐은 너무 어려워서 골치가 아픈 것
같으이. 지과 선생은 짐과의 논의는 그 정도로 하고 마유주나 한 잔 따
르도록 하라."

"폐하, 저의 주장을 귀담아들어 주셔서 감사하옵니다. 폐하의 도량
은 바다보다 넓은 듯하여 감탄을 금치 못하겠사옵니다. 신의 잔을 받
으시지요."

며칠이 지나서 뭉케칸은 한 가지 더 궁금한 것이 있어서 손지과를
또 찾았다.

"그런데 지과 선생, 한 가지 더 궁금한 것이 있느니라."

"예, 하명하시옵소서."

"그대는 그렇게 훌륭한 식견을 가지고 있으면서도 왜 다른 종교 지도자들을 설득하지 못하는가?"

"예, 그것은 그들이 주장하는 세계관이나 종교관과 유교의 세계관과 사고의 차원이 다르기 때문이라 사료되옵니다."

"세계관과 사고 차원의 차이라? 그게 무슨 뜻인고?"

"예, 그들이 믿는 종교관은 자신들이 믿는 종교만이 진리이고 타 종교를 인정하지 않지요? 그래서 타 종교를 배타적으로 대할 뿐만 아니라 서로 배격하다가 전쟁을 일으키기도 하지 않습니까?"

"허기사, 지금도 기독교와 이슬람교 사이에는 종교전쟁 중이라고 하더구먼. 그러면 유교의 세계관은 그들과 어떻게 다르고 종교 간에 분쟁은 없는 것인가?"

"예, 폐하, 유교의 세계관은 항상 상대적이기 때문에 상대 종교를 인정하고 극단적으로 배격하지는 않습니다. 역지사지의 입장에서 화이부동 하는 것을 중요시합니다."

"화이부동이란 무슨 뜻인가?"

"예, 그것은 공자님이 하신 말씀으로 주위 사람들과 서로 다름을 알고 친화하기는 하나 편향된 마음으로 무리를 지어 서로 간에 불화하는 것을 멀리한다는 뜻입니다."

"그래서 종교인들끼리는 서로를 인정하고 같은 편끼리 무리 지어 다투는 것을 멀리한다는 것인가?"

"예, 폐하, 바로 그런 뜻이옵니다."

"그러면 유교를 믿는 자들은 종교로 인한 분란이 없는 것인가?"

"아니옵니다. 각양각색의 종교 간에 신념의 차이로 사소한 분란은 있사오나 그로 인해 전쟁까지 일으키는 일은 없다는 뜻이옵니다."

"그러면 지금까지 짐의 앞에서 각 종교 지도자들이 그토록 오랫동안 논쟁을 벌여 왔는데도 서로의 주장만 하다가 결론도 못 내리고 화합하지도 않았지 않은가? 그들도 유교 정신을 받아들이면 적어도 종교 간에 분쟁을 막을 수 있지 않을까?"

"예, 종교 간에 분쟁을 막을 수 있다기보다는 서로가 생각의 차원을 바꾸기 전에는 화합하기 어려운 일이라고 봅니다. 따라서 종교 간에 분쟁을 막는 일을 할 수 있는 분은 오직 폐하뿐인 듯하옵니다."

"그대들이 못하는 일을 짐이 어찌할 수 있단 말인가?"

"폐하께서는 전통 종교만을 고집하지 않으시고 개방적인 자세로 세계의 모든 종교를 동등하게 대하셨습니다. 그리하여 대몽골제국의 수도인 이 카라코룸에서 모든 인종과 종교가 평화롭게 공존하는 법을 만들어서 상호 간에 분쟁을 없애고 평화롭게 공존할 수 있도록 하셨습니다."

"짐이 그렇게 강력한 법으로 다스렸음에도 불구하고 그대들이 스스로 평화를 지키려 하지 않고 있지 않은가?"

"현실은 그러하옵니다. 그러나 폐하께서 지금처럼 개방적인 자세로 타 종교 간의 교류를 계속하게 하면서 역지사지의 정신을 살려 종교 간에 공존하는 정책을 펼쳐 나가시면 좋은 결과가 있을 듯하옵니다. 프랑스의 수도사 루브룩이 폐하께 성경을 진상하며 기독교로의 개종을 진언했을 때에 폐하께서는 신은 사람의 손가락이 여럿인 것처럼 각기 다른 신을 내리셨다고 하지 않으셨습니까?"

"그리 말했었지. 신은 다 평등하다고 생각했으니까."

"지당하신 말씀이옵니다. 그러하오면 사람의 손가락이 모두 다 손목에 달려 있지 않사옵니까? 폐하께서는 손목이 여러 손가락을 조화롭게 잘 움직여서 하고자 하는 일을 하는 것처럼 여러 종교 간의 분쟁을 서로 화해하고 조화를 이루도록 조정하시면 뜻을 이루리라 믿사옵니다."

"정말로 가능한 일일까?"

"유학에서 하는 말로 지성이면 감천이라고 하옵니다."

"그대 역시 끝까지 유학 사상의 입장을 버리지 않는구면."

"폐하, 죄송합니다. 소신의 불충을 용서하시옵소서."

뭉케칸이 종교 간에 평등한 정책을 법으로 정하여 시행해서 몽골제국이 멸망할 때까지 각 종교 간의 갈등이나 분쟁은 일어나지 않았고 평화를 유지했다.

나는 몽골제국이 이렇게 국내정치를 안정시키고 다양한 종교, 문화 세력 간의 갈등을 조정할 수 있었던 것은 대제국 내의 다양한 민족과 종교와 구성원들 간에 칭기즈칸이 중시했던 관용과 포용 정신으로 상대를 인정하고 존중하여 상호 간에 조화를 이루는 구심력을 형성했기 때문으로 본다.

몽골제국이 관용과 포용 정신으로 구성원들 간의 화합을 도모할 수 있었던 것에 반해 마르크스가 제창한 공산주의는 상대방의 가치와 자율성을 인정하지 않고 획일적인 사상으로 외연[1]의 벽을 만들어 일방적으로 이념을 전파하고 상대를 멸하여 자기세력을 팽창시키려고 했던 점과 큰 차이가 있다고 본다.

그리고 몽골제국이 멸망한 뒤에 오늘날까지 세계 각국이 종교적 갈등으로 인한 분쟁이 계속되고 있는 것은 전 인류가 뭉케칸처럼 각 종교가 지니는 정체성을 존중하고 상호 간의 분쟁을 조절하여 조화롭게 상생하는 규범을 찾지 못했기 때문이라는 생각이 들었다.

나는 국내정치에서는 위정자와 백성들이 화합하여 상생하면서 구성원들 간의 욕구를 잘 조절하여 안정된 구심력으로 작용하게 하고, 국제간에는 자국 중심의 문화나 종교를 일방적으로 확산시키려는 원심력을 자제하고 상호 교린의 정책으로 평화를 유지해야 인류평화를 이룰 수 있다고 본다.

---

1) 개념을 정의할 때 내포가 규정하는 대상의 적용 범위.

一 화이부동 和而不同

칭기즈칸이 유라시아에 걸친 대제국을 건설한 뒤에 아시아와 유럽인들은 이 세상의 모든 문명 세계는 하나의 세계이며 모든 문명 세계가 서로 통한다는 사실을 알게 되었다. 그래서 유럽에서는 서부 유럽의 조그만 나라 포르투갈과 스페인이 대양을 통해 동방세계로 가는 전혀 새로운 항로를 개척해 나가기 시작했다.

반면에 이슬람 세계는 물과 자원이 부족하여 외부세계와의 교역으로 부족한 자원을 구해오지 않으면 생존하기 어려운 곳이었다. 따라서 그들은 유일신을 믿으면서도 기존의 외부세계의 문화와 종교에 대해 개방적이고 우호적인 관계를 통해 공존·공생하며 교역하는 현상유지를 원했다.

한편 동양에서는 중국의 주원장이 중국으로부터 원나라 세력을 몰아내고 명나라를 건국했다. 그의 뒤를 이은 넷째 아들인 영락제는 제

3대 황제로 등극한 뒤에 중국을 거대한 제국으로 만들려는 야심을 품고 있었다.

영락제는 스케일이 큰 것을 좋아했고 원대한 꿈을 가진 야심가답게 세계 최대의 궁성인 자금성을 축조하고 만리장성과 대운하를 개축하고 확충했다. 그는 또한 대명제국의 국력을 키워 유라시아 대륙에서 과거 몽골제국이 누렸던 영광을 되찾기 위해 친히 군대를 이끌고 북쪽의 실크 로드를 장악하고 있는 초원의 유목민 정벌에 나섰다. 그리고 한편으로는 정화에게 사상 최대의 대규모 선단의 대원정대를 조직하여 바다를 통한 해양 실크로드의 상권을 장악하려고 했다.

중국은 역사적, 전통적으로 중국을 대표하는 한족과 여러 이민족이 상호 정쟁을 하거나 교류하면서 지배와 피지배 관계를 반복하면서 역사를 이어왔다. 이 나라들은 상호 간에 영향을 주고받으며 경쟁하다가 강대국이 나타나면 주위의 약소국을 병합하여 통일시대를 이루고 중심세력이 약해지면 서로 분열하여 합종연횡을 반복하는 역사를 되풀이했다. 따라서 그들에게는 영원한 아군도 적도 없는 국제관계를 이루어 왔다.

중국을 대표하는 민족이 한족이라고 하나 사실상 중국의 역사에서 한족이 중국을 지배한 시기보다 이민족이 중국을 지배한 역사가 더 길었다. 그런데 중국의 한족은 이민족의 지배를 받기는 하였으나 발전된 유학을 중심으로 한 한족 문화로 이민족을 문화적으로 지배하여 그들의 문화와 전통을 이어왔다.

중국은 단일민족과 통일된 문화와 종교가 지배하는 국가체제로 역사를 이어온 나라가 아니었다. 중국은 한족의 유교문화를 중심으로 수십 개의 다양한 이민족의 문화와 종교가 용광로처럼 녹아서 형성된 복합적인 문화와 전통을 이어 온 나라였다. 그래서 중국인들은 한족과 이민족의 구별이 뚜렷하지 않으며 이민족과의 관계도 그렇게 배타적이지는 않았다.

중국은 아주 광대한 국토를 가진 나라여서 국경선이 너무도 광대하고 길었다. 그래서 그들은 방대한 국경선을 관리하는 독특한 제도를 채택하고 있었는데 그것은 고대로부터 전통적으로 유지해 온 오복제도五服制度였다.

오복제도五服制度란 천자天子가 살고 있는 왕기王畿 지역을 중심으로 그 바깥 지역을 전복甸服, 후복侯服, 수복綏服, 요복要服, 황복荒服의 오복五服으로 구분 지어서 다스렸다.

전복甸服은 왕도에서 가장 가까운 지역으로 천자의 직할지이고, 후복은 그 바깥 지역인데 천자의 근친들이 거주하는 곳이며, 수복은 후복의 바깥 지역으로 왕조의 먼 친척과 인척들이 거주하는 지역이고, 그 바깥 지역인 요복에는 왕조에 속한 신하들과 왕조에서 방출된 죄인들이 거주하는 곳이며, 황복은 국경의 가장 바깥쪽 지역으로 국가 명의는 천자의 영향권에 속하지만, 오랑캐가 거주하는 지역이다.

이에 따라 중국은 전통적으로 군대를 주둔시킬 때에도 최강의 정예부대를 전복 지역에 배치하여 강력한 지배력을 행사했으며 바깥으로 멀어지면서 천자가 다스리는 통치력이 점점 약해지고 군대의 수도 줄여서 천자의 지배력이 약해졌다. 그리고 맨 바깥에 있는 황복 지역은 오랑캐의 지역인데 이 지역은 이민족이 다스리게 하면서 중국 황제의 이름으로 그 나라의 왕을 봉해 주고 조공을 받는 외교로 영향력을 행사했다. 그리고 이런 영향력도 미치지 못하는 곳은 오랑캐를 이용해 오랑캐를 제압하는 이이제이以夷制夷의 전략으로 국경을 간접적으로 다스리는 곳이었다.

중국이 이이제이의 간접적인 국방정책을 택한 것은 광대한 국경을 관리하려면 어마어마한 군사력과 경비가 필요하여 자체 군사력으로 국경 지역의 이민족을 직접 다스리는 것이 어려웠기 때문이다. 그래서 교역이나 외교정책 등을 써서 이민족이 연합하여 자국을 침략하지 못하도록 하면서 오랑캐의 힘을 이용해 오랑캐를 제압하는 전략을 써서 자국의 안위를 도모하려고 했다.

따라서 중국의 국경은 역사적으로 긴 세월 동안 그들의 강력한 적수였던 유목민족의 침략을 막기 위해 쌓은 만리장성 지역을 제외하면 국경선이 뚜렷하지 않은 곳이 많았다. 만리장성도 유목민들의 침략을 방비하기 위해 설치했지만 실제로는 곳곳에 관문을 두고 전략물자를 제외한 경제적 교류와 사회, 문화적인 교류는 개방하였다.

만리장성 외지에 있는 이민족의 국가들도 대국인 중국의 위세를 인정하고 조공을 바치면 문호를 개방하고 상대국의 정치, 경제, 문화와 전통의 자주성을 인정받았기 때문에 선린외교의 정책을 펴서 평화적인 관계를 유지하였다.

중국의 이러한 국경정책은 청나라의 강희제가 프랑스 선교사 신분의 측량 기술자를 고용하여 자오선을 중심으로 중국 지도를 완성하고 나서 국경선을 분명하게 관리하기 전까지 계속되었다.

나는 중국의 오복제도는 자국의 강력한 힘을 길러 외부로 세력을 확장해 가려는 원심력을 구사하는 것보다 중국을 중심으로 주변국들과의 정치 문화적으로 조화를 이루는 것이 자국의 이익을 위해 유리하다고 판단했기 때문에 채택한 제도로 본다. 중국은 자국 중심의 안정된 구심력을 바탕으로 국제간의 선린외교를 중시하여 원심력과 구심력이 균형을 이루어 평화를 유지하려고 했던 것으로 이해했다.

실제로 중국 역사상 한족 출신의 당 태종이 고구려 침공을 포기하고 내치에 충실했을 때나 이민족 출신의 청나라 강희제 때에는 한족 문화를 중심으로 이민족들의 문화와 조화를 이루어 구심력을 형성하고 선린외교 정책으로 원심력을 잘 조절하여 원심력과 구심력이 균형을 이룰 때는 동아시아에 평화가 왔다. 그리고 동서양 간에도 실크로드가 열려 교역이 활발하게 이루어졌다.

그러나 중국이나 주변 국가들이 자국 내에서 구심력의 조화를 잃으면 내란이 일어나 백성들은 고통에 시달려야만 했다. 그리고 이들 나라 중에서 어느 한 나라가 원심력과 구심력의 균형을 깨뜨리고 강력한 원심력을 행사하는 세력이 등장하면 국제간의 평화는 깨어지고 전쟁이 일어났다. 이로 인해 자국뿐만 아니라 주변국 백성들을 전쟁의 참화 속으로 몰아넣곤 했다.

명나라 영락제는 대명제국의 위력을 과시하기 위해 그 자신이 군대를 이끌고 북쪽의 실크로드를 장악하고 있는 유목민 정벌에 나섰다. 그러나 그는 칭기즈칸처럼 중앙아시아의 초원을 넘어서 서역까지 진출하지는 못했다.

그 이유는 기병을 위주로 하는 유목민들의 군대가 강하기도 하였지만 중국은 국토환경이 장강 유역의 넓은 농경지와 황하 유역의 드넓은 초원, 그리고 바다와 산지를 고루 갖추고 있어서 여러 가지 산물이 풍부하여 국가적으로 자급자족하기에 충분했기 때문이다.

따라서 중국은 구태여 군대를 파견해서 많은 인명을 희생해 가며 절실하게 구해 와야 할 자원이나 귀중품이 없었기 때문에 침략을 정당화해야 할 명분이 부족했다. 그래서 영락제는 실크로드의 상권을 장악하기 위한 더 쉬운 방법을 찾았다. 그것은 해상 실크로드였다.

그는 기마민족인 난적 유목민을 상대해야 하는 육상 실크로드 대신에 강력한 함대로 원정대를 조직하여 동남아시아의 약소국들을 제압하고 해상 실크로드를 개척하여 더 넓은 세계에 진출하여 대몽골제국의 영광을 되찾고자 했다. 이를 위해 영락제는 이슬람교도였다가 귀화한 사람으로 국제정세에 밝은 정화鄭和를 중용하여 대규모 선단을 조직하여 대대적인 해양원정에 나서게 했다.

정화는 서역에서 중국 윈난雲南으로 이주해 온 이슬람교도다. 그는 명나라 군대에 입대하여 전장을 누비다가 큰 공을 세웠는데, 영락제가 그 재능을 인정하여 정鄭이라는 중국식 성을 하사하고, 환관부의 수장인 내관감으로 중용한 사람이었다.

정화는 영락제의 명을 받고 축구장보다 큰 대함선 62척과 병사 2만 7천여 명으로 구성된 대함대를 이끌고 캄보디아, 태국, 자바, 수마트라, 실론, 인도의 캘리컷을 지나 아프리카를 돌아오는 대원정에 나섰다. 그는 대선단을 이끌고 남중국해와 인도양에 있는 여러 나라를 침공하여 조공을 촉구하고 해상 실크로드를 완전히 장악하여 대명제국의 위력을 남방 해양세계에 과시하게 되었다. 정화는 이후 7차 원정까지 약 25년간에 걸쳐 말라카해협을 지나 인도와 아라비아반도를 거쳐, 아프리카 동해안까지 항해했다.

정화는 대항해를 마치고 귀국할 때마다 원정대와 교역을 한 남중국해와 인도양의 30여 개국의 사절단을 중국으로 초빙하여 중국과의 교역관계를 맺었다. 영락제는 이들 국가에 대해 대명제국의 위력을 과시하기 위해 조공무역의 길을 열어 주고 종주국으로서의 영향력을 행사했다.

조공은 중국의 주周대 이후에 천자와 제후국들 상호 간에는 공존과 결속을 위한 교린交隣의 예禮로서 상호 존중하여 평화를 유지하고자 하는 데에서 자생적으로 생겨난 제도다.

국제사회에는 언제나 대국과 소국이 존재하기 마련이다. 그런데 중국이 약육강식의 전국시대에는 강대국 간에 서로 패권을 다투는 전쟁이 반복되었다. 이때 약소국들은 스스로 생존과 안전을 유지하기 위한 일종의 정치, 군사적인 화해를 목적으로 힘의 강약에 의한 지배와 종속관계 대신에 헌상물을 전제로 한 조빙사대를 열게 되었다.

중국은 중화사상에 기초하여 군신이나 부자 관계와 같은 예禮를 국제관계에도 적용하여 조공과 책봉冊封이라는 독특한 외교 형태인 조공제도를 제도화하여 상호 교린의 외교정책으로 유지해 왔다.

　중국은 조공제도를 통해 주변 국가들을 실질적으로 지배하는 것이 아니라 주권이나 자율성을 충분히 인정하면서 외교관계를 맺고 평화를 유지했다. 그런데 중국도 역사적으로 주변국들로부터 사대를 받기만 한 것이 아니라 중국보다 강한 나라가 등장하면 사대하고 조공을 바쳤다.

　한 고조 유방은 항우와 쟁패하여 천하를 통일한 뒤에 그동안 세력이 강력해진 흉노와의 전쟁에서 패한 뒤에 화친을 맺고 흉노에 공물을 바치며 사대하였다. 그리고 송나라 진종 때에는 요나라가 20만 대군을 거느리고 송나라를 쳐들어오자 단연에서 크게 전투를 벌이게 되었다. 그런데 전쟁에 대한 의지가 부족했던 진종은 요나라와 강화를 원했다. 그리하여 진종은 요나라와 형제의 의를 맺고 매년 은 10만 냥과 비단 20만 필을 요나라에 조공을 바치는 조건으로 강화를 맺었다. 이처럼 동양에서는 자기 나라가 강하면 사대를 받고 자기 나라가 약해지면 자기 나라의 왕실의 안녕과 백성들의 민생을 위한 자구책의 일환으로 사대를 하여 조공을 바치는 전통이 있었다.

　영락제는 이러한 동양의 전통을 바탕으로 정치를 했기 때문에 정화가 7차에 걸친 대원정을 하는 동안 남중국해나 인도양 주변의 30여 개국과 조공무역을 하면서 단 한 나라도 중국이 직접 지배하는 식민지로 삼은 나라는 없었다.

영락제가 사망한 후 명나라는 더 이상 대외진출에 관심을 두지 않았고 정화의 원정대 활동도 종결되기에 이르렀다. 이후 중국은 해양 강국의 지위를 서서히 잃고 대륙에 한정된 내치를 중시하는 국가로 쇠퇴하였다.

나는 중국이 외교정책을 내치중심으로 정책전환을 한 것은 전통적으로 덕치와 민본사상을 바탕으로 하는 유교 이념의 실현을 정치의 근본으로 삼아 온 중국이 백성들의 국태민안을 위한 정치를 더 중요시했기 때문으로 본다. 따라서 자국의 정치, 경제, 문화 등이 조화를 이루어 백성을 위한 구심력으로 작용하도록 하는 데에 국력을 집중하였고, 오복제도에서 보는 바와 같이 중국은 자기 나라의 문화나 전통을 주변 국가들이 맹종하도록 강요하는 정책을 펴지는 않았다.

내 생각에 이러한 중국의 통치정책은 자국의 종교나 사상을 일방적으로 주변국에 전파하기 위해 원심력을 행사하여 침략하는 서양과는 차이점이 있다고 본다. 중국은 주변국이나 다른 나라들과의 종교나 문화적 갈등으로 전쟁을 일으키는 것보다 주변국들과 교린을 통해 평화를 유지하는 것이 자국민의 안전과 민생에 도움이 된다고 보았다.

정화의 원정대 활동이 중단된 지 약 90여 년이 지난 뒤에 포르투갈의 탐험가 바스쿠 다 가마가 120톤급의 캐럭 범선 2척 등으로 구성된 탐험대를 이끌고 리스본을 떠나 인도의 남쪽 항구인 캘리컷에 도착했다.

나는 만약 그때까지 정화가 대함대로 편성된 원정대를 이끌고 인도양에서 활동하고 있다가 바스쿠 다 가마의 탐험대와 서로 맞닥뜨렸다면 어떤 일이 일어났을까? 하고 역사적 가설을 예상해 본다.

바스쿠 다 가마가 이끄는 함대는 120톤급의 캐랙 범선 2척과 50톤급 캐러벨 범선 1척, 보급선 1척에 선원이 총 160여 명에 불과했다. 이에 비해 정화가 이끄는 대함대는 길이가 137m에 너비가 56m, 돛대가 3개 달린 약 1,500톤짜리 대함선 62척과 병사 2만 7천여 명으로 구성된 어마어마한 규모의 함대였고 화력도 우수한 대포로 무장한 함대였다.

배의 크기를 경기장의 크기에 비유하면 캐랙 범선은 테니스 코트 크기의 배인 데에 비해 정화가 이끄는 함대의 크기는 축구장보다 큰 규모로 서로 비교가 안 될 정도였다. 만약 이 두 세력의 함대가 같은 시기에 인도양을 항해하다가 전쟁을 벌였다면 동서양의 역사는 전혀 다르게 전개되었을 것이다.

사실 중국의 원정 대장 정화도 이슬람교도였고 바스쿠 다 가마가 희망봉을 돌아 아프리카의 말린디에 도착했을 때 그를 인도양을 횡단하여 인도의 캘리컷에 도착할 수 있도록 항로를 안내한 사람도 이슬람의 수로 안내인 이븐 마지드였다. 이들 두 이슬람인은 전혀 다른 두 개의 문화와 종교를 가진 세력을 그리 길지 않은 역사적 시차를 두고 인도양으로 끌어들이는 역할을 하였다.

한 세력은 다양한 민족과 문화, 종교 간의 조화를 강조하며 외부세력과의 교린을 바탕으로 구심력과 원심력의 조화를 중시하는 세력이었고, 또 한 세력은 일원론적 세계관을 가지고 자기들의 종교와 문화를 일방적으로 전파하는 강력한 원심력을 행사하는 세력이었다.

　나는 인도양에 진출한 동서양의 두 세력 중에서 어떤 세력이 세계 역사의 주도권을 잡느냐에 따라 인류 역사가 전혀 다른 차원의 행복과 시련의 세계로 이끌어 가는 방향이 결정됐을 것으로 보았다.

나는 어떤 이론에서 개념을 어떻게 정의하느냐에 따라 논리전개 방식이 전혀 달라진다는 생각을 하게 되었다. 그런 점에서 '개념의 정의'는 매우 중요한 화두로 떠오를 수밖에 없다.

개념은 내포와 외연으로 정의한다. '내포'란 어떤 개념을 규정하는 여러 요소가 공통으로 가지고 있는 어떤 필연적 성질의 전체, 즉 공통적 속성을 가리키는 용어이다. 예를 들면 '곤충'의 내포는 '몸이 머리, 가슴, 배로 나뉘고, 다리가 여섯 개이며 두 쌍의 날개와 한 쌍의 더듬이와 홑눈과 겹눈을 가지고 있으며 자라면서 탈바꿈을 하는 동물'이 된다.

'외연'은 내포가 적용되는 또는 내포가 규정하는 대상의 범위를 말한다. 예컨대 '곤충'의 외연은 메뚜기, 여치, 귀뚜라미, 벌, 나비, 잠자리, 매미 등과 같은 지시대상 전체이다.

개념을 정의하는 사고활동은 일원론적 차원의 존재론적 사고활동이다. 개념은 언제나 내포와 외연으로 정의되며 외연은 내포로 규정되는 외연에 속하는 지시대상과 외연 밖에 존재하는 비지시대상으로 양분된다. 따라서 개념이 적용되는 대상은 언제나 지시대상과 비지시대상으로 양분되며 두 영역 사이에는 경계만 존재하고 중간지대는 없다.

나는 '세계관'의 개념에 대하여 생각해 본다. 세계관의 사전적 의미는 '자연적 세계 및 인간 세계를 이루는 인생의 의의나 가치에 관한 통일적인 견해. 또는 세계 전체를 어떤 것으로서 볼 것이냐에 대한 인간의 기본적 태도'를 말한다.

세계관은 풍토, 민족성, 생활상태, 문화, 역사, 국가 형태 등에 의해서 지배되며, 시대나 장소에 따라 변화하여 다양한데, 이것은 영속성이 있는 것이 지배적이어서 인간의 사고방식과 삶의 방식을 결정하는 데 영향을 미친다.

나는 인류역사에서 사람들의 세계관이 역사적으로 어떤 영향을 미쳤는가에 대해 깊은 성찰을 해 본다.

인류가 발전하는 과정에서 서로 다르게 형성된 다양한 세계관은 역사 발전에도 영향을 끼쳐왔다. 각각의 인간들이 가진 세계관은 국가나 민족과 같은 조직을 형성하면서 집단적인 세계관으로 발전하게 된다.

그러한 세계관을 가진 집단이나 민족이 내포와 외연의 관계를 어떻게 인식하느냐에 따라 국제관계나 인종, 종교 간의 관계에 크게 영향을 끼쳐 왔다. 이러한 인식의 차이가 상호 간에 잘 조화를 이루면 시너지 효과가 발생하여 인류의 평화와 발전을 가져오기도 하지만 서로 배타적 관계로 발전하면 인류의 엄청난 재앙을 유발하기도 하였다.

내포는 언제나 외연(범주)을 규정하고, 외연은 내포가 규정하지 않는 대상을 제외하는데 때로는 이 경계가 인간의 사고를 제한하는 벽이 되기도 한다. 이러한 외연의 벽을 깨고 더욱 폭넓고 유연한 사고를 할 수 있는 한 가지 방법은 동양의 음양 사상과 같이 2차원적 관점에서 상대적으로 사고하는 것이다.

개념을 정의하는 경우에 내포가 규정한 외연뿐만 아니라 외연 밖의 비지시대상을 또 다른 내포로 규정하여 본래의 외연과 동등한 가치로 상호 관련성을 고려하며 역지사지의 입장에서 사고하는 것이다. 이것을 '이원론적 차원의 사고' 즉 '관계론적 차원의 사고'라고 할 수 있으며 또한 사고의 폭을 넓히는 방편이기도 하다.

나는 공산주의는 내포를 노동자와 농민만을 위하는 계급과 빈부의 차이가 없는 평등한 세계로 규정하였기 때문에 외연은 내포의 규정에 종속되어 적용 대상이 한정적으로 결정되고 외연 밖에 존재하는 대상에 대해 배타적일 수밖에 없다고 본다. 그리고 이 외연을 일방적으로 팽창시키려고 하면 외연의 경계가 확장될 때마다 외연 밖의 배타적인 대상과 충돌을 일으킬 수밖에 없다.

그러므로 공산주의 세계관을 가진 정치세력이 자기세력을 팽창하려고 하면 다른 세계관의 정치세력과 충돌은 불가피하고 세계평화는 유지될 수 없을 것이다. 나는 서양의 세계관이 공산주의의 탄생에 어떤 영향을 미쳤는지를 정치, 경제, 사상, 종교 발전의 역사와 연관 지어서 고찰해 본다.

인간은 주체적으로 환경을 개척하여 삶을 영위하고 문명을 발전시키기는 반면 환경의 영향을 받기도 한다.

중동지역의 자연환경은 강수량이 적어서 땅 대부분이 사막이나 초원으로 이루어져 있다. 고대부터 이곳 사람들이 생활하는 데 가장 중요하고 절대적으로 필요했던 것은 물이다. 이들이 물을 얻으려면 사막의 낮은 곳에 깊은 우물을 파서 구하거나 오아시스를 찾아서 구하는 수밖에 없었다. 그런데 그들에게 물은 언제나 부족해서 가장 절실하게 필요한 것이었지만 때로는 비가 갑자기 많이 내려 물이 너무 불어나면 재앙이 되기도 하였다.

사막이나 초원에서는 강수량이 적기 때문에 물이 흐르는 냇물이나 강이 거의 없다. 이로 인해 비가 갑자기 많이 내려 물이 크게 불어나면 물은 냇물로 흘러내리지 않고 낮은 지대에 모여서 차올라 사방이 물바다로 변한다. 그러다가 물이 계속 차오르면 넘쳐서 어느 한 곳이 터지게 된다.

사막에 차올랐던 물은 새로 터진 곳으로 한꺼번에 빠져 흘러내려 가면서 냇물이 생기고 일시적으로 물이 흐른다. 그러나 그 뒤로 오랫동안 비가 내리지 않으면 냇물은 바람에 날려 온 모래에 덮여서 흔적도 없이 다시 사라져버린다. 그런데 사막 지역에서 이러한 현상이 일어나는 것은 아주 보기 드문 현상이고 사막에서 물은 언제나 부족했다. 따라서 기후가 건조한 지역에 사는 고대인들은 필요한 물을 얻기 위해 하늘에 있는 신을 향해 비를 내려달라고 간절히 기도했다.

그들에게 있어서 신은 인간에게 더위나 추위와 같은 재앙을 내리기도 하지만 그보다 더 중요한 물을 내려주고 항상 은전을 베푸는 고마운 존재였다. 그래서 그들이 숭배하는 신은 언제나 비와 같은 은총을 내리는 존재이며 그들의 간절한 소원을 들어주는 전지전능한 신이었다. 나는 이러한 인문지리적 환경이 절대자인 유일신을 탄생시키고, 이 신을 믿는 종교가 발전하는데 영향을 끼쳤다고 본다.

고대 중동지역 사람들은 오리엔트 문화가 발전할 때까지 민족에 따라 다양한 신을 믿고 있었다. 그러다가 그들이 믿던 다양한 신은 생활환경의 영향으로 전지전능하며 인류를 구원할 수 있는 유일신으로 통일되었고, 이 신을 믿는 종교가 보편적 종교인 기독교로 발전하였다.

이 기독교는 후세에 이르러 성경의 해석과 종교 관점의 차이로 유대교와 이슬람교가 파생했다. 원래 이 세 종교는 뿌리를 같이하고 같은 지역에서 발생했지만, 각각 다른 발전의 길을 걸었다.

유대교는 기독교와 로마인들의 억압을 받으며 1,700여 년 동안 유랑생활을 한 유대인들에 의해 명맥을 이어 왔고, 기독교는 로마가 기독교를 받아들인 이래로 전 유럽인들이 믿는 거대한 종교가 되었으며, 이슬람교는 7세기경에 예언자 마호메트가 창시한 코란을 경전으로 하는 종교로 분리되어 중동지역을 중심으로 발전하였다.

이들 세 종교 중에서 초기 이슬람교는 타 종교와 교류하면서 비교적 융통성을 가지고 이교도들을 수용하는 입장이었다.

물이 부족한 중동지역에서 생활해 온 이슬람교도들은 땅이 건조하여 농사를 지을 수가 없었다. 그들은 양이나 소를 몰고 초원을 찾아다니며 방목하는 유목생활을 하며 살았다. 따라서 그들에게는 양이나 소 그리고 우물이 아주 중요한 재산이었다.

유목생활을 하는 사람들의 생산품은 고기나 유제품에 한정되어 있어서 그들에게 필요한 생활필수품은 언제나 절대적으로 부족했다. 이로 인해 그들은 생존을 위해 한정된 자원을 차지하려고 경쟁하고 투쟁했다. 그들 사회에서는 언제나 강자가 생활하기에 적합한 오아시스나 초원을 독차지했으며 공존, 공생의 문화는 형성되기 어려웠다.

생존경쟁에서 밀려난 유목민들은 생존을 위해 그들의 생활에 필요한 자원을 외부세계에서 구해 와야만 했다. 그리고 생존경쟁에서 승리한 사람들도 생필품이 항상 부족했기 때문에 그들은 부족한 물품을 낙타나 배를 이용하는 무역을 통해 다른 지역에서 구해 와야만 했다.

이로 인해 유목사회에서는 목축을 하면서도 농업을 천시하고 상업활동을 가장 중시했으며 예언자나 귀족들은 모두 상인 출신이었다. 그들이 무역하려면 자연스럽게 다양한 문화와 전통을 가진 국가와 이민족을 상대로 교역할 수밖에 없었다. 따라서 그들이 외부세계 사람들과 거래를 성사시키기 위해서는 이교도들과 우호적인 관계를 유지할 수밖에 없었다.

아라비아 상인들은 다양한 외부세계와의 교역을 원활하게 하기 위해서는 배타적인 유일신 사상이 장애가 될 수 있다는 것을 깨달았다. 그래서 그들은 자기들의 종교의 정통성을 지키면서 외부세계와의 교역을 성사시키는 방법을 찾아야만 했다.

그것은 알라신을 광의로 해석하여 모든 신은 하나이고 이교도들이 믿는 신을 알라라고 하여 같은 신으로 동일시하는 것이었다. 그리하여 그들은 자기들의 종교적 신념도 지키며 이교도들의 종교도 인정하는 융통성 있는 유연한 자세로 이교도 세계와의 교류를 원활하게 할 수 있었다.

이러한 종교적 유연성으로 이슬람 상인들은 중국으로 통하는 중앙아시아의 실크로드뿐만 아니라 남방의 해양 실크로드를 개척하여 아프리카와 인도양과 남중국해 주변 국가를 비롯하여 멀리는 동아시아 지역의 코리아까지 그들의 상권을 확대해 나갈 수 있었다.

그들은 또한 교역하기에 극한의 조건을 지닌 사하라 사막을 낙타를 타고 넘어가서 사하라 남쪽에 있는 아프리카 사람들과도 교역하였다.

그곳에서 그들은 아프리카인들에게 이슬람교를 전파하여 이슬람교가 번성하였는데, 이곳에서 발전한 이슬람교는 중동에서 발생한 원래의 이슬람과 아프리카 전통 종교가 결합하여 더욱 생동적이고 역동성이 강한 변형된 이슬람교로 발전하였다. 이러한 이슬람 상인들의 개방적인 세계관이 이민족과 교역을 원활하게 하면서 이교도들과의 다양한 교류를 가능하게 했다고 본다.

이러한 이슬람 전통은 기독교도들과는 다른 세계관으로 동서양의 다양한 국가들과 교역과 문화교류를 하는데 윤활유 역할을 했을 뿐만 아니라 국제평화에도 기여했다고 본다.

원래 유태교, 크리스트교, 이슬람교는 중동에서 같은 뿌리를 가진 종교였다. 그런데 이 세 종교는 모두가 같은 유일신을 믿으면서도 공존, 공생하기보다는 자기들이 믿는 종교의 정통성과 선명성을 내세우며 이교도들을 배격하고 서로 충돌하였다.

　예루살렘은 이러한 세 종교의 공통 성지여서 순례자들 사이에 충돌이 잦았던 곳이다. 11세기경에 이르러 이슬람국가인 셀주크튀르크 제국이 소아시아지역을 점령하고 나서부터 종전에 지켜오던 이교도들에 대한 개방적인 자세를 버리고 크리스트교도들이 자기 지역을 통과하여 예루살렘으로 성지 순례하러 가는 것을 금하였다.

　튀르크 제국이 이러한 폐쇄적인 정책을 택한 것은 이슬람인들이 기독교도를 종교인의 외연에서 제외하고 배타적인 태도를 취했기 때문이라고 본다. 기독교도들의 성지순례 탐방로가 막히자 기독교 국가인 비잔틴제국의 황제 알렉시우스 1세는 서로마제국의 교황에게 성지탈환을 위한 군사적 지원을 요청하였다. 교황은 이에 호응하여 삼만의 대부대 십자군을 조직하여 보스포루스 해협을 건너 1차 십자군 원정에 나서게 되었다.

　십자군부대는 성지탈환을 위한 불굴의 정신으로 소아시아를 가로질러 이슬람의 튀르크 군대를 무찌르고 안티오크와 예루살렘, 자파 등 주요 도시를 잇달아 함락시키고 나서 드디어 성지탈환에 성공했다.

　그런데 십자군 원정 중에 그들은 인류역사에 씻지 못할 오점을 남겼다. 그것은 십자군부대가 예루살렘에 도착하기 전에 시리아의 도시 안티오키아에 주둔하고 있을 때 일어난 참사다.

십자군이 여름의 더위를 피해 서늘한 겨울에 진군하기 위해 안티오키아에 장기간 주둔하게 되었다. 그런데 그때 그들에게 식량 지원을 해 주던 현지 주민들이 식량 지원을 거부하였다.

이에 분노한 십자군은 현지 주민들이 살고 있던 도시 마알라를 함락시킨 후 주민들을 살육하였는데 그 수법이 너무도 잔인했다. 십자군은 현지 주민들의 반항으로 자기들이 기아에 허덕이는 고난을 겪었다는 이유로 현지 주민들을 학살했다. 십자군은 심지어 그들이 이교도라고 하여 솥에 넣고 삶거나 살점을 꼬치로 꿰어 구워서 인육으로 식사하는 인간으로서는 도저히 용납할 수 없는 만행을 저질렀다.

이러한 사건이 일어난 것 역시 십자군들이 오직 기독교만을 종교의 내포로 규정하고 이교도들을 종교인의 외연에서 배제했기 때문으로 본다. 그리하여 십자군은 이교도들에 대한 생명의 존엄성이나 인격을 완전히 무시해 버렸다. 그들은 이교도들을 마치 하등동물처럼 여기는 마음의 벽(외연)이 그들의 양심을 무감각하게 만들어서 이교도들을 그렇게 잔인하게 학살할 수 있었던 것이다.

십자군이 1차 원정에서 회복한 성지가 다시 이슬람 세력에 넘어가자 2차 십자군 원정을 재개하였다. 그러나 2세기에 걸친 열덟 번의 십자군 원정은 결국 모두 실패로 끝을 맺었다.

수 세기에 걸쳐 기독교와 이슬람 세계 간에 벌어진 전쟁은 종교적인 내포에 의해 규정된 외연의 벽이 상대를 인정하지 않는 배타적이고 폐쇄적인 세계관을 형성했기 때문으로 본다.

창세기의 기독교가 후세에 이르러 성경의 해석을 달리하거나 종교적 모순이 드러나면 그 모순을 극복하기 위해 새로운 종교를 창시하거나 종교개혁으로 새로운 종파를 만들었다.

이 종파는 종교적 내포를 새롭게 규정하고 그에 따라 또 다른 외연이 형성되었다. 이렇게 하여 파생된 종교가 유대교와 이슬람교다. 이 외연은 비눗방울이 떨어져 나가면 새로운 비눗방울이 생기듯이 별도의 외연을 발생하는 현상과 같다고 본다.

십자군전쟁은 유럽의 기독교세력이 새로운 이슬람 종파(외연)의 출현을 인정하지 않았고, 이슬람 세력도 기독교를 배타적으로 대하여 충돌을 일으킨 전쟁이었다. 이런 종교적 외연이 그 내부 구성원들 간의 통일된 사상이나 획일화된 문화로 강한 결속력을 다지는 데는 기여하지만 그들의 사고의 세계가 외연 속에 갇혀서 외부세계와 단절시키는 결과를 초래할 수도 있다.

어떤 종교가 자기중심적인 내포만을 최고의 가치로 여기고 상대의 외연을 파괴하여 그 속에 있던 대상들을 자기들의 외연 안으로 흡수, 통일하려는 욕구가 원심력으로 작용하면 충돌이 일어나 종교분쟁이 일어나고 국제평화가 깨진다.

십자군 원정을 통해 유럽인들은 중세기의 유럽세계가 신앙의 힘으로 뭉친 기독교적인 통일체였다는 것을 입증하는 동시에 십자군 원정을 일으킬 만한 힘을 가졌음을 보여주었다.

그러나 십자군 원정이 실패로 끝남에 따라 교황을 중심으로 한 성직

자들이 누렸던 절대적인 권위를 잃게 되었고, 신도들의 신앙도 점차 식어갔다. 이로 인해 교회의 위신에 치명적인 손상을 입히게 되었고, 전쟁비용을 조달하느라 가산을 탕진한 봉건 제후가 늘어나면서 그들의 세력은 약해지고 기사계급의 몰락을 가져왔다. 그와 반대로 세력이 강해진 쪽은 길드를 중심으로 하는 도시민과 국왕이었다. 여러 국왕 중에서도 영국과 프랑스의 왕권이 크게 성장하였다.

십자군 원정으로 인류역사에 끼친 가장 큰 영향은 유럽인들이 기독교로 개종하면서 헌신짝처럼 버렸던 그리스 로마 시대의 학문과 고전이 이슬람 세력에 의해 다시 유럽에 전파된 것이다.

로마의 황제 테오도시우스 1세 때에 기독교를 국교로 정하고 다른 종교를 배척하여서 그리스 로마신화를 믿는 것이 금기시되었다. 이로 인해 그리스 로마 시대의 역사, 문화와 관련된 서적뿐만 아니라 철학, 수학, 과학 등의 서적은 폐기되거나 외국으로 뿔뿔이 흩어지게 되었다.

그리고 신전이나 동상은 우상이라 하여 파괴되었다. 그리하여 그들의 조상들이 이루어 놓은 훌륭한 그리스, 로마문화와 헬레니즘 전통을 무시해 버리고 그것을 보존하거나 계승하지 않았다. 심지어 콘스탄티노플에서는 그리스 여신상을 옮겨다가 거꾸로 세워서 지하수원지의 기둥으로 만들어 쓰기도 하였다.

기독교가 로마의 국교가 되면서 유럽인들은 로마 가톨릭교회를 중심으로 기독교 정신을 통해 혼란스러운 사회의 통일성과 응집력을 토대로 하여 기독교 정신의 기반 위에 정치구조와 국가조직을 구축하는

데 크게 기여했다. 그리고 이 시대에 상공업 위주의 도시가 발달하고 과학, 기술, 도제교육 등 전반적으로 성장을 이루었다.

그러나 로마의 기독교 사회는 기독교적 가치가 절대적인 영향력을 행사했던 시기였다. 로마는 정치와 경제뿐만 아니라 사회, 문화 심지어는 인간의 행동마저도 기독교적 논리로 결정되는 하나의 기독교적 세계관이 지배하는 커다란 제국이었다.

이렇게 중세에 유럽의 기독교 문화는 전성기를 이루었지만, 인류 문화와 학문의 근간이 되는 그리스 로마 시대에 발전한 철학, 수학, 과학 분야의 학문과 문화는 쇠퇴하였다. 이러한 기독교 세계관이 유럽인들에게는 하나의 사회적 통일성과 응집력을 모으는 구심점 역할을 하였지만, 타 문화뿐만 아니라 자기 조상들이 이룩한 학문적 업적도 수용하지 못하는 문화적, 사회·심리적인 벽이 되었다.

유럽의 기독교도들이 도외시했던 그리스 로마문화는 중동 이슬람의 소수 지식인에 의해 그 명맥을 유지할 수 있었다. 중동 이슬람의 소수 지식인과 상인들은 그들이 소장하고 있던 그리스, 로마의 고전들을 8·9세기경에 이르러 번역하고 재해석했다.

이들은 이슬람의 창시자인 무함마드의 적통임을 자칭하며 칼과 코란을 들고 정복전쟁을 일으켜 아프리카와 페르시아에 걸친 대제국을 건설한 아바스(압바스) 왕조의 제왕 칼리프와 그들 휘하의 학자들이었다. 특히 이슬람의 칼리프는 '진리는 지구 끝까지 가서 구하라'고 하며 진리추구에 아주 적극적이었다.

이슬람이 그리스 고전의 번역에 심혈을 기울인 것은 아바스 왕조의 칼리프들이 만민평등의 세계제국을 지향했던 유연한 정체성과 그들 제국에 속한 이교도와 이민족들을 사상적으로 지배하기 위한 필요성 때문이었다.

아바스 왕조는 이교도들의 반발과 내분을 막고 통일제국을 건설하기 위해 제국 안에서 이슬람교도는 모두 평등하다는 명분으로 개종정책을 펼쳐 나갔다. 이러한 과정에서 이교도들과 논쟁이 일어났고 칼리프가 이단을 설득시키기 위한 논증과 반박의 대화술을 찾다가 아리스토텔레스 철학의 방법론에서 해결책을 구했다.

또한, 아바스 왕조의 칼리프가 그들이 신봉하는 유일신 사상의 벽을 허물고 유럽 문명의 뿌리인 그리스의 고전을 번역하여 연구하고 이교도들의 문화를 수용한 것은 아바스 왕조의 건국과정에서 이러한 개방적인 사상을 이미 잉태하고 있었기 때문이다.

아바스 왕조가 혁명으로 정권을 잡을 때 조로아스터교를 신봉하는 페르시아인들의 도움을 받아 혁명에 성공할 수 있었다. 그래서 페르시아인의 옛 제국이던 사산 왕조의 통치술이나 그들이 신봉하던 조로아스터교의 경전인 《아베스타》의 내용을 국가 통치이념에 대폭 수용하였다.

아바스 왕조의 제국 안에는 이미 페르시아와 이집트와 근동의 이민족과 이교도가 각기 다른 경제, 문화적 전통이 계승되어 오고 있었으므로 아바스 왕조는 이들의 원활한 지배를 위해 모두가 알라 아래 평등하다는 범세계주의적 유연성을 표방할 수밖에 없었다.

이들 이슬람인에 의해 유일신의 세계관의 벽을 허물었다. 개방적으로 진리를 추구했던 그들의 업적이 아니었으면 하마터면 역사적으로 사라질 뻔했던 고대 그리스의 철학과 의학, 수학, 문학 등의 문헌들이 보존될 수 있었다. 더 나아가서 그들에 의해 보존된 문헌들이 십자군 원정 때에 유럽인들에게 전달되어 르네상스의 찬란한 문화를 꽃피우는 발판이 되었다.

십자군 원정 이전의 유럽에서도 플라톤사상을 수용하여 종교적 교리의 체계를 세우는 데에 그리스 고전의 사상을 받아들이고는 있었다.

아우구스티누스는 하나님의 나라와 지상의 나라, 초자연적 질서와 자연적 질서를 구별하고, 신앙이 없이는 인간적인 이해도 불가능하다고 하여 신앙의 우위를 주장하기 위해 플라톤사상을 종교적으로 수용하였다. 이것이 스콜라 철학의 시작이다.

플라톤에게 현실 세계는 이데아의 그림자에 불과한 것이다. 그는 현상의 세계는 변하므로 참다운 세계가 아니고 이데아만이 변하지 않는 절대 이성의 참된 세계임을 주장하였다. 이러한 플라톤의 사상과 연역적 추리 방법은 기독교의 창조론적인 신학을 논리적 일관성과 체계성을 갖추는 논리적 근거가 되었다. 그리고 이 양자 사이에는 논리적으로 체계적으로 사상을 전개하면서 충돌은 없었으나 이성적인 인식과 논증의 방법을 확립하지는 못하였다. 그러다가 십자군 원정으로 유럽인들이 이슬람 세계에서 구매해온 그리스 고전을 유럽인들은 다시 라틴어로 번역하고 연구하기 시작하였다.

이러한 과정에서 유럽인들이 이슬람 세계로부터 받은 지적충격은 대단하였는데 그것은 아리스토텔레스의 논리학과 수학, 과학 등의 새로운 학문 세계와의 만남이었다. 유럽인들은 이슬람에서 수입한 새로운 학문 중에서 아리스토텔레스의 철학사상으로 종교 교리를 논리적(귀납적 추리 방법)으로 증명하여 학문적인 체계를 세우려고 하였다. 이것이 유럽에서 스콜라 철학이 본격적으로 발전하기 시작하는 계기가 되었다.

중세 스콜라 철학에서는 신앙의 교리가 주가 되고 이성이 탐구하는 철학이 신앙의 종이 된다고 하여 신학과 철학의 관계를 '철학은 신학의 시녀이다'라 하여 주종관계로 본다. 따라서 곧 신과 인간의 관계도 주종관계로 본다.

중세에는 이성에 의한 철학적 탐구든 과학적 탐구든 신앙의 교리에 어긋나는 탐구는 절대 금물이었다. 그런데 스콜라 철학자들이 기독교 교리를 철학을 사용하여 이해하고 증명하려고 시도하는 과정에서 고대 그리스철학 사상이 기독교사상에 반영되었다. 특히 아리스토텔레스를 비롯한 고대 철학자들의 사상이 스콜라 철학에 깊이 녹아들어서 신학과 철학이 동시에 발전하게 되었다.

스콜라 철학의 대표적인 인물이 13세기의 토마스 아퀴나스였다. 그는 아리스토텔레스의 귀납적 추리에 의한 자연관, 사회관의 목적론적·위계 질서적인 성격이 오히려 당시의 교회조직을 설명하는 데 유익하다고 보았다. 그리하여 아리스토텔레스 철학을 유물론이 아닌 관념론을 기초로 가톨릭교회의 교리를 조직하게 되었는데 이것이 토마스 아퀴나스의 신학적 철학체계가 되었다.

그의 입장은 신앙(은총)과 이성(자연의 빛)을 조화시키는 데에 있어 이성에 의해 즉 철학적인 방법으로 신의 존재를 증명할 수 있으며, 종교적 진리에 대한 반대론자들을 논박할 수 있다고 보았다. 그리고 그는 '철학은 신학의 시녀'인 한에서 진실한 것으로 보고, 봉건제 사회를 조직하는 질서뿐만 아니라 존재하는 모든 것은 신의 계층적 질서 아래에 놓여 있다고 주장하였다.

그러나 토마스 아퀴나스는 하나님을 믿게 하는 방법으로 철학을 이용했지만 이교도들에게 이성적인 방법인 철학으로 하나님의 진리를 증명해 보이는 데에는 한계가 있음을 인정하였다.

그는 어떤 피조물도 하나님의 존재를 하나님의 입장에서 연역적으로 증명할 수 있는 사람은 없다고 보고 존재론적인 신의 존재는 증명할 수 없다고 주장하였다. 초기 스콜라 철학자들이 플라톤의 연역적 방법으로 기독교적 교리를 체계화하고 아리스토텔레스의 귀납법으로 신학을 증명하려는 과정에서 스콜라 철학이 발전했다. 그러나 신의 존재를 증명하려는 과정에서 토마스 아퀴나스에 의해 스콜라 철학의 한계를 인정하게 되었고, 그것을 바탕으로 인본주의 학문과 예술의 부활 운동이 일어나는 계기를 맞이했다.

그리고 갈릴레오는 지구의 운동을 망원경을 통한 관측으로 증명하였고, 수학적 논증으로 정립하여 지동설을 주장하여 유럽의 기독교 사회에 큰 충격을 주었다.

이슬람으로부터의 그리스 고전의 수입과 갈릴레오에 의한 과학의 발전으로 서유럽에서는 인본주의 학문과 예술의 부활운동인 르네상스의 꽃이 활짝 피어났다.

인간성의 해방과 인간의 재발견 그리고 합리적인 사유와 생활태도의 길을 열어 준 르네상스는 이탈리아에서 시작되어 독일, 프랑스, 영국을 포함한 유럽 전역의 정치·문화 형성에 큰 영향을 끼쳤다. 그리고 후에 유럽의 계몽주의 사상과 철학, 과학 발전의 기반이 되었다. 그러나 유럽에 있어서 르네상스는 부유한 계층의 사회에 영향을 끼치는 데 그쳤고, 유럽 사회의 구성원 대부분을 이루고 있었던 농노 수준의 일반인들에게는 그 영향을 미치지 못하였다.

십자군 원정으로 이슬람 세계로부터 도입한 그리스, 로마문화와 학문의 영향을 받은 토마스 아퀴나스가 철학을 신학에서 독립시키는 데에 기여하였고, 갈릴레오 갈릴레이는 과학적(귀납법적)인 방법으로 천문학을 연구한 지동설을 주장하여 과학을 신학에서 분리하여 발전시키는 데에 큰 공헌을 했다.

이러한 과정에서 토마스 아퀴나스에 의해 스콜라 철학의 한계를 인정하게 되어 기독교적 세계관의 외연의 벽을 개방하는 계기를 마련하는 데 기여했다고 본다.

그리고 갈릴레오는 천동설을 깨고 지동설을 과학적으로 입증함으로써 기독교적 신본주의 세계관의 외연의 벽을 허물고, 인류의 사고의 무대를 지구 중심의 세계관에서 우주 공간으로 확장하는 데 크게 기여했다.

허리케인

18세기에 이르러 유럽 각국은 산업혁명으로 생산 기술 혁신을 가져와 생산성이 급속도로 증대되었다. 그리고 이 국가들은 세계각지에 식민지를 개척하여 값싼 원료를 수입하여 비싼 공산품을 만들어 되파는 제국주의 정책으로 국가 경제의 급속한 발전을 이루어 막대한 부를 축적하게 되었다. 그리고 산업혁명으로 생산수단이 발전하고 값싼 노동력과 원료를 이용하여 대규모 공장공업이 발전하면서 예전에 볼 수 없던 대자본가가 등장하기 시작했다.

그런데 이러한 급속한 국가 경제발전과 자본가의 막대한 이윤 증대에도 불구하고 경제성장의 효과가 전 국민에게 고루 미치지 못했다. 그로인해 유럽 사회는 극심한 빈부의 격차로 사회문제가 발생하게 되었다.

공산주의 탄생에 직접 영향을 준 원인이 유럽 사회가 이러한 부작용을 치유할 대책을 제대로 마련하지 못한데에 기인한다고 본다. 이 이유를 좀 더 깊이 파고들기 위해 먼저 제국주의 발전의 기초가 된 신대륙 탐험과 산업혁명으로 국력이 부강해진 유럽 열강이 식민지를 개척해 나가는 과정에 대해 알아본다.

　허리케인은 대서양의 열대지역 바다에서 발생하는 강력한 폭풍우를 동반하는 열대성저기압이다. 여름에 열대 대서양의 해수면 온도가 상승하면 동질의 에너지를 지닌 기단에서 수증기 분자가 대기 속으로 대량으로 증발한다. 이 수증기는 상승기류를 만들고 상승한 공기는 상층으로 올라가면서 팽창한다. 상승기류는 저기압의 중심부로 들어오면서 지구 자전에 의한 회전력을 공급받아 빠르게 상승하고 온도가 낮아지면서 응축된다. 이 기류는 많은 양의 열과 에너지를 시계 반대 방향으로 작용하여 강력한 회오리바람과 폭우를 동반하게 된다.

　허리케인은 해수면에서 계속하여 에너지를 공급받으며 점차 세력이 강력해져서 육지에 상륙하게 된다. 육지에 상륙한 허리케인은 육지의 모든 기후현상을 제압하여 휩쓸고 지나간다. 그러나 육지에서는 에너지 공급이 중단되고 육지의 산악지대와 같은 이질적인 기단과 부딪히면서 점차 자체 에너지를 소진하게 되어 소멸하게 된다.

　그런데 이렇게 강력한 에너지를 발산하는 허리케인은 어디까지나 지구 상에서 일어나는 여러 가지 기후현상 중의 일부에 불과하다. 허리케인 내부에서 부는 바람의 방향은 해수면에서 상승기류를 형성할 때에는 지구 자전에 의한 회전력이 저기압의 중심부를 향해 강력한 구심력으로 작용하여 상층부로 상승한 뒤에는 외부를 향해 원심력으로 작용한다.

그런데 허리케인의 강력한 세력의 영향력이 미치는 방향은 원심력과 같은 동심원의 외부로 향하며 그 범위도 확장해 나간다. 허리케인이 발생하여 소멸되는 과정은 외부요인의 영향도 받지만, 더욱 근본적인 요인은 저기압 내부의 에너지 공급원의 증감으로 결정된다.

이러한 허리케인이 발생하여 소멸하는 현상이 개념을 정의할 때 내포에 의해 외연의 범위가 결정된다는 점과 유사점을 지닌다고 본다.

이슬람의 오스만제국이 소아시아지역을 점령하고 그 세력을 북아프리카에서 서아프리카까지 뻗쳐 유럽에서 인도로 통하는 향료 무역로와 동방으로의 실크로드가 차단되었다. 그리하여 유럽인들이 아시아로 가는 육지 무역로와 지중해의 해상 무역로마저 이슬람 세력의 수중에 들어가게 되었다.

이로 인해 육류 섭취량이 많은 유럽인들에게 필수품처럼 되어버린 정향이나 후추 등의 수입이 급격히 줄어들어 향신료 가격이 급등했다.

따라서 오스만제국에서 먼 거리에 있는 서유럽의 국가들은 향료를 구할 수 없어서 곤경을 겪게 되었다.

이러한 난관을 헤쳐 나가기 위해 향료 무역로를 육로가 아닌 해양로 개척에 나선 사람이 나타났다. 그는 크리스토퍼 콜럼버스였다.

콜럼버스는 지구는 둥글다는 확신이 있었다. 그는 성경에 '지구의 바다 끝에 낭떠러지가 있고, 그 밑이 지옥이고, 하늘 위에 천국이 있다'는 구절이나 '사람이 배를 타고 먼 바다로 나가면 천 길 낭떠러지로 떨어져서 죽는다.'는 등의 속설은 믿지 않았다.

칭기즈칸이 대몽골제국을 건설한 뒤로 유럽인들은 모든 문명 세계는 하나로 통한다는 사실을 알게 되었다. 그리고 예전에 알렉산더대왕이 동서양에 걸친 대제국을 건설했던 헬레니즘 문화시대에 만든 세계지도를 통해 전 세계의 바다는 하나로 연결되어 있다는 사실도 이미 알고 있었다.

콜럼버스는 P. 토스카넬리에게서 세계지도를 구해서 연구한 결과 서쪽으로 항해해도 향료 생산지인 인도에 도달할 수 있다는 확신을 하게 되었다. 그는 이러한 확신을 하고 인도탐험의 꿈을 실현하기 위해 먼저 영국과 포르투갈, 프랑스의 왕실을 찾아가 탐험을 위한 경제적 지원을 요청하였으나 모두 거절당했다. 그는 끝까지 자기의 꿈을 포기하지 않고 불굴의 정신으로 노력한 결과 에스파냐의 이사벨라 여왕의 후원을 받아내는 데 성공했다.

콜럼버스가 이사벨라 여왕을 찾아가서 탐험에 필요한 경비와 지원을 요청했을 때 여왕이 그에게 탐험을 지원해 주면 그 대가로 무엇을 바칠 수 있는지를 물었다. 콜럼버스는 황금과 향료, 그리고 광활한 식민지와 그곳 주민들에게 기독교를 전파하여 신민으로 바치겠다고 하였다.

그가 황금을 바치겠다고 한 것은 마르코 폴로의 동방견문록에 인도 가까이에 있는 아시아의 섬나라 일본에 황금이 아주 많다는 것을 믿고 있었기 때문이다. 그리고 그가 원주민을 개종시켜 신민으로 바치겠다고 한 것은 유럽에서는 중세 때부터 전해져 내려오던 프레스터 존 Prester John이라는 왕이 유럽인이 알지 못하는 동방의 먼 나라에 기독교를 전파해서 그들로 하여금 동방에서 이슬람을 공격하려 했다는 전설을 믿고 있었기 때문이다.

그는 프레스터 존 왕처럼 자신도 원주민을 개종하여 하나님의 은총을 받는 기독교 신민으로 바치겠다고 한 것이다. 콜럼버스가 이사벨라 여왕에게 위의 세 가지 선물을 바치는 대신에 그가 내건 조건은 신항로개척에 필요한 탐험대의 조직과 그에 따른 경비 외에 탐험대의 제독 계급과 '돈'이라 칭하는 귀족지위를 요구했다.

그리고 새로 발견된 땅에서 얻은 수입의 10%와 모든 무역거래의 8분의 1을 자신의 지분으로 정해 줄 것과 그가 발견한 땅이 식민지가 될 때 자신을 총독으로 임명해달라는 요구도 했다. 이사벨라 여왕은 그의 조건을 받아들여 인도탐험에 필요한 지원을 하게 되었다.

1492년 8월 3일, 콜럼버스는 산타마리아호와 니냐호, 핀타호라는 세 척의 탐험선에 100여 명의 선원을 이끌고 에스파냐의 팔로스항을 떠나 신항로개척의 대장정에 올랐다.

콜럼버스는 몇 달에 걸친 고난의 항해 끝에 드디어 바하마제도를 발견했다. 이어서 쿠바와 히스파니올라(아이티)를 탐험하고 귀국했다. 그런데 그는 이곳을 죽을 때까지 인도나 일본 일부라고 생각했다.

그는 귀국하면서 소량의 황금과 그곳의 특산물인 담배 등과 노예를 데리고 왔는데 그중에서도 그가 가져온 금제품이 전 유럽에서 센세이션을 일으켰다. 그 공로로 그는 이사벨라 여왕으로부터 '신세계의 총독'으로 임명되었다.

콜럼버스는 1차 탐험 때에 발견한 쿠바·히스파니올라를 식민지로 만들고 탐험대 약 40여 명을 남겨 두고 돌아왔다. 그가 다시 2차 탐험에 나서서 히스파니올라에 도착해보니 1차 탐험 때에 남겨 두었던 선원 40여 명은 이미 토착민들에 의해 몰살된 뒤였다.

콜럼버스는 식민지 총독으로서 이곳을 다시 식민지로 만들고 '이사벨라 시'를 건설했다. 그리고 자기 탐험대가 차지한 지역을 에스파냐인 경영자들에게 마음대로 분할해 주었다. 그리고 인디언들에게는 부역을 강요했고 공납을 바치도록 명령했다. 이것이 유럽인들이 아메리카에 진출하여 강제로 식민지를 건설하여 인디언을 노예로 잡아 팔거나 노역을 시키고 학살도 서슴지 않은 악행의 길을 터 준 최초의 사건이었다.

그는 뒤이어 3차에 걸쳐 인도탐험에 나섰으나 그가 원하는 황금을 구하지 못했다. 그는 이사벨라 여왕이 탐험을 위해 막대한 경비를 지원했던 데 비해 값싼 담배나 호박, 노예 같은 것밖에 구해오지 못했다. 그리하여 그는 여왕의 불만을 사서 그녀와 점차 멀어지기 시작했다.

그때는 마침 포르투갈의 바스쿠 다 가마는 희망봉을 돌아 새로운 인도 항로를 개척하여 값비싼 후추와 향료를 구해 와서 대성공을 거두고 있을 때였다. 그로 인해 그는 더욱 이사벨라 여왕으로부터 인정을 받지 못하여 비참한 신세가 되어 가고 있었다.

콜럼버스가 4차에 걸친 탐험의 후유증으로 고생하고 있을 때 그의 강력한 지원자였던 이사벨라 여왕이 죽게 되자 그의 지위는 더욱 하락했다. 그뿐만 아니라 그가 탐험의 대가로 얻은 직책인 총독 세습까지도 인정받지 못하게 되었다.

대 탐험가로서의 신세계 발견이라는 인류의 대 업적을 남겼던 그는 말년에 모든 지위를 잃고 탐험의 후유증으로 정신적인 좌절감과 관절염에 시달리다가 쓸쓸히 눈을 감았다. 그러나 크리스토퍼 콜럼버스의 죽음은 단 한 사람의 생명을 잃은 사건이 아니었다. 그는 신대륙 발견이라는 인류역사의 한 획을 그은 위대한 업적을 남겼고 유럽인들에게는 황금과 은광 그리고 막대한 경제적 이익을 안겨다 주었다. 하지만 아메리카 원주민들에게는 백인들에 의해 상상도 할 수 없는 고통과 수난을 당하는 역사적 계기가 되었다. 콜럼버스는 아메리카 원주민들에게 커다란 두 가지의 고통과 시련의 씨앗을 남겼다. 그것은 '사탕수수'와 '외연'의 벽이었다.

콜럼버스는 탐험을 시작할 때부터 탐험지의 원주민들과 동등한 조건으로 교류나 교역을 할 의도는 없었다. 그는 애초부터 탐험으로 발견한 지역을 식민지로 만들 것을 전제로 하였고, 그곳 원주민들에게는 그들의 의사와는 상관없이 일방적으로 기독교를 전파할 의도가 있었다.

콜럼버스는 1차 탐험을 마치고 귀국할 때부터 노예를 끌고 왔다. 2차 탐험 때에는 쿠바의 동쪽에 있는 히스파니올라 섬을 식민지로 삼고 인디언들에게 그들이 필요한 금과 옥수수를 바치게 하였다. 그리고 그들에게 금 채굴을 명했다. 그런데 금 산출량이 기대에 못 미치자 그는 인디언을 대량 학살하거나 노예로 잡아들여 에스파냐로 보냈다.

이것이 콜럼버스가 아메리카대륙을 탐험한 뒤에 그가 행한 만행으로 원주민들에게 있어서는 역사적 불행의 서막을 연 사건이었다. 콜럼버스가 죽은 뒤에 많은 유럽 사람들이 황금을 찾아 또는 식민지를 개척하기 위해 아메리카대륙으로 진출하였다. 그들은 식민지를 개척하는 과정에서 많은 원주민을 학살하거나 노예로 삼아 강제노역에 혹사시켰으며 인디언들의 문화나 문명을 파괴하였다. 그중에서도 가장 큰 사건이 잉카제국을 멸망시키고 마야문명을 파괴한 것이다.

  에스파냐는 1531년에 피사로를 대장으로 하여 총으로 무장한 보병과 기병 180여 명과 대포 한 대와 말 30여 마리로 구성된 원정대를 남아메리카에 파견했다.

  피사로의 원정대는 파나마를 거쳐 남아메리카 대륙의 서해안을 따라 남하하여 남아메리카 최대의 인디언 국가인 잉카제국의 카하마르카 시에 도착했다. 이때 잉카제국의 아타우알파 황제는 3만 명에 가까운 군대를 거느리고 카하마르카 도시 근처에 머물고 있었다.

  그때 잉카제국은 남북으로 4,000㎞, 동서로 320㎞에 이르는 광대한 제국을 이루고 있었다. 피사로는 잉카제국을 속임수를 써서 멸망시킬 계획을 세웠다. 그의 부하들은 잉카의 황제를 찾아가서 자기들이 에스파냐 국왕의 사절단이라고 하면서 회담을 요청했다.

  잉카 황제는 소규모인 스페인 원정대를 얕보았다. 그는 이 제안이 함정인 줄도 모르고 꼬리가 긴 말과 원정대에 호기심을 가지고 호의적인 태도로 회담을 받아들였다.

  피사로는 광장에 미리 대포에 포탄을 장착해 두고 황제가 나타나기를 기다렸다. 아무것도 눈치채지 못한 잉카제국의 아타우알파 황제는 삼 사천여 명의 병사들로부터 호위를 받으며 광장으로 위풍당당하게 들어섰다.

피사로는 일부러 성직자를 시켜 황제에게 성경책을 주며 기독교로 개종할 것을 요구했다. 글자를 모르는 아타우알파 황제가 그들의 요구를 거절하고 그냥 성경책을 바닥에 내던지자 피사로는 이 일을 꼬투리로 대포를 쏘며 동시에 기병들로 하여금 말을 몰고 잉카군영으로 공격해 들어가게 했다.

잉카인들은 커다란 소리를 내며 발사하는 대포와 총을 한 번도 본 적이 없었다. 그들은 자기편 병사들이 대포와 총에 맞아 쓰러지는 것을 보고 서로 놀라 우왕좌왕하며 극도로 불안해지기 시작했다.

피사로는 그 틈을 놓치지 않고 황제를 생포하여 감옥에 가두었다. 그러고는 큰 방에 가득 채울 정도로 금을 가져오면 황제를 풀어 주겠다고 했다.

잉카인들은 황제를 구하기 위해 황금 200상자와 은 20상자, 그리고 보석 60상자를 가지고 왔다. 그러나 피사로는 보물만 챙긴 뒤에 약속을 지키지 않고 황제를 교수형에 처해버렸다.

뒤늦게 속았다는 것을 알게 된 잉카인들은 격분하여 에스파냐 원정대와 전투를 벌였으나 신무기인 대포와 총의 화력을 당해내지 못했다. 잉카제국은 결국 수도인 쿠스코를 점령당한 뒤에 서서히 멸망해 갔다.

피사로의 속임수와 총포로 잉카제국이 멸망한 이후로 인디언들은 스페인 사람들에게 저항 한번 하지 못하고 남아메리카 대륙 전체를 스페인과 포르투갈에 식민지로 내주게 되었다. 그리하여 인디언 중의 어떤 종족도 자기들의 정체성과 문화를 지킨 독립국을 유지하지 못했다.

그리고 원주민 중의 어떤 사람도 유럽인들과 평등한 인격체로 인정받지 못했고, 인간의 존엄성을 존중받은 사람도 없었다. 그들은 인간 이하의 대접을 받는 노예로 전락하여 갖은 노역을 강요당했을 뿐만 아니라 짐승처럼 매매 당하기까지 하였다.

유럽인들이 원주민들에게 가장 큰 피해를 준 것은 그들이 옮겨 온 전염병의 감염으로 인한 희생이었다. 그들은 유럽인을 통해 들어온 전염병인 천연두나 홍역, 발진티푸스 등에 감염되어 원주민의 약 90%가 희생당하는 참사를 당했다.

이로 인해 유럽인들은 부족해진 원주민들의 노동력을 대체할 대상을 찾았는데 그 대상이 바로 아프리카의 흑인들이었다. 아프리카 흑인들은 영문도 모른 채 고향 땅에서 강제로 끌려와 인디언들이 하고 있던 노예의 일자리를 대신하게 되었으며 인디언처럼 돈으로 사고 팔리는 신세가 되었다.

한편 1517년에 스페인 사람인 코르도바는 노예사냥과 황금약탈을 위해 탐험대를 이끌고 쿠바 섬에서 서쪽으로 전진해서 중앙아메리카의 유카탄반도 북동쪽 해안에 도착했다.

탐험대는 이곳에 있는 마야유적에서 황금을 약탈하고 북쪽의 해안선을 따라 올라가다가 마야인의 강력한 저항을 받아 탐험 대원들 일부가 부상을 입고 쿠바 섬으로 돌아갔다. 이것이 유럽인들과 마야인 사이에 처음으로 접촉하여 벌인 충돌이었다.

중앙아메리카의 마야인들이 건설한 마야문명은 멕시코 남동부, 과

테말라, 유카탄반도 등을 중심으로 번성하여 오랜 역사를 지니고 있었다. 마야는 태양과 달의 신을 숭배하는 신정정치를 하면서 천체의 관측법과 역법을 발달시켰다. 그리고 마야 숫자인 0을 사용했으며 20진법을 사용하는 계수법計數法과 수학이 발달하였고, 상형문자인 마야 문자가 발명되었으며 천체의 운행을 관찰하여 마야 달력을 만들 정도로 발달한 문명을 지니고 있었다.

마야문명이 스페인에 알려지면서 스페인 사람들은 마야를 정복하여 식민지로 만들어 차지하려고 했다. 그들 중에서 가톨릭 사제들이 마야문명에 깊은 관심을 보였다. 먼저 프란시스코회의 사제들이 원주민들을 기독교로 인도하기 위해 처음으로 유카탄반도에 들어왔다.

이들은 마야인들이 숭배하던 우상을 파괴하고 신전을 불살랐으며 마야 종교의식을 거행하는 자를 극형에 처했다. 그리고 마야인들의 노래나 춤조차도 악마의 혼이 깃들어 있다고 하여 금하게 했고 이를 어기는 자들도 극형으로 다스렸다.

사제들은 특히 마야 문자를 그대로 두었다가는 마야인들의 전통신앙을 없애기가 어렵다고 보고 마야 문자의 사용을 금했다. 그리고 마야 문자로 기록된 과학, 의학, 천문학, 역사, 예언서, 전기傳記, 문학, 족보, 노래집 등의 서적을 모두 불살랐다.

그런 뒤에 마야인들이 의식용 서적을 가지고 있다가 발각되면 여지없이 그들을 죽였다. 그리고 마야의 종교의식을 기록한 서적의 해독을 막기 위해 마야 문자를 알고 있는 사제들의 혀를 잘라버리기까지 하였다.

그것은 혹시나 남아 있을 수도 있는 마야의 종교 서적을 해독하는 마야 문자가 사제들에 의해 비밀리에 전승되는 것을 막고, 구전으로 전승되는 것도 예방하기 위함이었다. 이리하여 그들은 기독교 이외의 어떤 종교의식이나 신앙을 갖는 것을 막기 위해 유적과 유물 그리고 서적과 문자까지 원천적으로 철저히 파괴해 버렸다.

마야인들은 프란시스코회의 사제들에게 콜럼버스가 이사벨라 여왕에게 바치려고 했던 신민이 되기를 강요당했다. 그들은 자기들의 의지와는 상관없이 기독교로 개종하지 않는다는 이유로 사제들에게 잔인하게 고문받고 학살당하는 수난을 겪어야만 했다.

원래 기독교 정신은 '전심 전념을 다 하여 하나님을 사랑하고 자기의 이웃을 자기의 몸과 같이 사랑하라'는 말처럼 인간의 인격을 존중하고 인간은 모두 하나님 앞에 평등하다는 예수의 가르침이다.

그런데 국가나 인종, 종교, 전통 등을 초월한 박애 정신을 널리 전도해야 할 선교사들이 오히려 이교도인 마야인들을 잔인하게 학살하고 그들의 문명을 파괴하였다.

가톨릭 사제들의 이러한 행동이 기독교적 교리에 의해 자행된 것일까? 나는 그렇지 않다고 생각한다. 기독교의 박애 정신은 어느 타 종교의 교리에 못지않게 숭고하고 위대한 예수의 가르침이 담긴 훌륭한 종교사상이다.

위고의 소설에 나오는 미리엘 주교는 죄인인 장발장을 하나님의 끝없는 사랑으로 용서하였다. 장발장은 그의 자비심에 감명을 받아 회개하고 예수의 깊은 사랑을 깨쳐서 사회에 봉사하는 사람이 되었다. 이러한 헌신적인 기독교 정신을 프란시스코회 사제들도 가지고 있었을 것이다.

그러면 그들이 훌륭한 기독교 정신을 가졌음에도 그러한 만행을 저지른 것을 어떻게 설명할 수 있을 것인가? 나는 사제들의 그러한 행동은 기독교도들의 유일신 사상인 일원론적 사고에서 비롯된 것으로 본다. 이러한 세계관을 가진 가톨릭 사제들이 기독교라는 개념의 내포가 규정하는 외연의 벽에 갇혀, 이교도들을 강제로 개종하여 기독교의 외연으로 억지로 편입시키려다가 빚어진 사건으로 본다.

인간의 사고나 세계관이 외연 속에 갇히면 같은 생각을 하는 사람들끼리의 동질성과 응집력은 강해지지만 다른 세계관을 가진 사람들과의 이질성과 사고방식의 차이는 더욱 뚜렷해진다.

그리하여 동질적인 세계관을 가진 사람들끼리 공유하는 사고나 사상만 강조하고 다른 세계관을 가진 사람들의 사상이나 전통은 무시해버린다.

나는 기독교도들이 종교를 유일사상으로 기독교의 내포를 규정하는 순간 그들의 세계관은 그 내포가 규정한 외연 속에 갇히게 된다고 본다. 마치 병아리가 달걀 껍데기를 깨고 나오기 전에는 밖을 볼 수도 없으므로 바깥세상이 관심의 대상이 되지 못하는 것처럼 사람들의 사고영역이 외연 속에 갇히면 달걀 껍데기와 같은 사고의 벽이 형성된다고 본다. 그런데 이러한 사고의 벽은 병아리가 달걀 껍데기를 깨고 나오는 것처럼 스스로 그 벽을 허물지 않으면 깨기 어렵다.

프란시스코회의 사제들도 이처럼 기독교적 내포 속에 갇혀서 기독교 정신의 벽을 개방하여 이교도들에게도 확대 적용하지 못했던 것이다. 선교사들은 기독교도나 기독교로 개종한 사람들에게만 기독교의 내포를 공유하여 하나님의 사랑과 은총을 베풀었다고 본다.

그들에게 있어서 이교도들은 관심과 배려의 대상이 아니라 기독교로 개종하지 않으면 무시해버려야 할 대상으로 보았기 때문에 마야인들의 학살에 대한 죄의식을 느끼지 못했을 것으로 본다.

'촛불은 자신을 태워 세상을 밝힌다'는 말이 있다. 그런데 촛불이 방안을 비출 때 방안에 비친 빛은 눈으로 볼 수 있지만, 방바닥과 벽면 그리고 천장의 이면에 생긴 그림자는 의식적으로 생각하지 않으면 그 존재를 알 수가 없다.

이처럼 인간의 사고 영역을 어떤 경계 속에 한정시키는 것이 일원론적 세계관의 특징으로 본다. 이것은 인간이 사고의 세계를 규정하는 관점의 문제이며 사고 차원의 문제라고 본다.

콜럼버스가 아메리카 신대륙을 발견하여 식민지를 건설한 이후로 유럽인들은 황금과 은을 구하기 위해, 그리고 설탕과 면화 등을 재배하기 위해 물밀 듯이 신대륙으로 진출하였다.

그들은 잉카제국과 아스테카제국 그리고 아파치족과의 소규모 전투를 제외하고는 무주공산이었던 아메리카대륙 전체를 예외 없이 손쉽게 식민지로 만들어버렸다.

콜럼버스가 대서양에서 아메리카대륙으로 몰고 온 허리케인은 그 위력이 너무도 강했고 생명력 또한 너무 길었다.

콜럼버스가 인도 항로 개척을 위한 2차 탐험 때에 그의 장인으로부터 카나리아제도에서 구한 사탕수수를 가져다 서인도제도에서 시험 재배했다. 이것이 아메리카에서 사탕수수를 재배한 시초가 되었다.

그 후에 사탕수수는 바베이도스 섬과 자메이카, 브라질 등지로 퍼져서 플랜테이션을 설립하여 대량으로 재배하게 되면서 아메리카와 아프리카의 부와 인력을 움직이게 하는 중요한 요소가 되었다.

영국인들은 사탕수수의 재배 조건인 비옥한 땅과 햇빛과 수분이 풍부한 자국의 식민지 바베이도스 섬에서 사탕수수를 대량으로 재배하기 위해 플랜테이션 농장을 건설하여 경영하였다.

영국인들은 노동집약적인 대규모의 사탕수수 농장을 경영하기 위해서 많은 노동력이 필요하였다. 그리고 다른 나라의 식민지에서도 목화 재배나 광물 채취에 노동력이 많이 부족한 실정이었다.

지금까지 이들 식민지에 노동력을 제공한 사람들은 아메리카의 원주민들이었다. 그런데 이곳 원주민들이 유럽인들을 통해 들어온 전염병으로 멸종되다시피 하여 노동력을 제공하지 못하게 되었다. 그래서 노예상인들은 인디언들을 대신할 노동력을 구하기 위해 아프리카의 흑인들을 주목하게 되었다.

노예상인들은 아프리카 흑인들을 강제로 나포하여 쇠사슬로 묶어서 노예선의 하층 선실 바닥에 짐짝처럼 옆으로 뉘어서 태우고 대서양을 건넜다. 그들은 하루에 한 끼 옥수수죽을 먹고 배변도 배 바닥에 보면서 죽지 못해 연명하며 고통을 견뎌내야 했다.

이러한 최악의 생활환경에서 노예들이 파도에 흔들리는 배를 타고 수천 ㎞를 항해하다가 몸이 쇠약해지거나 질병으로 쓰러져 죽으면 백인 선원들은 아무런 죄의식도 없이 시체를 바다에 내던져버렸다.

심지어 노예선에 노예를 너무 과적했거나 범선의 항해에 절대적인 요건인 순풍을 만나지 못해 항해가 지연되면 식량이 부족해졌다. 그러면 선장은 허약한 노예부터 수장하는 만행을 서슴지 않았다.

더욱 놀라운 사실은 선주들이 노예를 대상으로 생명보험이 아닌 화물운송 보험에 들고는 수장한 노예들에 대해 재판을 통해 화물손해 배상금까지 받았다는 사실이다. 그리하여 노예선이 아메리카에 도착할 때면 거의 45% 정도의 노예가 죽어 나갔다.

바베이도스 섬의 설탕 농장주들은 이렇게 죽을 고생을 하면서 노예선에 실려 온 아프리카 흑인들을 럼주 3통 가격의 싼값에 사들였다.

이 노예들은 임금도 제대로 받지 못하면서 열대 바베이도스 섬에 사정없이 내리쬐는 뙤약볕 아래에서 사탕수수를 심어 재배하고 수확하는 일에 혹사당해야만 했다.

노예들은 사탕수수 수확기에는 인간으로서는 도저히 견딜 수 없는 극한 상황에서 노동에 시달렸다. 이들은 사탕수수는 수확한 후에 24시간 이내에 가공해야 우수한 당질을 유지할 수 있었기 때문에 시간과의 싸움으로 극한 상황에서의 중노동에 혹사당했다.

영국인들은 수확한 사탕수수 줄기를 짧은 시간에 대량으로 가공하기 위해 풍차를 이용한 압착기를 설치하여 가동했다. 노예들은 풍차의 힘으로 돌아가는 압착기에 계속하여 사탕수수 줄기를 밀어 넣어야 했는데 노예가 실수로 팔이 압착기에 빨려 들어가는 사고가 종종 발생했다. 그러면 농장주는 풍차를 멈추게 하고 부상자의 팔을 압착기에서 빼내야 하는데도 노예의 팔을 칼로 자르고는 풍차의 가동을 계속하게 하는 만행도 저질렀다.

이처럼 노예들은 혹독한 노동에 시달리면서 임금도 제대로 받지 못하고 그들의 고통이 세습되는 불행을 감내하며 살아야만 했다. 바베이도스 외에도 자메이카, 아이티, 브라질 등지에 설립된 사탕수수 농장은 아프리카 노예들의 고통과 시련을 농장주들에게 아무런 죄의식도 없이 강요당하는 참혹한 지옥이었다.

노예들의 지옥 같은 생활은 수 세기 동안 대물림되면서 고통을 안겨 주었다. 이러한 노예들의 고통은 에이브러햄 링컨이 노예해방운동을 펼친 후 다른 나라로 확산될 때까지 계속되었다.

유럽인들은 이러한 만행을 하나님의 이름을 빌려서 정당화하려고 했다. 심지어 미국의 남북전쟁 당시 남미의 어떤 유대인 과학자는 목화농장에서 일하는 노예는 체질적으로 인간보다 하등동물에 가깝다는 것을 입증하기 위한 실험을 하기도 했다.

이 과학자는 노예를 하루 종일 뛰게 하고 노예가 흘리는 땀의 양과 성분을 측정하고 분석하여 흑인은 백인들과 유전적으로 다른 하등동물에 가깝다는 것을 입증하는 통계를 내어 발표하는 일도 있었다. 흑인 노예들이 목숨 걸고 피땀 흘린 대가로 생산된 설탕은 영국 농장주들에게 독점적인 부를 안겨다 주었다.

영국인들은 '우리는 동방의 끝인 아시아에서 가져온 차에 서양의 끝인 아메리카에서 가져온 설탕을 타서 마셔도 역시 자기 나라에서 생산한 맥줏값보다 싸다'고 하며 매일 오후에 설탕이 들어 있는 차 한 잔을 마시는 티타임으로 여유 있는 사교생활을 즐겼다.

그리고 왕실의 화려한 결혼식에는 팔 단으로 된 커다란 설탕 케이크를 준비하고 그 위에는 권력과 부의 상징으로 설탕으로 만든 조각상을 배치하는 풍습도 생겨났다.

모든 인류는 생명의 존엄성과 인권을 존중받고 살아야 할 권리가 있다. 그런데 노예제도를 시행하고 있는 식민지에서는 지배자들이 내포로 규정한 기독교의 외연에 속하는 사람들과 그 외연에서 제외된 이교도들의 생활은 그야말로 극과 극이었다.

식민지 지배자들은 이교도인 흑인들을 기독교적 외연에 속하지 않는다는 이유 하나만으로 짐승처럼 학대하고 사고팔기까지 했다.

그런데 세계최초로 기독교적 외연을 이교도인 흑인 노예까지 확장하여 적용한 나라가 미국이었다. 나는 미국이 노예해방을 할 수 있었던 것은 로크가 제창한 인민 주권사상과 프랑스 계몽주의자들이 발전시킨 인류 보편적 가치인 자유와 평등사상이 미국 사회에 일반화되었기 때문으로 본다. 그리고 미국이 영국의 식민지였을 때 피식민지인들이 당하는 고통을 직접 경험했기 때문에 노예해방에 앞장섰다고 본다.

그런데 미국에서 실제로 노예해방을 가능하게 했던 근본적인 원인은 산업혁명의 영향이 아니었을까 하는 생각이 들었다. 미국이 독립했을 당시에 인민 주권과 저항권을 핵심으로 하는 '미국 독립선언서'를 작성한 제퍼슨조차 자기 집에 노예를 두고 있었으며 미국의 독립운동가들 대부분이 노예를 두고 있었다. 노예해방을 찬성하는 미국인들도 실제로는 자기 집에 노예를 두고 있었다.

미국은 독립한 뒤에 서부지역을 개척하여 새로운 주로 병합해 가면서 연방정부를 확장해 나갔다. 이들 연방 중에서 상공업을 주로 하는 북미지역에서는 노예해방을 주장했고, 노동집약적인 목화 재배를 많이 하는 남미 지역에서는 노예제도를 찬성했다.

북미지역 상공업자들이 노예해방에 적극적이었던 이유는 노동의 양보다 질을 중요시했기 때문으로 본다. 공장공업은 일의 능률, 즉 산업혁명의 산물인 기계화와 분업화로 생산성을 향상하여 잉여가치를 얼마나 창출하느냐가 사업의 성패를 좌우했다. 그리고 상업 역시 일의 능률을 높여 이윤을 많이 남기는 것이 중요했다. 북미의 상공업자들은 잉여가치의 창출 여부에 회사의 명운을 걸고 있었다.

그들은 무보수의 무능한 노예보다 보수를 많이 주더라도 생산성 향상을 위해 기계화에 필요한 기능공과 분업화에 필요한 숙련공을 원했다. 그리고 노동자의 생산능률 향상이 최우선 목표였다.

그들은 노동자의 능력에 따른 보수의 차등 지급이 생산성 향상에 유인 효과로 작용하여 생산량을 늘려 소득증대에 이득이 된다고 보았다. 그래서 북미 상공업 자본가들은 자기들의 기업경영에 노동의 질이 낮은 노예를 필요로 하지 않았기 때문에 노예해방에 적극적일 수 있었던 것이다. 반면에 잉여가치의 생산에 취약한 남미 지역의 목화 산업은 일의 능률보다 열악한 노동조건에서 고통스러운 육체노동력이 필요했기 때문에 노예제도를 절대로 포기할 수 없었다.

따라서 북미지역 상공업자들의 주요 관심사는 더 많은 잉여가치의 창출이었기 때문에 인권 평등의 가치를 훼손해 가면서 굳이 노예제도를 유지할 필요성이 없었다.

나는 마르크스의 주장과는 역설적으로 경제적 잉여가치를 창출하여 더 많은 이익을 얻으려고 했던 북미 상공업자들의 욕구가 실제적인 노예해방을 가능하게 했다고 본다. 사실 남미 지역에서 짐승처럼 혹사당하며 사는 흑인 노예들은 지옥 같은 목화농장을 벗어나 북미의 자본주의 사회로 탈출하는 것이 그들의 꿈이요 희망이었다.

그들에게 있어서 북미의 상공업 자본가들은 인권과 자유를 보장해 줄 절실하고도 간절한 구세주였다. 그들에게는 자본가가 노동자의 잉여가치를 착취해 가는 것이 죄악이 되는지는 관심 밖이었다.

나는 마르크스가 자본가가 노동자들로부터 잉여가치를 착취하는 것을 죄악시하는 데 집착한 나머지 북미 자본가의 경우처럼 최악의 노동자인 노예해방에 긍정적인 역할을 할 수도 있다는 것을 간과했다고 본다.

나는 미국이 세계최초로 시행한 노예해방은 기독교의 박애 정신을 기독교의 외연 밖에 존재하던 이교도인 흑인 노예들에게도 확산하여 인류의 보편적 가치인 인권향상에 크게 기여했다고 본다.

서력동점^{西力東占}

　콜럼버스가 아메리카를 발견한 뒤로 아메리카 신대륙은 거의 모든 지역이 유럽 열강들의 식민지로 변했다. 나는 아메리카와 달리 수천 년의 역사와 전통을 가진 아시아 각국이 어떻게 하여 유럽 열강과 일본의 식민지로 변했는지에 대한 역사적 사실에 대해서 고찰해 본다.

　오스만제국이 비잔틴제국을 멸망시킨 후에 중동지역의 무역을 독점하여 유럽에서는 후추와 정향 등의 향신료 가격이 폭등하고 수입량도 현격히 줄어들었다. 특히 동방에서 멀리 떨어진 서유럽 국가들은 향신료를 구하기가 더욱 어려워졌다. 그래서 더욱 값싼 향신료를 구하기 위해 동방세계와의 무역을 이슬람을 거치는 육로가 아닌 바다로 통하는 새로운 인도 항로 개척에 나선 국가가 포르투갈이었다.

　포르투갈의 엔리케 왕자는 국책사업으로 먼저 항해학교를 세워 항해술과 선박제조 기술을 연구하여 항해 기술자를 양성하였다.

그의 노력이 결실을 보아 그가 양성한 함대는 마침내 적도를 넘어 세네갈에 도착하였다. 그는 그곳에 황금과 상아를 운반할 기지를 건설하고 직접무역을 하여 많은 부를 축적하게 되었다.

엔리케는 아프리카 남쪽 나라와도 직접무역을 할 수 있는 신항로를 개척하기 위해 탐험대를 조직하여 아프리카 서쪽 해안의 탐험에 나섰다. 그리고 그가 세운 항해 연구소에서는 계속하여 탐험을 위한 항해사와 지도 제작자, 천문학자를 육성하고 새로운 항해 도구를 개발했다.

그는 여러 차례 탐험대를 내보낸 끝에 드디어 사하라 사막의 서쪽을 돌아 중앙아프리카의 서해안에 도착할 수 있었다. 그의 탐험대는 그곳에서 흑인들을 사로잡아 노예로 끌고 왔다. 이것이 유럽인들이 아프리카 사람들을 강제로 잡아온 최초의 흑인 노예였다.

그 뒤에 엔리케 왕자의 뜻을 이어받은 그의 손자 주앙 2세는 인도 항로를 개척하기 위해 아프리카 대륙의 남쪽 끝을 찾아 많은 탐험대를 내보냈다. 그중에서 디아스가 비로소 성공을 거두게 되었다. 디아스는 주앙 2세가 부여한 아프리카 대륙의 남단을 찾는 임무를 완수하기 위해 긴 탐험에 나섰다. 그는 항해를 시작한 초기에는 별 어려움 없이 순항하였다. 그런데 그의 탐험대는 몇 달 동안 아프리카의 남단을 찾기 위해 서해안을 따라 계속하여 남하하던 중에 엄청난 폭풍우를 만나게 되었다.

그는 거센 파도에 배가 좌초되지 않고 탐험대를 안전하게 보전하기 위해서는 될 수 있으면 배를 해안가에서 멀리 서쪽으로 떨어져 나가게 해야 했다. 그리하여 탐험대가 겨우 폭풍우를 피하여 육지에서 멀리 항해해 나갔다. 그런데 폭풍우가 끝난 뒤에 주위를 살펴보니 사방에는 아무것도 보이지 않았다. 아프리카 해안에서 대서양 서쪽으로 너무 멀리 나가 버렸기 때문이다.

디아스의 탐험대는 지금까지 대서양의 북반구를 항해할 때에는 낮에는 아프리카 해안가에 위치한 특이한 지점을 기점으로 표시한 지도를 보고 항로의 방향을 잡았다. 그리고 밤에는 북극성을 보고 방향을 정하여 항해했다.

그런데 그의 탐험대가 남반구를 한참 남하한 뒤에 폭풍우를 만난 것이다. 낮에는 사나운 날씨로 구름이 하늘을 뒤덮고 있어서 태양의 위치를 알 수가 없었다. 그리고 밤에는 가끔 구름이 걷혀도 그들이 남반구에 위치하고 있어서 북극성이 보이지 않아 항로의 방향을 잡을 수가 없었다. 그의 탐험대는 속수무책으로 남대서양의 망망대해에서 표류하게 되었다. 그들의 생사는 운명에 맡길 수밖에 없었다. 탐험대는 다시 13일 동안이나 거센 바람과 파도에 시달리다가 꿈에도 그리던 육지를 발견하게 되었다.

그것은 우연히도 정말 우연히도 반시계방향인 동쪽으로 흐르는 남대서양의 해류가 탐험대를 남아프리카 대륙이 있는 동쪽으로 떠내려가게 했다. 디아스의 탐험대가 아프리카 서해안에서 멀리 떨어진 곳에서 표류하다가 우연한 기회에 남대서양 해류를 만나지 못했다면 아마도 인도 항로 개척사는 다르게 기록되었을 것이다.

디아스의 탐험대가 13일의 표류 끝에 구사일생으로 육지를 발견한 곳이 유럽인들로서는 처음으로 발견하여 인도 항로의 중요한 기점이 된 희망봉이었다.

나는 이러한 현상을 두고 디아스의 탐험대가 인도 항로를 필연적으로 열어 주기 위해 남대서양의 해류가 동쪽으로 흘렀다고 주장할 수는 없다고 본다. 그것은 어디까지나 우연이었다. 이처럼 역사는 우연과 필연이 교차하면서 발전해 가는 것이지 필연적으로 결정되어 있지는 않다.

디아스가 희망봉을 발견하고 나서 콜럼버스가 인도 항로 개척에 나선 지 5년 뒤에 같은 나라의 바스쿠 다 가마가 다시 인도 항로 개척에 나섰다. 그는 1497년 7월 8일 4척의 탐험 선단을 이끌고 리스본에서 출발하여 콜럼버스와는 달리 지구 반대방향인 동쪽으로 항로를 정해서 탐험에 나섰다.

탐험대는 120톤급의 캐랙 범선 2척과 50톤급 캐러벨 범선 1척, 보급선 1척으로 총 168명의 선원으로 조직되었다.

바스쿠 다 가마는 그와 동행한 디아스의 조언을 받아들여 아프리카 대륙과 멀찍이 떨어진 대서양 바다 한가운데로 항로를 택했다.

그로 인해 바스쿠 다 가마의 탐험대는 아프리카 기니만의 무풍지대와 역풍으로 불어오는 해안의 무역풍을 피해 희망봉까지 단거리로 순조롭게 항해했다. 그런 뒤에 그는 유럽인으로서는 최초로 아프리카의 최남단에 있는 희망봉을 돌았다.

바스쿠 다 가마는 뒤이어 아프리카 동해안을 북상하여 모잠비크·몸바사를 통과하여 1498년 4월 말린디에 도착하였다. 이 과정에서 모잠

비크에서는 이슬람교도들의 공격을 받아 범선 1척을 잃었으나 말린디의 이슬람인들은 그들의 탐험대를 우호적으로 대하였다.

바스쿠 다 가마는 인도 항로를 잘 아는 이슬람인 이븐 마지드의 도움으로 인도양을 횡단하여 5월 20일에 드디어 인도의 캘리컷에 도착하였다. 이로써 엔리케 왕자가 의욕적으로 시작한 인도 항로 개척의 대사업을 거의 1세기에 걸쳐 완성하게 되었다.

그러나 바스쿠 다 가마가 예상했던 대로 인도에서의 향료 구입은 수월하게 이루어지지 않았다. 예전부터 인도양 일대에서 독점무역을 해오고 있었던 이슬람 상인들이 해상무역에 위협을 느껴 심하게 방해했기 때문이다. 그리고 무장한 탐험 대원들에 대한 경계심을 가지게 된 캘리컷에 사는 토호세력의 반대에 부딪혀 통상교섭이 성사되지 못하고 있었다. 그는 협상에 난항을 거듭하다가 3개월 만에야 겨우 약간의 향료를 매입할 수밖에 없었다.

바스쿠 다 가마는 하는 수 없이 그해 10월에 대량의 향료를 구하여 귀국하려던 뜻을 이루지 못하고 다시 인도양을 횡단하여 귀국의 항해 길에 올랐다.

탐험 대원들은 장기간에 걸친 고난의 항해로 인해 괴혈병과 열병환자가 늘어나서 선원의 반 이상을 잃었고 이듬해인 1499년 9월에 포르투갈의 리스본에 귀국했을 때는 겨우 44명의 선원만이 살아 돌아왔다.

그러나 총 2년에 걸쳐서 약 4,000여 km를 항해하여 처음으로 인도 항로를 개척한 것은 인류역사상 대단히 위대한 업적을 이룬 사건이었다. 이러한 바스쿠 다 가마의 인도 항로 개척은 유럽 열강들이 인도양 주변국과 아시아 각국으로 서력동점해 나가는 시발점이 되었다.

바스쿠 다 가마의 탐험대가 귀국한 뒤에는 포르투갈 왕실과 국민들의 대대적인 환영을 받았다. 바스쿠 다 가마는 인도 항로를 개척한 공로로 영웅적인 대접을 받아 귀족이 되었고, 아울러 평생토록 연금도 받게 되었다.

바스쿠 다 가마는 1차 인도항해의 실패를 되풀이하지 않기 위해 만반의 준비를 갖추고 2차 인도항해에 나섰다. 그는 20척의 배로 대 탐험대를 조직하고 신식 총과 칼, 그리고 화포로 무장한 병사들도 탐험대원으로 편성했다. 그는 다시 1차 항해를 했던 항로를 따라 항해하여 희망봉을 돌아 인도 캘리컷에 도착했다.

바스쿠 다 가마는 먼저 아라비아반도와 인도 북부에서 상권을 장악하고 있던 이슬람 상인들의 상선과 전투를 벌였다. 활과 창과 같은 재래식 무기로 무장한 이슬람 상인들이 거느린 군대는 신식화포로 무장한 바스쿠 다 가마의 탐험대의 적수가 되지 못했다.

바스쿠 다 가마는 이슬람 상선을 대파하고 그들이 가지고 있던 향료와 많은 재물을 빼앗은 후 그들의 배를 불태우고 몇백 명의 이슬람 상인들을 죽이고 수장시켜 버렸다. 그리고 이슬람 상선을 상대로 해적질하면서 그들의 상품을 닥치는 대로 약탈하였다.

바스쿠 다 가마의 탐험 대원들의 노략질에 분노한 캘리컷의 통치자 사마린은 이슬람 세력과 연합하여 탐험대와 전투를 벌였지만 결국 패배하고 말았다. 이 전투에서 바스쿠 다 가마는 이슬람 병사뿐만 아니라 캘리컷에 사는 많은 상인들과 양민 그리고 죄 없는 어부마저 학살하는 만행을 저질렀다. 하지만 바스쿠 다 가마가 이끄는 탐험 대원들이 이슬람 상인들이나 병사들과 캘리컷에 살던 상인이나 양민들을 학살한 것은 단순히 돌발적으로 일어난 사건이 아니었다.

엔리케 왕자가 신항로를 개척할 초기에 사하라 사막 남쪽 서아프리카를 탐험했을 때부터 그의 탐험대는 노예를 잡아다가 노예시장에 팔았다. 그리고 콜럼버스는 서인도제도에 도착하여 인디언들을 노예로 잡아가고 그들의 요구를 만족시키지 못한 인디언들을 대량으로 학살하였다.

유럽의 탐험대가 가는 곳마다 이러한 만행을 저지른 것은 유럽인들이 기독교의 외연에서 이교도들을 배제했기 때문에 인류 보편적 가치인 생명의 존엄성을 무시했다고 본다. 캘리컷 전투에서 승리한 바스쿠 다 가마는 후추나 정향 같은 향료를 약탈한 뒤에 코친과 카나놀 등지에 자국의 무역소를 설치하였다. 그리고 그는 그곳에 배 5척을 남겨 두고 리스본으로 무사히 귀국했다.

2차 탐험의 대성공을 거두고 돌아온 바스쿠 다 가마는 이 일로 백작의 귀족 작위에 봉해지고 국왕의 인도정책 고문도 맡는 영광을 차지하게 되었다. 이후로 포르투갈은 인도양의 해상권을 독차지하고 인도와 동남아지역에서 향료무역을 하여 엄청난 부를 축적할 수 있게 되었다.

17세기 초 유럽 각국이 향신료 무역에 열을 올리고 있을 때 면직물

(캘리코) 가치의 중요성을 알고 처음으로 면직물 무역에 눈을 돌린 나라가 영국이었다. 과거 영국에서의 부는 양털로 만든 모직물 생산에서 창출되었다. 10세기 이래로 영국은 질기고 윤기 나는 질 좋은 모직물을 생산하고 있었다.

목화를 재배하기에 기후가 부적합했던 영국에서는 전통적인 모직물 산업에 주력하였고 따라서 양털을 생산하는 목축업이 중요한 산업으로 급부상하였다. 이로 인해 영국의 지주들은 양을 목축하여 적은 인력으로 양털을 생산하여 비싼 가격으로 팔아서 고수익을 올리는 농업 자본주의를 발전시켰다.

이러한 시기에 아시아에서 인도와 중국, 조선 등지에서 널리 생산되는 면직물이 영국의 동인도회사에 의해 유럽에 소개되었다. 당시에 영국에서 생산하고 있던 질기고 윤기 나는 질 좋은 모직물은 따뜻하기는 했지만, 염색이나 세탁하기가 어려웠고 특히 옷을 입으면 꺼칠꺼칠하여 피부의 감촉이 좋지 않았다.

반면에 영국인들이 인도에서 수입해 온 면직물은 모직에 비해 염색도 용이하여 다양하고 화려한 색상과 무늬의 옷감을 생산할 수 있었다. 그리고 옷감이 가볍고 감촉이 부드러우며 내구성도 강한 면직물은 영국인들에게는 값싼 비단으로 여겨질 정도로 인기가 대단하였다. 그래서 영국에서는 상류 귀족층을 중심으로 면직물의 사용이 유행하기 시작했으며 뒤이어 유럽 대륙으로 퍼져 나갔다.

면직물은 유럽인들의 의생활 형태를 완전히 바꾸어 놓았다. 캘리코는 특히 값이 싸다는 장점 때문에 유럽인들은 이 부드럽고 멋진 아시아 면직물에 완전히 매료되었다. 이로 인해 영국은 자국의 모직물산업에 심각한 타격을 입게 되었다. 이에 영국의 모직물 업체들은 크게 반발을 일으켰고 의회에서 면직물 수입금지법까지 제정하였으나 면직물의 인기는 막을 수가 없었다.

유럽에서 수요가 급증하기 시작한 면직물의 대부분은 인도에서 전통적인 방직기술로 생산하고 있었다. 그런데 유럽에서는 면직물 수요가 폭발적으로 증가했지만, 자체 생산하는 시설을 갖추지 못하고 있었다. 그래서 인도로부터의 면직물 수입이 급증할 수밖에 없었다.

유럽에서는 이러한 무역 불균형을 해결하기 위해 면직물을 자국에서 생산하려는 강력한 시도를 하게 되었다. 여기에 가장 먼저 뛰어든 나라가 영국이었다.

1764년에 영국의 하그리브스가 발명한 방적기계를 이용한 작업의 분업화로 생산능률을 향상시키는 수단이 마련되었다. 그에 더하여 제임스 와트가 기능이 개선된 증기기관을 발명하면서 시간의 제약을 받지 않고도 기계를 이용한 대량생산이 가능하게 되었다. 이것이 유럽에서 대량생산으로 인한 급격한 산업의 발달과 인류 문명의 획기적인 발전을 가져오게 한 산업혁명이었다.

영국에서 산업시설의 기계화에 힘입어 산업혁명을 가능하게 했던 것은 첫째로 풍부한 매장량을 가진 석탄광산이 있었기 때문이다. 다음으로 값싸고 풍부한 노동시장의 등장이었다. 영국의 지주들은 땅을 마음대로 쓸 수 있는 특권을 가지고 있었다. 그런데 지주들은 모직물 생산으로 고수익을 올리게 되자 자기 땅의 대부분을 목장으로 만들었다.

그들은 이전까지 미개척지였거나 공유지였던 땅에도 울타리를 둘러 사유지임을 표시하여 목장으로 만들었다. 그리고 농지도 개간하여 목장으로 만드는 인크라우저enclosure 운동을 벌여 영국에 있는 대부분의 농지를 목장으로 만들어 사유화해버렸다.

이로 인해 농촌에 사는 농민들은 농지를 잃고 일자리가 줄어들게 되자 하는 수 없이 삶의 터전을 찾아 도시로 이주하여 저임금 노동자로 전락하는 일이 일어났다. 이리하여 대규모 공장에서 필요로 하는 풍부한 저임금의 새로운 노동시장이 등장하게 되었다. 그런데 산업혁명이 성공하기 위해서는 한 가지가 더 부족했다. 그것은 제품의 대량생산에 필요한 값싼 원료였다. 그래서 외국에서 값싼 원료를 수입하기 위해 본격적으로 식민지 개척에 나선 나라가 영국이었다.

영국이 면직물 무역을 시작한 지 얼마 되지 않아 면직물의 인기가 폭발하자 인도는 세계에서 가장 중요한 면직물 수출국이 되었다. 1700년대에는 인도가 전 세계 면직물 생산량의 1/4을 차지하게 되어 강대국의 모습을 갖추어 갔다.

이 면직물 무역에 영국이 적극적으로 뛰어들면서 영국과 인도 간의 갈등이 시작되었다. 그리고 인도에 대한 무역의 주도권을 놓고 영국과 프랑스 사이에 벌어진 전투가 플라시 전투였다.

1757년 영국의 사령관 클라이브 중령이 지휘하는 소수 부대인 3,000여 명의 영국군과 프랑스군과 인도 벵골만의 토후국의 연합군 7

만여 명 사이에 인도에서의 무역주도권 쟁탈을 위한 전투가 벌어졌다.

수적으로 불리한 영국군은 벵골 토후를 매수하여 내분을 일으키게 하였다. 그리고 대포를 지형지물에 유리한 위치에 포진하고 우천에 대비하여 천막을 씌워 대비를 철저히 한 후에 우수한 작전술로 전투를 개시하였다.

프랑스군은 벵골 토후국 군대와 연합하여 수적 우위만 믿고 전투를 벌였다. 그런데 때마침 내린 비로 대포가 제대로 성능을 발휘하지 못하여 전세가 불리해지기 시작했다. 그런 데다가 벵골 토후의 배반으로 전투에서 대패하였다.

이 전투에서 승리한 영국군은 벵골지방을 완전히 지배하게 되었다. 이후로 영국은 인도에서의 무역을 비롯한 전 분야에 걸쳐 확실한 지배권을 행사할 수 있게 되었고, 벵골지방에 아시아식민지 개척의 교두보를 마련하게 되었다. 이 사건은 유럽 열강들이 아메리카와 달리 유구한 역사와 전통과 문화를 가진 아시아 국가들을 식민지로 만드는 계기가 되었다.

플라시 전투에서 승리한 영국은 19세기에 이르러 인도 전체를 식민지로 만들어 영국의 원료 공급지인 동시에 영국의 상품 시장으로 만들었다.

영국은 하그리브스가 발명한 방적기계와 제임스 와트가 기능이 개선된 증기기관을 발명하고 식민지에서 값싼 원료를 수입하여 대규모 공장에서 대량생산을 하는 산업혁명의 선두주자가 되었다.

영국은 뒤이어 식민지로 개척한 미국 등지에서 값싼 목화를 수입하여 면직물을 대량으로 자체 생산하게 되면서 자국의 면직물을 수출하기 위해 인도에서의 면직물 산업을 파괴했다.

영국인들은 벵골만 일대에 있는 면직물을 만드는 수동식 방직기를 모두 부수어 버리고 숙련된 직공들의 생산기능을 완전히 마비시켜버렸다. 그리고 벵골만의 숙련공들이 다시는 면직물을 생산하지 못하도록 그들의 손목이나 엄지손가락을 자르는 끔찍한 만행도 저질렀다. 그리하여 인도에서 가장 먼저 식민지가 되었던 벵골 지역은 얼마 지나지 않아 면직물 산업이 거의 붕괴되어 버렸고, 도리어 영국에서 면직물을 수입하는 처지가 되고 말았다.

이후로 면직물의 천년 왕국이었던 인도는 면직물 가공산업이 중단되었다. 대신에 면화를 재배하여 헐값에 원료를 수출하고 영국에서 기계로 만든 면직물을 비싸게 수입하는 면직물 수입국으로 전락하게 되었다.

영국은 산업혁명으로 인도 등지의 식민지로부터 면직물의 원료인 면화를 값싸게 수입하여 공장에서 면직물을 저임금으로 대량으로 생산하게 되었다. 그리고 인도뿐만 아니라 세계 각국으로 면직물을 비싸게 수출하여 어마어마한 부를 축적했다.

영국에서 일어난 산업혁명은 영국과 유럽인들에게는 막대한 이익과 부를 안겨다 주었다. 반면에 지구 반대편에 있는 인도인뿐만 아니라 세계각지의 피식민지 국민들에게는 값싼 원료를 생산하느라 가난과 고통에 시달리는 큰 재앙을 안겨다 주었다.

영국에서 일어난 산업혁명은 유럽 각국으로 급속하게 퍼져갔다. 유럽 열강들은 자국의 공장에서의 대량생산에 필요한 값싼 원료를 구입하고 공장에서 만든 상품을 비싸게 팔기 위해 약소국을 닥치는 대로 식민지로 만들어 갔다.

그리하여 유럽 열강들은 아시아 국가 중에서 중국과 일본, 태국을 제외한 거의 모든 국가를 식민지로 만들었다. 심지어 유럽인들과 종교적 뿌리를 같이 하는 이슬람 국가들까지도 모두 식민지로 만들어버렸다. 이러한 역사적 사실에서 정화의 원정대가 남중국해와 인도양 연안 국가들을 상대로 조공무역을 하면서 한 나라도 식민지로 만들지 않은 것과는 큰 대조를 이룬다고 본다.

동양에서는 다양한 문화와 역사를 가진 국가들이 때로는 국제간의 이해관계 갈등이나 세력충돌로 전쟁하면서도 구심력과 원심력이 조화를 이루는 상생의 교린정책으로 공존해 왔었다. 그러나 서양에서는 동질적인 문화로 통일된 세력을 형성하여 강력한 무력으로 원심력을 행사하여 약소국들을 식민지로 만들어 갔다. 그리고 종교적 외연을 확장하려는 강한 동기를 가지고 기독교 전파에도 적극적이었다.

유럽 열강들은 아시아 국가들의 유구한 역사와 전통을 무시하고 약육강식의 논리로 식민지쟁탈전에 경쟁적으로 뛰어들었다. 이것은 아시아 국가와 민족의 의지와는 상관없이 자국의 이익과 종교적 외연 확장을 위해 일방적으로 원심력을 행사한 현상으로 본다.

역사적인 측면에서 보면 유럽 열강들이 산업혁명으로 얻어진 이윤과 자국의 경제적 이익을 극대화하기 위해 약소국을 식민지로 만들면서 유사 이래 처음으로 자본주의적 제국주의제도가 등장한 것이다.

나는 새로이 등장한 유럽의 제국주의 국가들이 전통적으로 일원론적 세계관을 가지고 자국의 이익만을 추구했기 때문에 국제간의 충돌은 피할 수 없었다고 본다. 이러한 제국주의 국가들의 팽창정책이 허리케인처럼 원심력으로 확장해 나가다가 결국에는 서로 충돌하여 전쟁을 일으키는 인류의 대재앙을 가져올 수밖에 없다고 내다보게 되었다.

맹아론 盟亞論

　나의 관심은 세계를 한 바퀴 돌아 다시 일본으로 왔다. 농업국가인 소련과 중국을 중심으로 공산주의 세력이 팽창하고 있던 시기에 세계 열강들은 치열한 식민지쟁탈전을 벌이고 있었는데, 특히 유일하게 동양에 속한 일본의 식민지쟁탈 야욕은 극에 달하고 있었다.

　일본은 미국의 페리 제독이 조선에서 신미양요를 일으키고 미국으로 돌아가던 중에 일본을 경유하며 무력사용을 통한 강압에 의해 강제로 개항하였다.

　일본은 개항 후에 사무라이와 번주들이 존왕양이의 기치를 내걸고 메이지유신을 일으켜 왕정복고에 성공했다. 그들은 도쿠가와 막부를 몰아내고 허울뿐인 일왕을 천황으로 옹립한 뒤에 국민교육을 통한 근대화정책을 강력히 추진하였다. 이를 계기로 일본은 동양에서 가장 먼저 서구 문명을 받아들여 근대화를 이루었다.

이때 러시아가 남하정책을 펴면서 조선을 부동항 개척을 위한 교두보로 삼으려고 했다. 이에 인도를 지배하고 중국 무역을 보호하려고 인도양과 태평양의 제해권을 장악하고 있던 영국의 해양세력과 대결하게 되었다. 영국은 러시아가 해양으로 진출하는 것을 견제하기 위해 일본에 막강한 군사력을 지원해 주었다.

일본은 이렇게 하여 강력해진 군사력을 바탕으로 서구 열강과 같이 식민지쟁탈전에 나섰다. 일본이 가장 먼저 식민지로 삼기 위해 호시탐탐 기회를 노리고 있었던 나라가 조선이었다. 일본은 조선을 침략하기 전에 조선과 전통적으로 긴밀한 관계를 맺고 있던 청나라와 전쟁을 일으켜 승리하였다. 뒤이어 일본은 1904년에 러시아 함대를 공격하여 러·일 전쟁을 일으켜 이 전쟁에서도 승리했다. 그 결과 일본은 조선을 식민지로 삼고 서구 열강과의 대등한 위치에 오르면서 서구식 제국주의로 발전하려는 야욕을 실행에 옮기기 시작하였다.

일본은 서구 열강들이 산업혁명으로 경제적·군사적 강대국이 되고 나서 허리케인처럼 후진 약소국들을 원심력으로 쓸어버리고 식민지로 만들었던 전통을 그대로 답습하였다.

일본의 식민지쟁탈에 대한 야욕은 조선으로 끝나지 않았다. 대한제국이 멸망할 무렵의 국제정세는 서구 열강에 의한 식민지분할이 막바지에 이르러 가던 시기였다.

서구 열강들은 이제 세계 식민지의 재편성을 위한 경쟁의 시기에 접어들고 있었다. 그리하여 쿠바나 필리핀을 둘러싼 식민지쟁탈을 위해 미국과 스페인이 전쟁을 벌였고, 뒤이어 남아프리카에 거주하는 네덜란드 백인인 보어인들과 영국인 사이에 벌어진 보어전쟁Boer War이 일어난 뒤에 지구 상의 신천지에 대한 식민지분할은 거의 끝을 맺어가고 있었다.

20세기에 접어들면서 서구 열강은 아프리카와 아시아에서의 식민지 쟁탈전과 오스만 튀르크 제국의 지배 아래에 있던 발칸반도를 중심으로 한 주도권 다툼을 치열하게 벌였다. 그러다가 결국에는 영국과 프랑스, 러시아의 삼국 협상국과 독일과 오스트리아 그리고 이탈리아 삼국 동맹국으로 갈라져 제1차 세계대전이 일어났다. 양 진영이 치열하게 전쟁을 벌이던 중인 1918년에 미국이 이 전쟁에 참전하면서 연합군의 승리로 전쟁은 끝이 났다.

제1차 세계대전에서 승리한 영국, 프랑스, 미국을 주축으로 한 연합국은 수많은 인명이 살상되고 막대한 산업 및 재산 피해를 준 식민지 쟁탈전에 대한 한계와 심각한 문제점을 각성하게 되었다. 그리하여 이번 전쟁의 후유증과 상처를 치유하고 새로운 국제평화를 회복하여 국제질서를 유지하기 위한 정책을 폈다.

이를 위한 기본정신이 미국의 윌슨 대통령이 국회에 제출한 연두교서에서 밝힌 '민족자결주의' 원칙이었다. 이 원칙은 강대국의 식민지 지배를 받거나 점령당하고 있는 약소민족에게 자유롭고 공평하고 동등하게 자신들의 정치적 미래를 결정할 수 있는 자결권을 국제적으로 인정해야 한다는 것이었다.

영국이나 프랑스 등의 연합국이 윌슨의 민족자결주의를 수용한 것은 동유럽의 소국인 폴란드와 체코슬로바키아, 유고슬라비아, 핀란드, 발트 3국 등을 독립시켜 오스트리아와 오스만 튀르크 등의 동맹국 측에 섰던 구 제국을 해체하려는 의도가 숨겨져 있었기 때문이다.

그리고 소련의 공산주의 세력의 확장을 견제하려는 의도와 이해관계가 맞았기 때문이기도 하였다. 이 때문에 민족자결의 원칙이 제1차 세계대전의 패전국이나 비유럽 세계에서 식민 지배를 받고 있던 나라에는 적용되지 못한 한계점이 있었다. 그러나 민족자결주의의 원칙은 당시 강대국의 지배를 받던 전 세계의 약소국과 약소 민족들에게 커다란 희망과 용기를 가지게 하는 계기가 되었다. 우리나라의 3·1 독립만세운동도 윌슨의 민족자결주의 정신의 영향을 받아 일어났던 것이다.

그런데 미국의 윌슨 대통령이 민족자결주의를 발표하기 전인 18세기에 접어들면서 미국독립을 계기로 하여 아메리카의 여러 지역에서는 이미 독립운동이 일어나서 많은 나라들이 독립을 쟁취하였다.

이들 아메리카에서 독립한 나라들은 원래 아메리카에 살고 있던 인디언들이 독립국을 세운 것이 아니라 유럽에서 이주한 백인들이 유럽에 있는 본국으로부터 분리, 독립한 나라들이었다. 현수의 생각에 아메리카대륙에서의 독립운동은 엄밀히 말해 원주민들의 주권은 박탈당한 채 백인 중심 이익공동체들 간의 분리 독립을 위한 투쟁으로 볼 수밖에 없었다.

미국의 경우를 보면 미국은 원래 영국 식민지였다가 독립된 나라이고 노예해방을 맨 처음 실행한 나라였다. 그런데 미국은 독립된 뒤에 그들 자신도 필리핀 등지의 국가들을 식민지로 만들어 유럽 열강들의 전철을 밟고 있었다.

나는 미국의 윌슨 대통령이 발표한 민족자결주의 원칙을 유럽 열강들이 수용하려고 한 배경에는 유럽에서 일어난 산업혁명의 영향이 컸다고 본다.

산업혁명 이후에 경제가 발전하면서 국민적인 계층상승이동을 가져왔다. 이로 인해 교육의 기회도 확대되어 르네상스의 시대정신인 인본주의 사상과 이를 기초로 하여 발전한 계몽주의 사상이 유럽인들에게 일반화되었다. 개인의 존엄성과 평등사상은 일반 대중으로 확산되었고 이러한 정신이 개인적 수준에서 국가적 수준까지 확장되었다.

나는 또한 종교적인 영향도 작용했다고 본다. 예루살렘과 베들레헴에서 1300년 교황 보니파시오 8세는 하나님 앞에 무릎을 꿇고 교회의 자녀들이 과거와 현재의 이교도들에게 지은 죄들에 대한 용서를 청했다. 그리고 그는 '자비의 해'인 '희년'을 선포하여 이교도들과의 화해의 길을 열었다.

그 후에 프랑스혁명 때에는 기독교 정신인 박애 정신을 혁명 정신으로 채택하면서 기독교도들이 이교도와 유색인종(외연)에 대한 개방적이고 유연한 정신을 보편적으로 받아들였다. 그리고 미국에서는 링컨 대통령에 의해 세계최초로 노예해방이 이루어졌다.

이러한 역사적, 종교적 배경을 지닌 윌슨 대통령이 제창한 민족자결주의 원칙은 현재까지 지구 상의 모든 국가나 민족이 스스로 자국의 정치적 선택을 결정짓는 국제법상의 확고한 원칙이 되었다.

그런데 일본은 이러한 세계적인 민족자결주의 정신의 흐름에 역행하여 오히려 식민지 확장정책을 강화해 갔다. 일본은 지구 상에 유일하게 서구세력이 식민지화하지 못한 중국을 자국의 식민지로 만들려는 야욕을 실행에 옮겼다.

이를 위해 일본은 먼저 만주사변을 일으켜 만주를 식민지로 만든 뒤에 중국 베이징에서도 이와 비슷한 사건을 일으켜 상하이와 국민정부의 수도 난징을 점령하여 전선을 확장해 나갔다.

일본군은 난징을 점령한 뒤에 약 2개월 동안 중국군 포로와 양민들을 상상할 수 없을 정도로 잔인하게 학살했다. 나는 일본군이 이러한 만행을 저지른 것은 일본인을 대표하는 무사 계급인 사무라이들의 생명을 경시하는 전통과 아메리카의 사탕수수 농장주들처럼 자기 민족이나 종교의 외연에 포함되지 않는 이교도들의 인명에 대한 존엄성을 무시하는 전근대적 사상을 답습한 결과라고 생각했다.

일본은 식민지쟁탈을 위해 벌인 중일전쟁이 장기화하고 있는 중에도 독일과 이탈리아와 3국 동맹을 맺고 미국을 견제하려 하였다. 그리고 일본은 제2차 세계대전 초기에 프랑스와 네덜란드가 독일에 패망하자 두 나라의 식민지였던 인도차이나반도와 인도네시아를 재빠르게 점령해 버렸다. 뒤이어 미국과 영국, 네덜란드 식민지를 차례로 침략하여 점령해 갔다. 이처럼 일본이 식민지쟁탈전을 서구세력까지 무차별적으로 감행한 것이 미국과 영국을 크게 자극하였다.

미국은 일본군의 남부 인도차이나 침략에 대한 보복으로 미국에 있는 일본자산 동결령을 내렸다. 뒤이어 영국과 네덜란드도 같은 조치를 내렸다. 미국은 이에 더하여 일본에 중국과 만주, 한국, 대만 등지에 주둔 중인 일본군의 즉각 철수를 요청하였다.

중국과 인도차이나반도에 이어 태평양연안국까지 식민지 확장에 혈안이 되어 있던 일본으로서는 이와 같은 요청을 도저히 받아들일 수 없었기 때문에 이를 거부했다. 그러자 미국은 미·일 통상조약을 파기하고 석유와 식량, 철강, 지하자원 등과 같은 일본의 산업생산과 전쟁수행에 필요한 전략물자 수출을 전면 중단했다.

이로 인해 일본은 산업생산과 전쟁에 필요한 물자보급에 치명타를 입게 되었다. 일본은 이러한 난관을 극복하고 부족한 자원을 확보하기 위해 1941년 12월에 진주만 폭격을 감행하여 미국을 상대로 한 4년간에 걸친 태평양 전쟁을 일으켰다.

나는 미·일간의 태평양 전쟁은 콜럼버스가 신대륙 탐험 때에 대서양에서 일으킨 허리케인과 일본이 서구의 근대문명을 받아들여 식민지쟁탈전에 뛰어들면서 일으킨 동양의 태풍이 충돌한 현상으로 본다.

나는 이 전쟁은 미·일 두 세력이 원심력과 구심력을 잘 조절하여 화이부동의 정신으로 합의점을 찾으려 하지 않고, 서로가 강력한 원심력을 구사하여 자국의 이익을 위한 끝없는 탐욕을 쟁취하려다가 충돌한 전쟁이라고 생각한다.

일본은 미국으로부터 전략물자 수출을 금지당한 상태에서 중·일 전쟁과 태평양 전쟁을 동시에 수행해야만 했다. 이로 인해 일본의 전선이 광활한 중국 본토에서 인도차이나반도와 인도네시아와 태평양연안에까지 확대되자 병력 및 전략물자의 극심한 부족에 봉착하게 되었다.

일본은 이 난관을 극복하기 위한 방책으로 일본이 서양세력의 침략을 막아 아시아인들을 보호하기 위해 이 전쟁을 일으켰다는 명분을 내세워 아시아인들에게 더 많은 인적, 물적 희생을 강요했다.

일본은 먼저 조선인들의 희생을 강요하기 위해 '내선일체'를 내세웠고, 뒤이어 자국을 중심으로 아시아 식민지의 모든 나라가 단결하여 서구세력과 싸워 승리를 거두어 아시아인들의 공영을 이루자는 것이 '대동아공영권 건설'이었다.

일본은 일찍이 19세기 말에서 20세기 초에 서력동점西力東占의 위기감을 배경으로 일본이 맹주가 되어 아시아를 구하지 않으면 안 된다는 맹아론盟亞論을 주장한 적이 있었다.

그리고 1941년 12월 태평양 전쟁이 발발한 이후에는 아시아 전역은 물론 태평양연안국까지 포함하는 방대한 지역의 일본 지배를 표방한 이데올로기로 대동아공영권 건설을 선전하였다. 이것은 일본이 아시아인들의 의지와는 상관없이 자기들이 일방적으로 아시아인들의 구세주로 내세운 위장된 이데올로기였다. 이것은 일본이 자국의 산업시설과 국내외적 생산체제를 유지하면서 침략전쟁에 필요한 인적, 물적 자원을 확보하려고 아시아인들의 협조와 지원을 얻어내기 위한 기만술책이었다.

나는 이것은 마치 콜럼버스가 이사벨라 여왕에게 인도탐험에 필요한 경비지원을 요청하면서 그 대가로 광활한 식민지와 인도인들을 신민으로 바치겠다고 한 것과 비슷한 논리라고 생각한다.

콜럼버스가 아메리카대륙을 발견했을 때에 인디언들은 세상에 기독교가 있는지도 몰랐고, 자신들이 기독교로 개종하는 것을 원하지도 않았다. 그런데 콜럼버스와 유럽인들은 인디언들의 의사와 의지는 무시하고 일방적으로 인디언들을 구원하겠다고 하면서 강제로 개종하려고 했을 뿐만 아니라 아메리카대륙 전체를 식민지로 만들었다. 그리고 황금과 자원 등을 약탈해 가고 인명을 무자비하게 살상하거나 인디언들을 잡아가서 노예로 파는 등의 재앙을 안겨다 주었다. 나는 일본의 대동아공영권 주장도 이와 다를 바가 없다고 본다.

동아시아의 국가와 민족들은 일본이 서양세력을 몰아내고 자기들을 해방시키는 해방전쟁을 원한 적이 없었다. 그런데 일본은 청·일 전쟁을 일으킨 뒤에 2차 세계대전이 끝날 때까지 서구에서 도입한 선진 문명과 무력을 사용하여 아시아의 맹주 자리를 차지하려고 우리나라와 중국을 비롯하여 동아시아 각국을 식민지로 만들었다.

마치 서구 열강들이 신천지 개척시대에 자국의 이익을 위해 강력한 군사력을 원심력으로 행사하여 식민지로 만들었던 것처럼 일본도 자국의 강력한 무력을 태풍이 몰아치듯이 행사하여 동아시아 각국을 식민지로 만들어버렸다.

그러고는 일본을 구심점으로 아시아 식민지국들을 대동아공영권 건설이라는 이데올로기를 만들어 아시아 국가들이 대동단결하여 서양세력에 대적해야 한다는 기만술을 폈다. 나는 일본이 차지한 식민지국들이 천황을 중심으로 황도 정신으로 통일한다는 것은 불가능한 일이라고 판단했다.

동아시아 국가들은 원래 저마다 유구한 역사와 자랑스러운 문화와 전통을 가진 자주국이며 민족자결권을 가진 독립국이었다. 따라서 아시아인들은 콜럼버스가 탐험의 대가로 이사벨라 여왕에게 바치려고 했던 인도인 신민처럼 일본 천황을 구세주로 받들 신민이 아니었다.

아시아인들은 일본 천황을 구세주로 받들거나 모실 하등의 역사적 근거나 종교적 도덕적 당위성이 없고, 황도 정신으로 단결하여 일본을 위해 충성할 이유도 전혀 없다. 그런데 일본은 자국 중심의 탐욕과 이익을 위해 서구 열강과 같은 방식으로 일방적으로 원심력을 행사하여 동아시아 전체를 식민지로 만들었다. 그런 뒤에 맹아론이란 허무맹랑한 기만술로 아시아인들을 황도 정신으로 다시 더 강력하게 뭉쳐서 이 원심력으로 아시아에서 서구세력을 몰아내려고 했다.

일본이 일찍이 스페인의 펠리페 2세와 프랑스의 루이 14세가 자기 나라를 이슬람교도나 신교도와 유대인을 배척하고 가톨릭으로 통일하여 강대국을 건설하려다가 실패한 전철을 밟아 아시아식민지를 황도 정신으로 통일하려고 했다.

나는 펠리페 2세와 루이 14세나 일본이 국가 정체성의 내포를 가톨릭이나 황도 정신과 같은 하나의 동질적 종교관이나 이데올로기로 규정하여 국민들을 외연 속에 가두려고 하면 쇠락의 길을 걸을 수밖에 없다고 본다. 그보다는 오히려 몽골제국의 뭉케 칸이나 미연방과 스위스처럼 국가 정체성의 내포를 다양한 민족과 문화 전통의 이질적인 다양성을 존중하는 화합의 정신으로 규정하면 외연의 벽은 개방되고 이질적인 요소 간에 시너지효과를 거둘 수 있어서 자국뿐만 아니라 세계의 평화와 번영에 이바지할 수 있다고 생각한다.

일본은 이러한 국가 간의 상생과 화합의 정신을 버리고 오직 자국만의 국익을 위해 황도 정신을 구심력과 원심력으로 무자비하게 행사하여 수많은 동아시아인이 식민 지배와 전쟁의 참화 속에서 참을 수 없는 고통을 겪게 하는 악행을 저질렀다.

나는 일본이 2차 세계대전에서 패할 수밖에 없었던 것은 아시아 각국을 무력으로 침략하여 식민지배하면서 인명과 자원을 착취하고 아시아인을 전쟁의 참화 속으로 몰아넣은 대가를 치른 것으로 판단했다.

악惡의 이면裏面

18세기에 영국에서 세계최초로 산업혁명이 일어난 뒤에 이 물결은 유럽 각지로 급속하게 퍼져 나갔다. 그리하여 유럽 각국은 산업혁명의 영향을 받아 눈부신 경제성장을 이루었다. 그런데 산업혁명을 지속할 수 있게 하기 위해서는 경제주체인 개인, 기업, 정부의 경제발전에 대한 동기부여가 필요했다. 유럽에서 경제주체에 경제활동의 동기를 유발한 사람이 존 로크와 애덤 스미스였다.

유럽의 전통적인 기독교 사회는 부의 축적에 대해 부정적인 인식이 지배적이었다. 기독교는 하느님의 계시를 믿고 가르침을 따르면 구원을 받아 영원한 생명과 지복의 은총인 '하나님 나라', 즉 천국에 갈 수 있다고 믿는 종교다. 그런데 성경의 창세기에 하나님의 피조물인 아담과 이브가 에덴동산에 살다가 이브가 하나님의 명령을 어기고 뱀의 유혹에 빠져 금단의 열매를 따서 아담과 나누어 먹었다.

아담과 이브는 하나님의 명령을 어긴 죄를 저지른 대가로 아담에게는 평생 노동을 해서 먹고 살아야 하는 벌을 내렸고, 이브는 아이를 낳는 고통을 겪고 남편에게 순종해야 하는 저주를 받은 것으로 되어 있다. 따라서 과거 기독교 사회에서의 땅은 신이 내린 것으로 아담이 원죄의 대가로 소명의식을 가지고 노동을 해야 하고, 그 후손들도 그 대가를 치를 노동의 터전으로 모든 인간에게 공평하게 나누어 준 신성한 것이었다. 그리고 자기 직업을 위해 열심히 일하는 것은 하나님에 대한 소명이므로 그로부터 파생하는 부를 경시하고 청빈을 강조하였다.

유럽인들의 이러한 전통 경제관에 전환점의 계기를 마련해 준 사람이 존 로크이다. 그는 인간의 생명과 자유와 소유권을 인간이 아무에게도 침해받지 않는 자연적으로 부여받은 권리이며 이것을 인간의 기본권이라고 주장했다.

그는 땅은 하나님이 인간에게 부여해 준 것이 아니라 자연 상태로 존재하는 것으로 보았다. 그는 이러한 땅에 인간의 노동 가치가 더해지면 자연 상태인 땅에 대한 개인적 소유권을 가지게 된다고 주장했다. 그는 노동의 대가로 얻은 것은 신의 전유물이 아니라 인간 자신의 고유한 소유임을 강조하여 인간이 소유권을 가지려는 욕망을 인간의 기본적인 권리라고 주장했다.

로크에 이어 인간의 이기심의 발로가 경제적으로 사회 전체의 이익을 가져온다고 하여 인간이 가진 욕망의 긍정적인 측면을 강조한 경제학자가 애덤 스미스였다.

애덤 스미스는 자기의 저작 〈국부론〉을 통해 자유시장의 이상적인 모형에서 경쟁을 통해 생산자들은 소비자가 원하는 상품을 원하는 수량만큼 생산하게 된다고 주장했다. 소비자에게 인기가 없는 상품은 생산이 감소하며 소비자가 원하는 상품이 생산자에 의해 제공된다는 것이다. 그리고 시장에서 생산자들이 소비자에게 지나치게 높은 가격으로 상품을 팔아 과다한 이익을 남기려고 해도 생산자들 사이의 판매 경쟁으로 자연스럽게 가격조절이 이루어진다는 것이다.

또한, 상인들의 가격 인상과 이윤확대를 추구하려는 탐욕으로부터 소비자를 보호하는 것은 자유로운 시장 활동으로 가능해진다고 보았다.

제조업자나 상인들은 서로 경쟁에서 이기기 위해서는 그들이 얻는 이윤의 폭을 줄이고 원가를 감소시키는 새로운 생산방법에 투자할 수밖에 없다. 따라서 공급자 사이의 치열한 경쟁의 궁극적인 수혜자는 바로 소비자가 된다는 것이다.

결국, 자유경쟁시장은 생산자가 소비자의 수요를 만족시키기 위해 공급이 이루어지도록 만든다. 애덤 스미스는 수요와 공급의 조절과 자원배분의 효율성을 이루는 시장기능을 '보이지 않는 손invisible hands'이라고 하였다.

애덤 스미스의 경제 이론에서 가장 독창적이라고 할 수 있는 점은 시장기능을 작동할 수 있게 하는 원동력이 인간의 이기심이라는 점이다. 즉 개인의 사적 이익을 추구하려는 욕망이 생산과 소비활동을 증대시켜 결국에는 사회 전체의 이익을 가져오게 한다는 것이다. 개인이 생산자로부터 원하는 상품을 받게 되는 것은 생산자의 자비가 아니라 자신의 이익을 얻기 위해 상품을 공급한다는 것이다.

그는 시장경제가 인위적인 제약으로부터 자유로워지면 시장에서의 경쟁이 고용과 자원의 사용이 자율적으로 '사회 전체의 이익에 가장 부합되는 방향으로 이루어질 수 있다'고 주장했다. 그리고 그는 경제정책의 궁극적인 목표는 국가의 부를 극대화하는 것이라고 했다

애덤 스미스가 자유무역을 옹호하고 작은 정부와 최소의 조세를 주장한 것은 당시의 부상하는 자본가 또는 부르주아 계층의 경제활동에 동기를 부여하는 이론적 근거가 되었다.

애덤 스미스는 인간은 매우 이기적이지만 인간의 마음속에는 서로의 존중과 배려가 있기 때문에 이기적인 행동도 공동의 이익으로 전환된다고 생각했다. 그는 인간의 경제활동은 도덕적 범위 내에서만 허용되어야 하고, 개인의 가슴 속에 있는 '타인의 행복에 공감할 줄 아는 공정한 관찰자'에 의해 사회에 정의의 규칙이 형성된다고 주장했다.

애덤 스미스가 관찰한 시장은 자율적으로 작동하면서 기술혁신을 촉진하고 인간 욕구를 충족시킬 수 있다고 보았다. 그리고 소비자의 낭비를 최소화하고 민중의 부를 가능하게 하면서도 기업의 탐욕을 규제할 수 있다고 보았다. 그는 '정의의 법을 위반하지 않는 한 모든 사람은 자신의 방법으로 자신의 이익을 추구하도록 완전한 자유가 주어져야 한다'고 하여 자유 시장경제 원리를 주장했다.

로크와 애덤 스미스의 이론이 유럽인들에게 부의 축적을 위한 경제활동에 활력을 불러일으키는 정신적인 활력소가 되었다. 더구나 애덤 스미스는 경제정책의 궁극적인 목표는 국가의 부를 극대화하는 것이

라고 하며 중상정책을 강조하여 유럽 열강들이 식민지를 확보하기 위한 경쟁을 합리화했다.

영국에서 일어난 산업혁명은 유럽 사회 전반에 영향을 미쳤다. 나는 유럽에서 중세 상인들까지 경제주체로 산업 활동에 활발하게 참여하게 된 것은 로크와 애덤 스미스의 경제 이론이 경제활동의 동기를 부여했기 때문으로 본다. 그리고 유럽에서 보편화한 자유와 평등사상이 개인적 경제활동의 동기를 부양시키는 동력으로 작용했다고 본다.

거기에다 산업혁명의 전파로 경제활동의 무대가 전 산업 분야에 걸쳐 광범위하게 넓어진 것도 다양한 경제활동에 참여하는 기회를 확대하는데 기여했다고 본다.

이리하여 유럽인들은 신분의 제약 없이 누구나 다양한 산업 분야에 걸쳐 경제활동에 적극적으로 참여하게 되었다. 이들은 기계화와 분업화한 대규모 공장의 운영으로 막대한 잉여가치를 창출하여 새로이 부를 축적한 유산계급으로 등장하게 되었다. 이들은 원래 중세 도시에서 상거래로 부를 축적한 상인들이었다. 근대에 와서 절대 왕정의 중상주의 경제정책에 힘입어 부를 축적한 유산자들로 시민 혁명의 주체가 된 부르주아 계급이다.

이들은 과거에 상업을 통해 축적한 자본으로 다른 생산수단을 매입하고 그에 따라 발생하는 이익을 재독점하면서 예전에 볼 수 없었던 막대한 자본을 축적할 수 있었다.

생산수단의 획기적인 발달이 가내 수공업의 급속한 몰락을 가져왔다.

반면에 기계화와 분업화된 대규모 공장에서 제품을 대량생산하여 막대한 부를 축적한 자본가의 등장으로 근대 자본주의라는 새로운 경제 체제를 형성하기 시작했다.

부르주아 계급은 구제도의 모순을 깨뜨리려는 시민 혁명을 주도한 이후에 유럽 사회의 주체세력으로 등장하였다. 이들은 평등사상으로 새로운 선거제도를 도입하고 의무교육을 실시하여 교육의 기회를 일반인들에게까지 확대하는 데 크게 기여하였다.

프랑스에서 의무교육을 가능하게 한 요인은 산업혁명으로 새로이 성장한 부르주아 계급의 확산이었다. 프랑스에서는 그들을 중심으로 생활이 윤택해진 중산층이 늘어나고 생활 수준이 상향 평준화되면서 교육기회가 일반 대중들에게까지 확대되었다.

일찍이 이탈리아에서 일어난 인본주의 문예 부흥은 생활고에 시달리는 중세의 가난한 농노 출신의 서민들에게는 전혀 영향을 주지 못했다. 문예 부흥이 일어난 초기에는 소수의 부유한 귀족층을 중심으로 인문주의 사상이 발전하다가 프랑스를 중심으로 한 계몽주의로 맥락을 이어갔다.

유럽에서 합리적이고 인본주의적인 계몽사상이 일반화될 수 있었던 것은 프랑스 혁명으로 시행된 의무교육의 영향이 컸다. 그리고 산업혁명의 영향으로 서민들이 자녀교육이 가능할 정도로 경제 수준이 향상되어 교육기회가 확대되었기 때문이다.

나는 서구 유럽에서 근대적인 학문과 계몽사상이 획기적인 발전을 가져오고 일반인들에게까지 교육기회가 확산되어 유럽 사회가 근대사회로 발전할 수 있었던 것은 산업혁명의 파급효과 때문으로 본다.

영국에서 일어난 산업혁명으로 물질문명이 발달하고, 교통, 통신, 주택, 위생 등 근대산업이 발달하여 인간 생활양상의 획기적인 변혁을 가져왔다. 그리고 기계화, 분업화된 대규모 공장의 운영으로 자본가들은 막대한 부를 축적하게 되고. 그 파급효과가 확산되면서 국민들의 전반적인 경제생활이 윤택해졌다. 이로 인해 일반 대중의 교육기회는 확대되고 노동력이 절감되어 여유 있는 생활을 즐기는 계층이 늘어나게 되었다.

나는 이러한 산업혁명의 순기능적 역할로 인류의 경제생활은 윤택해졌고 물질문명의 발달로 생활은 편리해지고 의료시설의 보급으로 질병의 공포에서 벗어나 더 행복한 생활이 가능해졌지만, 빈부의 격차가 심해진 것도 사실이라고 본다. 하지만 산업혁명으로 인한 경제성장의 혜택을 누리지 못한 빈곤층도 예전에 거주이전의 자유도 없는 농노신분으로 기아에 허덕이던 중세 시절보다는 생활 수준이나 여건이 개선되었다.

나는 빛이 있으면 그림자가 있듯이 아무리 산업이 발달해도 모든 사람이 다 잘 살 수 있는 세상은 되기 어렵다고 본다. 마르크스는 이러한 측면을 고려하지 않고 어느 특정한 시기를 기준으로 특정한 관점에서 사회 모순을 부각시켜 일방적인 방식으로 해결하려고 했다.

나는 마르크스의 이러한 발상은 역동적이고 복잡한 사회현상을 지나치게 단순화하여 자본가와 노동자 간의 갈등을 전제로 검증되지 않은 해결책을 제시한 것이기 때문에 사회 혼란만 부추기고 국제평화를 훼손할 것으로 예상했다.

과유불급^{過猶不及}

유럽에서 일어난 산업혁명이 증기기관의 개량과 방적기의 발명에 의한 대규모 공장공업의 발달과 저임금의 노동력만으로 성공할 수 있었다고 보기는 어렵다. 유럽의 경제발전은 콜럼버스의 신대륙 탐험 이후로 개척하기 시작한 식민지에서 원주민들의 고통과 희생과 노동의 대가로 생산된 값싼 원료수입이 있었기에 가능했던 것이다. 게다가 원주민들과 노예들이 희생한 대가로 획득한 부의 혜택은 유럽인 전체에 고르게 배분되지도 않았다.

산업혁명의 결과 신흥 자본가가 나타나고 발달한 과학 문명의 이기의 혜택으로 유럽인들의 생활이 더욱 편리해지고 윤택해져서 생활 수준이 전반적으로 향상되었다. 하지만 예전에 볼 수 없었던 빈부 격차와 인구집중으로 인한 새로운 사회문제가 대두되기 시작했다. 자본가와 노동자라는 두 개의 사회 계층이 새로이 형성되면서 자본가들의 끝없는 탐욕으로 산업화가 진행될수록 노동자들의 생활은 더욱 궁핍해져만 갔다.

많은 노동자들은 저임금과 장시간 노동에 시달리면서도 가족들의 생계유지가 어려워 부녀자나 미성년자도 취업 전선에 뛰어들어야 했다. 산업이 발달하고 공장시설은 늘어나는데도 그들의 경제사정은 개선되지 않고 가난은 더욱 심화되고 대물림되었다. 생활고에 허덕이는 가난한 노동자들이 도시로 집중되는 현상이 가속화되면서 주택이나 상하수도 시설의 부족, 공중위생 등의 여러 가지 도시 문제가 야기되어 도시의 생활환경은 더욱 악화되었다. 노동자들의 노동환경은 열악했고 새로운 기계의 등장으로 수많은 노동자가 해고되면서 노동자의 임금은 더욱 저하되어 가난한 생활고의 악순환이 계속되었다.

반면에 자본가들은 기계화와 분업화된 산업시설을 이용하여 더 싼 임금으로 더 큰 폭리를 취하게 되었다. 그런데 자본가들은 막대한 경제적 폭리를 취하면서도 노동자들의 고통에 대해 배려하지 않았고, 인구집중으로 야기되는 사회문제를 도외시했다.

공장에서 증기기관의 물을 끓이기 위해 석탄을 때야 했는데, 석탄을 오래 피우다 보면 석탄 굴뚝이 그을음으로 막혀 석탄을 피울 수가 없게 되었다. 그래서 사람이 굴뚝에 직접 들어가서 그을음을 청소해야 했다. 그런데 대개의 공장 굴뚝은 구멍이 좁아서 어린아이들이 들어가서 청소해야 하는 경우가 많았다.

이에 관련한 어떤 노동자 가족의 슬픈 이야기가 있다. 이 가족은 어린 형제들이 몸집이 커지기 전에 차례로 굴뚝 청소를 해오다가 막내 차례가 되었다. 그런데 그 막내의 몸집이 커지면 그 일을 할 수 없게 된다. 그래서 부모는 그 막내가 굴뚝 청소를 계속하며 돈을 벌게 하려고 막내의 몸집이 자라지 못하도록 일부러 굶기는 일까지 생겨났다. 가족들이 먹고살기 위해 어린이들의 인간적 존엄성도 부모에 의해 훼손되어야만 가족들의 생계를 유지할 수 있는 지경으로 빈곤은 날이 갈수록 심화되었다.

애덤 스미스는 '보이지 않는 손'에 의해 시장이 자율적으로 작동하면서 기술혁신을 촉진하여 인간의 욕구를 충족시킬 수 있으며, 타인의 행복에 공감하는 '공정한 관찰자'에 의해 사회 정의의 규칙이 형성되어 기업의 탐욕은 절제되고 사익과 공익의 조화를 이룰 수 있다고 주장했다. 그러나 유럽에서 산업혁명의 결과로 나타난 빈부 격차는 점점 심화되고 해소될 기미를 보이지 않았다. 애덤 스미스가 예측한 대로 사회 정의의 규칙은 형성되지도 않았고 자본가들의 탐욕은 계속 커져만 갔다. 그리고 국가적인 차원에서 자본주의 발전으로 인한 모순을 극복하려는 정책을 적극적으로 시행하지 않았고, 그 부작용을 치유할 사회적인 시스템을 마련하려고도 하지 않았다.

오히려 산업혁명과 제국주의 발달로 얻어진 막대한 이윤은 자본가들이 독점하게 되었으며 국가권력도 부국강병을 위해 이들의 이윤 추구를 장려하였다. 이리하여 산업혁명으로 새로이 창출된 경제적 이윤은 사회 구성원들에게 고루 분배되지 못하여 자본주의의 모순은 더욱 심화되어 갔다.

나는 역사의 수레바퀴가 어느 방향으로 움직이다가 속도가 붙으면 탄력을 받아 물리적인 현상에서 나타나는 관성의 법칙처럼 쉽게 멈추지 않는다고 본다. 산골짜기의 물이 내려갈수록 그 양을 더해가듯이 인간의 욕심이 끊임없이 더해져 간다는 의미의 계학지욕谿壑之慾과 같다는 생각이 든다.

유럽에서 산업혁명으로 야기된 사회 내부의 모순을 해결하려는 제도나 시스템을 구축하지 못했기 때문에 그 모순을 해결하기 위해 좌편향적 사상가인 마르크스가 제창한 공산주의제도가 출현했다는 생각이 들었다.

마르크스는 유럽 각국이 자본주의의 발전으로 빈부 격차가 극에 달하고 있을 때 노동자들의 문제에 관심을 가지고 그 해결책을 구하려고 노력한 사람 중의 한 사람이었다.

그는 인간은 자신들의 정신적 안식처를 구하기 위해 종교를 만들었지만, 그 종교적 신에 의해 압도당하여 왔다고 본다. 그리고 그는 '인간은 자신의 안전을 위해 법률을 만들었지만, 그 법률 때문에 종속된 존재로 전락하여 자기의 삶이 질식되고 말았으며, 인간들이 자신의 자유와 행복을 위해 만들어 놓은 국가는 마치 국가가 추구하는 목적이 따로 있는 것처럼 국민 위에 군림했다고 본다. 결국, 인간은 자기가 만든 상품, 종교, 법률, 국가 등 모든 것으로부터 소외됐다'고 본 것이다.

마르크스는 이러한 모순을 드러낸 사회를 자본주의국가로 본다. 그래서 그는 오직 자본주의 사회를 무너뜨려야만 인간성을 회복하고 노동자들의 해방이 가능하다고 믿었으며, 이러한 그의 사상은 변증법적 유물론에 기초한 공산주의 혁명이론이 되었다.

마르크스는 새로이 대두한 자본주의의 모순을 노동자들의 처지에서 해결하고자 하는 철학적 가치문제를 변증법적 유물론이라는 과학적인 방법을 동원하여 해결책을 모색한 사회철학자이다.

그는 〈자본론〉에서 상품에 대한 분석부터 시작하여 자본을 중심으로 자본주의 경제가 어떻게 운영되고 있는지를 밝히면서 나아가 자본주의가 내적 모순에 의해서 붕괴될 수밖에 없음을 규명하였다. 마르크스는 인간의 의식이 사회생활을 결정하는 것이 아니라 반대로 사회생활이 인간의 의식을 결정하기 때문에 사회변혁은 '인간의 의식에 의해서가 아니라 생산력과 생산관계의 모순에 의해 변화한다.'고하여 유물론적 견해를 밝혔다. 인간의 의식작용을 피동적으로 본 것이다.

예를 들어 생산수단이 발달해 물레방아가 증기기관으로 발전하여 생산력의 변화가 오게 되면 봉건제 사회는 자본제 사회로 사회구조가 바뀐다. 따라서 마르크스의 유물사관은 역사의 발전을 경제적, 기술적 요인을 가장 중요한 요인으로 보아 물질문명의 발전에 종속되는 것으로 보았던 것이다.

그는 결론적으로 인류 사회는 물질문명의 발달에 종속되어 자본주의로 발전하다가 자체 모순에 의한 갈등이 한계점에 이르면 혁명이 일어나 자본주의는 붕괴되고 필연적으로 공산주의로 발전하게 된다고 주장했다.

나는 이러한 그의 정신은 경제, 사회적인 현실에 대한 비판의식을 높임으로써 어느 시대에나 있기 마련인 사회 모순과 부조리를 해결하려고 노력한 점에서 교훈을 얻을 수 있다고 본다. 그러나 나는 인류가 당면한 경제·사회적인 문제와 모순을 변증법적 유물론으로 온전히 설명해 낼 수 있을지에 대한 의구심은 버릴 수가 없다.

마르크스는 그의 경제 이론을 전개하는 논리로 변증법을 받아들였다. 마르크스는 물질의 변증법적 발전이 결국 사회체제의 변증법적 발전으로 이어진다고 하면서 여기에는 세 가지 법칙이 있다고 했다.

첫째, 양적 변화에서 질적 변화로의 이행의 법칙이다. 헤겔은 '사물은 양적 규정성과 질적 규정성을 갖추고 있고, 양적 규정성은 점진적으로 변화(증감)하여 축적되며, 그 변화가 일정한 한도를 넘어서면 질적 변화가 일어난다. 그리고 이러한 변화의 원인은 사물의 내부에 존재하는 모순이다'라고 했다.

예를 들어 토마토는 크기와 무게 등의 양적 규정성이 있는데 이것이 토마토의 질과 결부되는 것이 신선도다. 토마토는 신선도가 어느 정도 떨어져도 토마토이지만, 그 변화가 토마토의 고유한 한도를 넘어서면 질적(화학적) 변화인 부패현상이 일어나 새로운 물질로 변질된다는 것이다.

마르크스는 이 원리를 사회현상에 적용하여 양적 변화를 '진화'라는 개념으로, 질적 변화를 '혁명'이라는 개념으로 받아들였다. 그는 기존 사회의 발전을 헤겔이 말한 사물의 양적 규정성의 변화로 보고, 이러한 변화는 생물이 종의 고유한 유전자를 보존하면서 환경의 영향을 받아 크기나 형태가 변하는 '진화'로 본다. 그리고 그는 토마토가 자연적으로 부패하는 질적 변화를 자본주의의 모순을 극복하는 '혁명'이라는 새로운 개념으로 받아들였다.

그는 이처럼 물질이 양적, 질적으로 상태가 변화하듯이 인류역사도 자본주의를 거쳐 자체 모순을 극복하는 혁명으로 필연적으로 공산주의로 발전한다는 유물론적 입장을 취했다.

나는 위에서 그가 주장한 질적(화학적) 변화인 혁명은 다윈의 진화론 관점에서 보면 생물의 종이 환경에 적응하기 위해 유전자의 새로운 형질이 나타나는 현상과 유사하므로 돌연변이로 보는 것이 타당하다고 본다. 그런데 그는 공산주의 이론을 이런 돌연변이 현상과 관련지어 설명하지는 않았다.

그리고 마르크스가 변증법적 역사발전론을 내세워 역사를 자본가와 노동자 간에 발생하는 사회 모순을 극복해 가는 계급투쟁으로 규정한 것은 역사관에 따라 다양하게 달라질 수 있는 역사 발전방향을 설명하는데 한계점을 지닐 수밖에 없다고 본다.

왜냐하면, 실제로 역사적 사건이나 일상생활에서 발생하는 경제, 사회적 모순은 선악의 이분법적 가치충돌에 기인하기보다는 사람들의 다양한 가치관의 충돌로 발생하는 경우가 대부분이기 때문이다. 이러한 모순은 비합리적인 사회현상을 전제로 하지만, 합리적인 현상도 시대나 사회에 따라 구성원들이 추구하는 가치관의 변화로 인해 모순으로 인식하는 경우가 많다.

실제 사회에서는 비합리적인 사회 모순으로 인한 갈등보다 합리적인 가치 간의 충돌에서 상대방의 가치를 모순으로 인식하여 야기되는 갈등이 더 많이 일어나고 있는 것이 현실이다. 역사는 계급투쟁의 단순 논리로 모순을 극복해 가는 과정이 아니라 오히려 영웅과 사회가 상호 작용하며 시대적 상황의 변화나 역사적 주체의 가치관 변화와 문화권에 따라 우연과 필연이 교차하며 종합적인 요인에 의해 다양한 방향으로 발전해 간다고 본다. 그리고 자본주의의 경제발전으로 나타나는 모순을 극단적인 혁명적 수단을 동원해 전혀 새로운 사회로 변혁시킬 수도 있지만, 경제주체 간의 의지와 합의를 통해 기존의 경제체제를 유지하면서 개선해 나갈 수도 있다고 본다.

나는 이처럼 역사는 그 시대의 사회적 가치관의 충돌로 야기되는 갈등을 역사적 주체들이 지혜를 모아 투쟁이나 혁명이 아닌 평화적인 협상과 합의를 통해 발전해 가는 것이 바람직하다고 본다.

또한, 마르크스는 가치 지향적인 역사 발전을 토마토의 부패현상이나 진화론과 같은 가치 중립적인 자연현상과 관련지어 투쟁을 통해 모순을 극복해 가는 필연적인 현상으로 규정했기 때문에 그의 주장은 논리적인 오류에 빠질 위험성이 크다고 판단했다.

둘째, 엥겔스의 '부정否定의 부정' 법칙이다. 이것은 보리 씨앗 하나를 땅에 심고 그것이 적당한 환경을 만나면 싹이 나오고 씨앗은 없어지는데 그것을 보리 씨 그 자체가 부정되는 것이라고 보는 시각이다.

그리고 한 알의 보리 씨가 썩어 없어지면서 몇십 배의 결실을 얻어 양적, 질적으로도 더 개량된 씨를 얻게 되는 것을 '부정의 부정'이라고 하였다.

마르크스는 이러한 엥겔스가 주장한 원리를 인간사회에 적용하였다. 예를 들어 수공업의 방법으로 노동하여 얻은 소액의 사유재산이 첫 번째로 부정되어 없어지는 대신에 기계화와 분업화한 대규모 공장에서 대량생산을 하여 자본가는 더 많은 사유재산을 얻게 된다(양적 증대)는 것이다. 그리고 더 나아가 자본가들이 독점한 재산과 생산수단(자본과 설비)을 자유노동자들이 공동으로 소유함으로써 더 많은 개인적 소유를 갖게 된다(질적 개선)는 것이다. 바로 '부정의 부정'을 통해 자본가가 가져가는 이익을 노동자들이 더 많이 나누어 가지는 공산주의 사회가 도래한다는 것이다.

엥겔스가 주장한 부정否定의 부정법칙을 동의하기는 어렵다. 보리 씨앗이 썩어 없어지고 새싹이 나는 현상을 어찌 부정이라 할 수 있을 것인가? 씨앗이 썩어서 새싹이 나는 현상은 식물이 세포분열을 통해 생장하는 과정 일부로 본다. 이런 현상은 본래의 씨앗이 전부 썩어 없어지는 것이 아니라 씨앗의 세포가 분열하고 그 일부가 사멸한 것이다.

이 씨앗은 유전 형질에 따라 끊임없는 세포분열을 통해 새로운 세포가 생성, 사멸하는 과정을 반복하면서 새싹이 나고 줄기와 잎으로 생장하여 결실을 보고 더 많은 개체 수로 번식한다. 나는 이를 동양의 음양의 이치로 비교할 경우 사계절이 변하는 것은 지난 계절을 부정하는 것이 아니라 순환하는 것으로 본다.

춘기春氣 중에는 이미 하기夏氣가 있고, 여름은 이미 추기秋氣에 통하며, 가을은 이미 한기寒氣와 통한다고 본다. 그러므로 계절 사이의 경계가 모호한 것을 동양사상의 특징으로 본다.

식물은 계절에 따라 꽃이 지고 열매를 맺는 것처럼 보이지만 꽃이 지기 전에 이미 열매를 맺을 준비를 갖추고 있고, 낙엽이 지고 새싹이 나는 것 또한 낙엽이 지기 전에 이미 새 눈을 틔우고 있다. 따라서 나는 보리의 생장도 이와 비슷한 생명의 순환과정인 것으로 본다.

그리고 그는 자본가가 독점했던 생산수단을 노동자가 공유하여 잉여가치를 공정하게 배분하게 된 것을 질적 변화가 일어난 '합'의 단계로 보았다. 하지만 나는 이것은 단지 생산수단을 소유한 주체와 잉여가치를 차지하는 대상이 자본가에서 노동자로 바뀐 것에 불과하다고 본다.

이때 자본가의 탐욕이 노동자의 무욕으로 유전적 변이가 일어난 사실이 유물론적으로 규명되지 않는 한 생산수단을 소유한 주체가 바뀐 것을 두고 질적 변화라고 할 수는 없다고 본다. 실제로 보리 씨는 질적 변화인 품종 개량 없이 자체 유전 형질만으로도 대량번식이 가능하다. 그런데 그는 보리 씨가 번식하여 대량생산을 할 때 품종이 개량되었다는 증거(질적 변화)를 제시하지 않았다. 그가 주장한 보리 씨앗의 대량생산은 질적인 개량 없이 단지 양적 증대만 이루어진 것으로 본다.

그가 부정否定의 부정법칙으로 예를 든 보리 씨앗이 번식하여 대량생산이 된 것은 부정의 부정이 아니라 처음에 긍정과 부정이 협력하다가 부정의 모순을 극복하고 남은 긍정이 양적으로 증대되었다는 주장으로 본다. 따라서 그가 둘째 부정의 부정법칙의 예로 보리의 질적 변화인 품종 개량으로 대량생산이 되었다고 한 것은 첫째 법칙인 양적인 증대가 축적되어 일정한 한도를 넘어서 토마토가 부패하는 것과 같은 질적 변화(혁명)가 일어난 현상과는 논리적인 연관성이 결여되었다고 본다.

그런데 보리 씨앗은 언제나 품종 개량이 일어나 대량으로 번식하는 것이 아니라 환경에 적응하지 못하면 그 종이 도태될 수도 있다. 마찬가지로 자본가가 기계화와 분업화된 대규모 공장을 운영하는 경우 기업이 성장할 수도 있고 실패할 수도 있다. 그리고 노동자도 생산수단을 공유하여 생산된 잉여가치를 공정하게 배분한다고 해도 경제성장 여부에 따라 노동자들의 재산이 증대될 수도 있고, 반대로 소득이 줄어 집단 빈곤사회로 전락할 수도 있다.

자본가는 기계화 분업화된 대규모 공장을 운영하여 항상 많은 잉여가치를 남겨서 빈부 격차를 확대시키기만 하는 존재가 아니다. 자본가가 회사 운영을 잘못하거나 노사갈등으로 생산성이 저하되면 기업이 망하는 일도 있다. 그렇게 되면 자본가뿐만 아니라 노동자들도 해고나 실직을 당하여 다 같이 공멸하여 더 큰 고통을 겪게 되는 것이다. 마르크스는 이런 측면을 간과하고 그에 대한 해결책을 제시하지 않았다.

그가 프롤레타리아와 부르주아의 두 계급이 처음에는 협력관계를 유지한다고 주장한 것은 원래 사람의 인성은 유사한데 생산수단을 독점하고 노동자를 착취하는 자본가는 부정으로 착취당하는 노동자는 긍정으로 구분한 것으로 본다.

나는 그가 인류를 이렇게 두 계급으로 분류한 것을 인체에 비유하면 긍정은 건강과 생활을 영위하는 활동력으로 작용하는 것이고 부정은 질병처럼 건강을 해치고 고통을 주는 것으로 본다.

이런 경우에 부정을 발꿈치에 난 종기에 비유하면 종기가 인체에 고통을 주고 걸음걸이에 불편을 준다고 해서 종기가 난 발꿈치 전체를 도려내야 치료가 된다는 것이 그의 주장인 것으로 본다.

그런데 종기를 치료하려고 발꿈치 전체를 도려내다가 발꿈치에 붙어 있는 아킬레스건이 손상을 입으면 회복할 수 없는 절름발이 장애인이 될 수도 있다고 본다.

나는 오히려 종기 치료를 위해 발꿈치 환부의 전부를 도려내는 것보다 사전에 종기가 곪은 상태를 잘 살펴서 약물이나 외과적인 방법으로 치료하는 것이 후유증이 없이 본래의 건강을 회복할 수 있다고 본다.

이처럼 나는 노동자들이 자기들만을 위해 자본가를 멸하고 그들이 독차지했던 생산수단과 잉여가치를 적대 세력인 노동자들이 대신 차지하여 공정하게 분배한다고 해서 보리가 대량생산 되듯이 항상 노동자의 재산이 증대된다고 보지 않는다. 오히려 자본가를 멸한 후유증으로 노동자들이 더 고통받는 세상이 될 수도 있다고 본다. 그러니 두 계급이 역지사지의 입장에서 충분한 협의를 통해 잉여가치를 공정하게 배분하여 상생의 길을 도모하는 것이 양자 모두에게 유익할 수 있다고 본다.

셋째, 대립물의 투쟁과 통일 법칙이다. 이것은 자연이나 사회에 있어서 모든 사물은 그 내부에 서로 대립하는 두 측면이 서로 투쟁을 원동력으로 하여 변화 발전하다가 다시 통일되면서 거듭 발전하는 것과 같은 법칙이다.

마르크스는 이러한 엥겔스의 이론도 사회에 적용시켰다. 프롤레타리아와 부르주아의 두 계급이 처음에는 서로 협력하지만, 결국에는 두 계급 사이에 모순이 생겨나 프롤레타리아 계급에 의해 자본주의 사회는 필연적으로 멸망하고 만다는 것이다.

그는 앞으로 인류역사는 공산주의로 발전하는 것이 필연이라고 주장하고 그 시기를 앞당길 필요가 있다고 하였다. 그는 이를 위해 무산계급에 의해 공산주의 혁명이 일어나야 한다고 역설했다. 나는 이러한 마르크스의 역사 발전에 대한 자신의 주장이 변증법 논리에 부합하는지를 살펴본다.

그는 헤겔의 변증법을 도식화하여 '정'이 '반'과의 갈등을 통해 '정'과 '반'이 모두 배제되고 '합'으로 초월한다고 했다. 이 '정'은 어떤 모순적 면모를 지닌 상태이고 이 '정'을 부정하여 모순을 극복한 상태를 '반'이라 했다. 하지만 '반'이 모순을 극복하더라도 이 세상 모든 현상은 모순적 면모를 지닐 수밖에 없으므로 그것에서 취사선택한 상태인 '합'으로 나아간다고 했다.

그리고 그는 '합' 또한 모순적 한계를 가질 수밖에 없으므로 '합'은 다시 '정'이 되어 모순을 극복해 나가는 과정을 반복하다 보면 더 순수한 진리에 가까워질 수 있다고 했다. 그는 이러한 변증법의 원리에 근거해서 자본주의 사회는 프롤레타리아 계급에 의해 필연적으로 '합'의 단계인 공산주의 사회로 발전한다고 했는데, 나는 여기에 논리적인 오류가 존재한다고 본다.

왜냐하면, 변증법에서는 '합'도 모순적 한계를 가지기 때문에 다시 '정'이 되어 모순을 극복하는 과정을 반복하면서 진리에 접근한다고 했다. 그렇다면 그가 '합'의 단계로 도출한 공산주의 사회에도 자체 모순이 존재하기 때문에 다시 '정'으로 나아가 모순을 극복하여 공산주의 사회보다 더 나은 사회로 발전해 가야 하고 또 이런 과정을 계속 반복해야 한다. 따라서 공산주의 사회가 단 한 번의 모순을 극복하고 '합'을 도출하는 과정을 거쳐 진리에 도달한 즉 최종 목표인 지상낙원이 이루어졌다고 해서는 안 되는 것이다.

그런데 마르크스는 '정'을 부정하여 단 한 번의 모순을 극복한 상태(자본가와 권력자를 궤멸시킨 상태)인 '반'에서 취사선택하여 '합'으로 도출한 공산주의도 자체 모순이 존재하기 때문에 다시 '정'이 되어 모순을 극복하는 과정을 반복해야 한다고 주장하지는 않았다. 따라서 그는 공산주의 사회를 최종적인 '합'의 귀착점으로 본 것이므로 변증법이 진리를 추구하기 위해 '합'의 도출과정을 반복한다는 논리체계와 맞지 않는 것이다.

그리고 변증법의 '정'과 '반'의 의미는 동양의 '음'과 '양'의 상대적 의미와는 전혀 다른 것이고, 변증법으로 도출한 '합' 또한 '음'과 '양'의 동등한 가치를 고려해서 얻은 새로운 의미의 '합'과는 해석의 차이가 크다고 본다.

마르크스는 '반'은 '정'의 모순을 극복한 즉, 모순을 털어낸 상태라고 했으므로 이러한 과정을 거친 '정'은 진리에 더 접근한 '정'이 되었기 때문에 내포를 재규정해야 하고 이에 따라 새로 규정된 '정'의 외연은 축소된 상태가 되어야 한다고 본다. 그러므로 그가 주장한 '합'은 '정'과 '반'이 배제된 세상 모든 현상에서 취사선택하여 초월한 것이 아니라 단지 **본래의 '정'(자본가와 노동자가 혼재하는 세상)에서 모순을 극복**

하여(혁명으로 자본가를 궤멸해) 가칭 **더욱 정제된 '정'(노동자들만의 세상)**을 다시 택일한 것으로 본다.

　그리고 그는 '합'을 도출하는 과정을 반복하여 진리를 추구하는 경우에 '합'은 다시 '정'이 아닌 '반'이 주체가 되어 '반'의 모순을 극복하고 새로운 '합'이 도출될 수도 있어야 하는데, 그가 이런 과정을 제시하지 않은 것은 '반'을 '정'의 부수적인 의미로만 파악했기 때문으로 볼 수밖에 없다. 그러므로 마르크스가 주장한 변증법은 '정'에서 모순을 극복하고 '합'을 도출하는 과정을 반복하면서 이미 진리를 추구할 방향으로 예정된 '정'을 향해 접근해 가는 것으로 본다.

　따라서 그가 주장한 변증법으로 모순을 극복하는 과정을 반복해서 도출한 '합'은 '정'과 '반'의 이질적인 두 요소가 동등한 가치를 지니면서 객관적으로 초월하여 새로운 의미의 '합'을 도출하는 과정이 아닌 것으로 본다. 그는 '합'은 오히려 언제나 '반'이 아닌 '정'을 일방적으로 다시 택일하여 모순을 극복하는 과정을 반복하면서 진리에 접근해 가야 할 지향점으로 채택해 놓고 변증법 논리를 전개한 것으로 본다. 그런데 '정'과 '반'에 대응되는 개념이라 할 수 있는 동양사상의 '음'과 '양'은 서로 대립관계에 있을 수는 있지만, 모순이 극복된다고 해서 '음'과 '양' 중에서 어느 한쪽이 없어지지는 않는다.

　오히려 두 요소는 빛과 그림자와 같이 언제나 대립적으로 남아 있으면서 서로 투쟁하기도 하고 서로 조화를 이루어 상생하기도 하는 것이다. 나는 이것이 바로 대립적 존재 즉 외연 안팎의 존재를 전제로 하는 일원론적 차원의 사고와 상대적 존재(음양)를 전제로 하는 이원론적 차원의 사고의 극명한 차이점이라고 본다.

　마르크스는 독창적인 논리로 '잉여가치설'을 창제創製하여 자본가들의 탐욕과 노동자들이 경제적인 고통을 당하는 철학적인 가치판단의 문제를 과학적인 유물론적 변증법으로 설명하였다.

　그에 의하면 경제사회에는 생산수단을 소유한 자본가와 노동력만 소유하고 착취당하는 노동자(프롤레타리아)의 두 계급이 존재한다. 그런데 노동자는 생산수단의 분업화로 생산능률을 올릴 경우 임금을 초과하는 가치를 산출하지만, 노동자가 받는 임금은 생산량의 증가와 상관없이 정해진 일정한 금액밖에 받지 못한다.

　이때 노동자가 단위 상품을 생산하여 받은 임금과 그 상품의 생산에 생산수단의 분업화로 생산능률을 올려서 노동자에게 지급한 임금보다 초과하여 발생하는 이윤을 마르크스는 '잉여가치'라고 했다. 그런데 기업가들은 노동자가 생산량을 증대시킨 결과로 발생하는 잉여가치를 노동자들에게 배분하지 않고 자본가가 독차지한다고 했다.

　이리하여 빈부의 격차가 극대화되고 궁극에 가서는 이러한 모순이 경제공황을 발생시켜 양 계급은 공멸을 면치 못한다는 것이다. 마르크스는 이러한 모순을 해결하려면 생산력과 생산관계를 일치시켜 자본가들이 사적으로 소유했던 생산수단을 사회에 귀속시켜 노동자들이 공유함으로써 궁극적으로 착취와 계급이 없는 사회를 만들 수 있다고 주장했다. 노동자들이 생산수단을 공유하게 되면 노동자들의 근로의식이 발동하여 시장기능을 작동시킬 원동력 생긴다는 것이다.

나는 그렇다면 '노동자들이 타인에게도 배분될 부의 총체적 가치를 증대시키기 위해 자신의 노력을 배가하여 생산능률을 높이려는 동기가 발현할 수 있을까? 자본가가 없는 사회에서 어떤 경제주체가 사업 실패에 대한 위험부담을 안고 생산수단을 개량하여 생산량을 증대시키기 위한 자본과 시설투자를 하려고 할 것인가?' 하는 의문이 들었다.

나는 마르크스가 주장한 혁명적 충격요법에는 반드시 부작용이 따른다는 것을 간과한 측면이 있다고 본다. 공산주의 사회에서 노동자가 자본가처럼 개인적인 부의 가치를 차지하려는 욕망이 없으면서 노동자들이 공유할 부의 가치를 증대시키려는 동기가 생기기는 어렵다고 생각한다.

나는 공산주의 사회에서 노동자들이 생산수단을 공유하여 획득한 이윤을 공정하게 배분할 수는 있지만, 경제활동을 하려는 동기가 살아나지 않으면 오히려 산업 생산량과 이윤이 줄어들어 경제적으로 쇠퇴할 위험이 크다고 본다.

모든 현상에는 음이 있으면 양이 있듯이 사회현상에는 대립물이 존재하는 것은 사실이다. 지배자가 있으면 피지배자가 있고, 강대국이 있으면 약소국이 있고, 부자가 있으면 빈자가 있고, 가해자가 있으면 피해자가 있는 법이다.

마르크스가 자본주의의 대안으로 제시한 공산주의는 경제주체의 외연을 노동자로 한정하고 가해자인 자본가와 그들의 부의 독점을 보장해 주는 권력자를 외연에서 제외했다. 그리고 그는 노동자들의 지상 낙원을 건설하기 위해 노동자의 대립물인 자본가와 그들을 옹호하는 국가권력을 혁명으로 궤멸해야 한다고 주장했다. 그런데 역사적으로 과연 이 두 대립물은 투쟁의 결과 승자에 의해 다른 쪽이 소멸하고 한 쪽으로 통일되어 가는 과정이었을까?

나는 음양의 법칙에는 대립이 있으면 반드시 화합이 있는 것이고, 투쟁이 있으면 상생도 있어야 하며, 분열이 있으면 통합도 있어야 한다고 본다. 두 대립물이 반드시 투쟁관계로 역사가 이루어져 왔다고만 볼 수 없다.

애덤 스미스의 주장대로 인간의 욕망은 사회 구성원의 평등한 경제생활에 부정적으로 작용하면서도 또한 경제활동의 동기를 유발하고 수요를 창출하는 긍정적인 요인으로 작동하기도 하는 것이다.

자본가는 이러한 긍정적인 측면의 욕망을 추구하기 위해 위험부담을 감수하면서 자기 자본을 투자하고 다른 사람의 노동력과 토지를 효율적으로 활용하여 이윤을 추구하는 사람이다. 그러한 과정에서 경제가 발전하고 인류 문명이 발달하여 인간 생활이 개선되어 가는 것이다.

나는 마르크스가 자본가의 순기능적 역할을 간과하고 자본가를 노동력을 착취하는 계급으로 매도한 것은 경제주체 간의 문제를 경제 이론이 아닌 지나치게 도덕적인 관점에서 해결점을 찾으려고 했기 때문이다. 그가 이러한 '관점의 오류'를 범하게 된 것은 객관적이고 과학적인 진리를 추구하는 변증법의 논리를 주관적인 정의를 추구하는 정치제도에 견강부회해서 적용하려고 한 데에 기인한 것으로 본다.

나는 인사동 헌책서점에서 구해 읽은 록펠러의 전기에서 록펠러가 석유의 부산물인 휘발유의 활용방법을 개발하여 자기 이윤도 거두면서 인류 문명의 발전에 기여한 사례를 찾을 수 있었다.

1870년대에 록펠러는 석유 정유회사인 스탠다드 오일사를 설립하여 석유 판매사업을 하고 있었는데 이 회사의 주력 상품은 조명을 밝히는 등유였다. 그런데 전등이 발명되면서 등유의 수요가 줄어들어 가격 경쟁력을 잃어 가고 있었다. 이때 록펠러가 주목한 것이 휘발유였다.

그 당시에 휘발유는 발화점이 너무 낮고 인화성이 강하여 폭발할 위험성이 컸다. 그래서 휘발유를 등유로 사용하기가 너무 불안정했다. 이로 인해 정유회사에서는 휘발유를 부산물로 취급해 하천에 그냥 버려져서 환경오염의 주범이 되었다.

록펠러는 휘발유의 발화점이 낮은 데에 착안하여 적합한 촉매제나 첨가제를 개발하여 활용도를 높이면 언젠가는 훌륭한 상품이 될 것을 예측하고 과감한 투자를 하였다. 그런데 그 당시에 판매경쟁을 벌이고 있던 자동차는 증기 자동차와 전기 자동차, 그리고 휘발유 자동차였다.

록펠러는 언젠가는 휘발유를 자동차의 내연기관에 이용하기에 안전하고 효율성이 높은 연료로 개발하면 휘발유 자동차가 최후의 승자가 될 것을 확신하고 있었다. 그는 휘발유 개발에 과감한 투자를 하여 결국에는 성공을 거두었다. 이로 인해 예전에는 그냥 하천에 버려졌던 휘발유가 자동차의 연료로 이용되면서 휘발유 자동차의 판매량이 늘어나게 되었고 따라서 휘발유 수요가 폭발적으로 증가했다. 그리하여 휘발유는 록펠러 회사의 주력 상품으로 변신하게 되어 막대한 이윤을 가져다주었다.

록펠러가 휘발유의 활용도를 높이는 사업에 거금의 자기 자본을 투자하여 새로운 상품으로 개발하려고 했을 때 반드시 성공이 보장되어 있었던 것은 아니다.

그가 만약 투자에 실패하면 그에 대한 손실은 오로지 자기와 이 사업에 투자한 투자자들의 몫으로 돌아가는 것이다. 그만큼 자본가들의 투자에는 언제나 위험부담이 따르는 것이다. 나는 록펠러가 자기의 이윤을 추구하는 기업가가 아니고 잉여가치를 노동자들에게 공정하게 배분하는 일에만 전념하는 사람이었다면 투자에 실패하는 경우에 회사가 망할 수도 있는 위험부담을 안고 새로운 상품을 개발하기 위해 과감하게 자기 자본을 투자했을까? 하는 의구심이 들었다.

만약 록펠러가 휘발유를 상품화하지 못했다면 상당 기간은 휘발유는 하천에 그냥 버려져서 하천을 오염시키는 주범이 되었을 것이다. 그리고 많은 인류가 휘발유 자동차를 이용하면서 생활이 편리해지는 혜택은 누리지 못했을 것이고, 휘발유 생산에 종사하는 노동자들의 신규 일자리도 창출하지 못했을 것이다.

록펠러는 자기 자본을 투자하여 휘발유 상품을 개발하고 노동자들의 노동력을 사용하여 자기 이윤을 추구한 것은 오직 노동자들의 잉여가치를 착취하기 위한 것은 아니었을 것이다.

그는 휘발유를 개발하여 자동차 산업을 부흥시켜 인류의 편리한 생활에 기여했고, 노동자들의 일자리도 창출했으며, 하천의 오염을 줄여 환경개선에 큰 도움을 준 기업가였다.

마르크스는 기업가들이 노동자들이 가져가야 할 잉여가치를 착취한다고 했다. 그런데 그는 록펠러와 같은 기업가가 도전정신으로 자기 자본을 투자해서 혁신적인 창의성을 발휘하여 창출한 가치는 무슨 가치인지, 그 가치는 누가 가져가야 하는지, 노동자들도 이런 가치를 가질 권리가 있는지에 대한 의견은 제시하지 않았다.

나는 마르크스가 경제활동을 도덕적인 측면에 너무 집착한 나머지 자본가들을 노동자를 착취하는 가해자로 규정하여 기업가들이 새로운 가치를 창출하여 경제적 이윤을 증대시키는 긍정적인 측면을 간과했다고 본다.

과거에 콜럼버스가 아메리카를 탐험한 후에 프란시스코 교회 사제들이 유카탄반도에 도착하여 기독교를 전파하기 위해 마야문명을 파괴하고 마야 사제들을 모조리 죽여 없애버린 역사적 사건이 있었다. 그리고 농업 제국주의 시절에 아메리카의 사탕수수나 목화를 재배하는 백인 농장주들은 인디언이나 흑인 노예들을 기독교의 외연에서 제외시켜 플랜테이션 농장에서 혹사시키고 생명을 빼앗고 짐승처럼 매매까지 했다.

그렇다면 위의 두 가지 경우와 마르크스가 자본가와 카르텔을 이루는 국가권력을 외연 밖의 존재로 간주하여 그들을 혁명으로 궤멸시키려고 한 것이 인명 존엄성의 측면에서 보면 무슨 차이가 있는 것인가?

나는 이러한 인명 경시 사상을 가진 사람들에게서 발견할 수 있는 공통점은 자기들과 같은 내포를 공유하지 않은 사람들은 외연 밖의 존재로 간주하여 궤멸해버리고 자기들만의 행복을 추구하려는 일원론적인 편협한 사고방식이라고 본다.

이들은 외연 밖의 존재를 타협을 통해 포용하여 다양한 구성원들로 공동사회를 형성하여 상생의 길을 모색하려 하지 않았다. 그들은 단지 자기들과 같은 외연에 소속되지 않았다는 이유로 사람들의 인명을 함부로 대하는 유아독존적인 사고를 지녔기 때문에 그런 만행을 저지를 수 있었다고 본다.

나는 마르크스가 역사는 자본주의의 모순을 극복하고 필연적으로 혁명을 통해 공산주의로 발전한다고 주장한 배경에는 그 자신이 그토록 배격한 관념론적 입장인 기독교사상의 영향을 받았다고 본다.

성경에 하나님이 아담과 이브의 후손인 인간은 원죄를 지니고 태어난 존재이기 때문에 이에 대해 속죄하기 위해 소명의식을 가지고 열심히 일하고 직업에 종사해야 한다는 계시를 내렸다. 그리고 인간들이 하나님의 계시를 어기고 타락하면 노아의 방주처럼 대홍수를 내려서 물로 심판한다고 하였다.

마르크스는 인간들이 이러한 기독교 정신을 살려 소명의식을 가지고 열심히 일해서 부를 획득하려 하지 않고, 끝없는 탐욕으로 노동자들의 잉여가치를 착취하여 부를 축적한 타락한 자본가들은 혁명으로 처단하고 노동자들만의 지상낙원을 건설해야 한다고 주장했다.

그가 공산주의 건설을 위해 이런 극단적인 방식을 취한 것은 하나님이 타락한 인간들을 심판하는 노아의 홍수에서 영감을 얻은 것이 아닌가 하는 생각이 들었다. 그는 하나님이 타락한 인간들을 대홍수로 심판했듯이 탐욕으로 가득 찬 자본가들도 전대미문의 공산주의 혁명으로 궤멸해야 한다는 반인륜적 발상을 했을 것으로 본다.

그리고 그는 하나님이 은총으로 온 인류를 구원하려고 했던 것처럼 자신도 자기가 창안한 공산주의 이론으로 지구의 모든 노동자를 구원하여 지상낙원을 건설할 구세주로 여겼을 것이라 짐작해 보았다. 나는 인류의 운명은 다양한 사상과 역사관을 바탕으로 스스로 개척해 나가고 결정해야 하며 사회 규범이나 질서를 어기면 합법적인 절차를 밟아 공정하게 처리해야 한다고 본다.

그런데 마르크스는 자의적으로 자본가들을 악의 무리로 규정하고 그들의 운명을 하나님이 내린 물의 심판과 같은 논리를 도입하여 초법적인 혁명으로 처단해야 한다고 주장했다. 나는 이러한 그의 사상은 신의 영역을 인간의 영역에 억지로 적용시킨 오류로 판단했다.

그뿐만 아니라 그는 가치 중립적인 진리를 추구하기 위해 모순을 극복하는 변증법적 논리를 인간의 주관적인 의식과 가치관이 충돌하는 정치제도에 적용하는 오류를 범했다. 그는 사실적인 진리를 추구하는 과정에서 모순을 제거하듯이 노동자를 위해 자본가의 궤멸을 전제로 하는 혁명이론을 주장하면서 인간 생명의 대량학살에 대한 죄의식을 조금도 느끼지 못하는 유물론적 도그마에 빠졌다고 본다. 그리고 마르크스는 유물론적 변증법에 근거한 공산주의 이론만이 진리라고 주장하며 자기와 다른 사상이나 역사관을 배격했다.

이러한 그의 독선적인 주장은 마치 중세 로마교황청이 갈릴레오의 지동설을 무시하고 천동설만을 진리라고 확신하여 과학적 오류를 범했던 것처럼 또 다른 사상적 천동설이 되어 논리적 오류를 되풀이할 가능성이 크다고 본다.

나는 마르크스가 생각하는 공산주의 혁명사상은 마치 자신을 태워 세상을 밝히는 촛불과 같이 방 안에 비치는 빛만 보고 그 이면에 생긴 그림자는 보이지 않기 때문에 무시해 버리는 현상과 같다고 본다. 이것은 도덕적인 가치판단의 입장을 떠나 사고 차원의 문제라고 본다. 그의 사상은 눈에 보이는 내포만 중히 여기고 보이지 않는 외연에서 제외된 세계의 존재는 무시해 버리는 일원론적 사고 차원의 범위를 벗어나지 못했다고 본다.

나는 일원론적 사고를 하는 사람들의 세계관에는 외연과 비지시대상 사이에 경계만 존재하고 중간지대가 없기 때문에 양자 간의 상생이나 중용사상이 형성되기 어렵다는 생각이 들었다.

오십 보五十步 백 보百步

'오십보백보'는 두 개의 개념이 합성된 고사성어故事成語다. 이것은 지엽적인 차이보다 본질적인 의미가 더 중요하다는 것을 중국의 고사에서 유래하여 사용되고 있는 용어다.

옛날 중국의 전국시대에 양나라 혜왕이 맹자를 초청해서 부국강병책을 물었다. 맹자는 인의仁義를 중시하는 왕도정치를 주장하였다. 그런데도 혜왕이 계속 눈앞에 이득을 가져오는 정치에만 관심을 보이자 맹자는 이렇게 말했다.

"전쟁터에서 싸움이 시작되자 한 병사가 백 보를 도망쳤습니다. 그러자 오십 보 도망친 병사가 그를 가리켜 겁쟁이라고 비웃었습니다. 임금께서는 어찌 생각하십니까?"

"오십 보건 백 보건 도망친 것은 마찬가지 아니오?"

"그렇습니다. 진정으로 백성을 위해 베푸는 정치가 아니라면 백성에게 자비를 더 베푸느냐 덜 베푸느냐는 중요한 것이 아닙니다."

맹자는 왕도란 평소 백성들의 생활 안정과 백성을 위한 애정과 예의를 지키는 도덕 국가, 교육이 널리 보급된 문화국가를 실현하는 것이라는 점을 강조했다. 맹자는 지엽적인 것의 차이보다는 본질적인 취지를 살리는 것이 더 중요하다고 말한 것이다.

그런데 지엽적으로 별 차이가 없는 오십 보와 백 보를 개념으로 정의하면 전혀 다른 의미로 쓰이게 된다. '오십 보'를 하나의 개념으로 정의하면 '백 보'는 '오십 보'의 외연에서 배제되고, 반대로 '백 보'를 하나의 개념으로 정의하면 '오십 보'는 '백 보'의 외연에 포함될 수 없게 된다. 그래서 이 두 개념 사이에는 전혀 연관성이 없는 별개의 개념이 되는 것이다.

만약에 '오십 보'가 선이라면 '백 보'는 선이 아닌 것이 되고 '백 보'가 악이라면 '오십 보'는 악이 아닌 것이 되어 그 차이가 극명하게 드러나게 된다는 것이다. 이처럼 일원론적 사고에 의한 개념 정의는 언제나 모든 대상을 외연에 속하느냐, 아니냐에 따라 양분하는 특징을 가진다고 본다.

나는 이처럼 역사적 기술도 내포에 의한 외연으로 양분하여 기술하면 한쪽 측면만을 반영하기 때문에 전체적인 역사적 맥락이 왜곡되고 편협한 내용으로 기술되기 쉽다고 본다. 중국의 사서史書의 기술방식에는 편년체와 기전체가 있다.

편년체는 역사적 사실을 연대순으로 나열하여 기록하는 기술방법이다. 기전체紀傳體는 중국의 사마천이 쓴 '사기史記'에서 역사적 사실을 재해석하고, 체계적인 형식으로 재구성하여 서술하기 시작한 역사의 새로운 기술체제다.

기전체는 편년체로 기록된 잡다한 모든 역사적 사실들을 다시 기紀, 전傳, 지志, 표表 등으로 재해석하여 서술하는 방식이다. 기전체는 역사 기술을 씨줄과 날줄로 엮은 뒤에 그 상호작용을 종합적으로 파악할 수 있도록 기술하는 형식이다. 사마천은 기전체의 기술에서 역사의 주체를 왕과 신하, 백성의 세 가지 요소로 보고 주체별 활동과 상호작용을 한 역사적 사실을 기술하였다.

'기紀'는 통치자인 제왕의 정치와 행적을 중심으로 역대 왕조가 신하와 백성들과 정치, 경제, 문화적으로 어떻게 상호작용을 하며 변천해 왔는지를 서술한 것이다.

'전傳'은 각 시대를 풍미했던 영웅이나 인물들이 제왕과 백성들과 정치, 사회 문화적으로 상호작용을 하며 역사를 이루어 왔는지에 대한 영웅 열전의 기록이다.

'지志'는 백성을 주체로 한 정치, 경제. 사회제도와 인문지리적 관계 등을 관직·재정·지리·예禮·천문·역법 따위와 같은 사회의 주요 분야의 변천 과정을 문화사적, 제도사적 측면에서 종합적으로 기술한 것이다.

그리고 '표表'는 각 시대의 역사의 흐름을 연표年表로 간략히 나타낸 것이다.

사마천은 역사를 역사적 주체를 제왕과 영웅, 백성을 대상으로 종으로 분류하고, 그들의 활약상을 인문지리적 입장에서 횡으로 관련지어 기술하였다. 그리고 시대에 따라 인물이 인문지리적 환경과 상호작용해 온 과정을 유기적이고 전체적으로 파악할 수 있게 종합적으로 기술했다. 따라서 여기에는 정치사와 경제사뿐만 아니라 사회사나 문화사, 종교사, 향토사 등의 발달사를 비롯하여 교역이나 과학 문명의 발달 등을 씨줄과 날줄이 짜여서 옷감이 짜이듯이 종합적으로 기술할 수 있다.

나는 역사를 대립적 요소 간의 계급투쟁으로 기록하는 민중사관은 편년체로만 기록이 가능하고 기전체와 같은 종합적인 기술이 불가능하다고 생각한다. 예를 들어 역사를 민중의 계급투쟁 역사로 규정하여 기술하게 되면 민중을 의미하는 공통요소를 내포로 규정하는 순간 민중 이외의 역사적 주체들은 외연에서 배제된다. 따라서 민중사관에는 민중 이외의 역사적 주체가 존재하지 않기 때문에 민중의 역사와 비교할 수 있는 다른 역사적 주체의 기술을 할 수 없게 된다.

그로 인해 역사적 기술의 범위가 민중들의 계급 투쟁사로 한정되게 되어 자본가나 유산자, 권력가, 신규 창업자, 영웅 등과 유산자 계급과 관련이 적은 발명가, 종교인, 창작 예술인들도 민중의 외연에 속할 수 없기 때문에 부분적인 역사적 사실밖에 기술할 수 없다. 그러므로 다양한 역사 주체들 간에 역동적으로 상호작용하는 종합적이고 통사적인 역사 기술은 불가능해진다.

나는 민중사관은 마치 소경이 코끼리 다리를 만져 보고 그 다리가 코끼리 전체라고 주장하는 것과 같다고 본다. 따라서 민중사관에서는 혁명이나 무장봉기에 의한 편협한 계급투쟁의 역사적 발전과정만 기록할 수밖에 없기 때문에 역사적 주체들 간의 상생이나 개과천선의 정신이 역사 발전에 영향을 끼친 사실은 기술할 수 없다고 결론지을 수밖에 없다.

유레카

나는 공산주의 개념의 모순을 캐기 위해 주로 역사와 철학, 종교 등에 이론적 접근을 해보았으나 현대문명의 본류 중 하나라 할 수 있는 과학 분야에 접근을 시도하지 못했다. 그런데 공산주의 이론의 근간이 되는 유물론이 물질 개념에 바탕을 두고 있기에 공산주의 사상을 제대로 파악하기 위해서는 과학 분야에 대한 이론적 접근을 도외시할 수 없는 상황이었다.

이렇게 과학이론에 관심을 가지고 서점 주변을 서성이다 어느 날 나는 생소한 제목의 책을 발견했다. 그것은 보어의 〈양자이론〉이었다.

나는 이 '양자이론'을 읽어나가며 지금까지 내가 알고 있었던 과학이론과는 전혀 다른 새로운 이론이 게재되어 있음을 발견했다.

보어의 양자이론에 따르면 우연 또는 확률, 곧 예측 불가능성이 이 우주를 지배하고 있다고 한다. 양자이론은 비록 우리가 우주의 현재 상태를 완벽하게 알고 있다 하더라도, 미래의 상태가 무엇인가에 대해서는 오직 확률적 예측만이 가능하다고 주장하였다. 이것이 독일의 물리학자 베르너 하이젠베르크가 제안한 '불확정성의 원리'이다.

이는 지금까지의 결정론적인 과학적 사고에 대한 전면부정이다. 올바른 과학이론이라면 우주를 실재하는 그대로 완벽하게 그려낼 수 있어야 하는데, 양자이론은 그러지 못하다는 것이다.

또한, 보어는 원자모형을 설명할 때 플랭크의 퀀텀(양자) 개념을 도입해서 전자가 핵 주변을 일정한 궤도에서 원운동을 하며, 다른 궤도로 전이할 때 에너지를 방출한다고 발표해 양자 혁명을 일으켰다.

이후에 그는 원자를 구성하는 입자들의 세계를 파동과 입자라는 배타적 개념으로 설명할 수 있지만, 원자단위의 현상을 설명하기 위해서는 반드시 두 가지 개념을 동시에 사용해야 한다는 상보성원리를 발표하면서 양자 역학의 기초를 굳건히 했다.

이 이론대로라면 원자단위의 현상을 설명하면서 파동과 입자라는 두 개념의 내포를 규정하고 외연의 경계를 짓는 것이 불분명하다고 해야 할 것이다.

나는 이것을 칼 마르크스가 모든 현상을 유물론적이며 일원론적으로 설명하려고 했던 결정론적인 과학적 사고에 한계점이 있다는 것을 뒷받침하는 이론으로 받아들였다. 하이젠베르크는 불확정성의 원리를 통해 보어의 가설을 수학적으로 증명했고, 이를 바탕으로 보어는 '관찰되기 전에는 실재한다고 할 수 없다'는 발언까지 하게 되었다.

불확정성의 원리는 원자단위에서는 입자의 정확한 위치와 속도를 측정할 수 없다는 가설인데, 가령 직선운동을 하고 있는 전자의 속도를 정확하게 측정하기 위해 강한 파장을 사용하면 교란이 일어나 위치가 변하게 되고, 위치를 정확하게 측정하기 위해 약한 파장을 사용하면 정확한 속도를 알 수 없게 된다는 게 요지이다.

나는 과학의 아버지라고 불리는 뉴턴의 물리학과 현대과학의 위대한 선구자인 아인슈타인의 빛의 속도와 시간과의 관계를 밝힌 사차원 세계를 설명하는 상대성 원리로 설명될 수 없는 전혀 다른 과학적 이론이 존재한다는 사실에 놀라움을 금치 못하였다.

이 이론은 인간이 경험되기 전에 예상되는 어떤 상태는 사실상 이론을 통해 추상적으로 추론되거나 규정될 수밖에 없다고 하였다. 그런데 이를 양자 역학의 관점에서 순전히 이론적으로 표현해 보면, 경험되기 전에 예상되는 어떤 상태는 관 속에 들어 있는 사람이 죽었는지 살았는지를 관 뚜껑을 열어 확인하기 전까지는 모두가 잠재적인 가능성으로 동시에 존재하는 복합 상태로 표현된다는 것이다.

나는 지금까지 동양의 유학 사상이 이론을 확실한 증거를 바탕으로 수학적으로 체계화해서 증명해 가는 서양의 과학에 비해 인간의 내면 세계와 정신세계를 비과학적인 성인들의 주장을 바탕으로 사상을 펼친 것에 대한 일종의 잠재적 열등의식을 가지고 있었던 것이 사실이다. 나는 지금까지 조선이 과학적 문명이 뒤떨어지고 근대 공업국가로의 발전을 이루지 못해 나라까지 망했다고 생각하고 있었다.

그런데 나는 보어의 양자이론을 읽고 우리나라가 일본에 패망한 요인이 되기도 했고 지금까지 내가 절대적 진리로 신봉했던 과학이론이 부정되고 새로운 이론이 대두하였다는 사실에 놀라움을 금치 못했다.

나는 보어의 양자이론이 프랑스의 수학자 라플라스가 주장한 대로 정확한 수치만 주어지면 우주 삼라만상의 미래를 뉴턴의 운동법칙으로 예측할 수 있다던 과학적 결정론을 부정하는 새로운 과학이론임을 처음으로 알게 되었다. 현대는 마르크스가 〈자본론〉을 저술했던 당시에는 상상도 못 했던 미래를 예측할 수 없는 불확정성의 미래만 존재한다는 새로운 과학이론이 대두하고 있다.

나는 보어의 양자이론을 곰곰이 생각하며 걷다가 친구들과의 약속 장소로 향했다. 같은 학교에 다니는 친구들과 홍화문 근처에 있는 한 선술집에 모여서 술자리를 같이하기 위해서였다.

허름한 술집 문을 열고 들어서니 이미 몇몇 친구들이 모여서 기다리고 있었다. 나는 친구들과 한참 환담을 나누다가 경북 고령에서 올라온 사학과 친구인 김성태가 창경원의 유래에 관해 이야기했다. 평소 그는 친구들 사이에서 자존심이 강한 인물로 알려진 친구였다.

"어이, 친구들, 혹시 이 앞에 있는 창경원을 짓기 전에 여기가 어떤 자리였는지 아나?"

"옛날에는 궁궐 자리 아니었나?"

내가 아는 체를 하자

"역시 역사에 관심이 많은 우리 고향 경상도 친구는 뭔가 다르단 말일세. 사실은 저 창경원 자리에 우리의 위대한 세종대왕이 상왕인 아버지 태종을 모시기 위해 지은 유서 깊은 창경궁이 있었다네. 그런데 일제강점기에 일본이 조선 궁궐이 갖는 왕실의 권위와 상징성을 격하시키기 위해 동물원으로 만들어 버린 것일세."

성태의 해석을 들으며 나는 일본의 의도가 과연 그것뿐이었을까, 생각해봤다. 그러자 성태 친구가 갑자기 화제를 바꾸며 농담을 꺼냈다.

"어이, 화성 친구 순철이! 자네는 외계인 임시로 우찌 여기 지구촌 술자리에 끼였는가?"

성태가 경상도 사투리를 섞어가며 말했다. 그러자 화성 출신의 박순철이 고개를 바로 세우며 대답했다.

"야, 이 사람아, 뭔가를 알려면 제대로 알고나 농을 걸게. 화성의 지명에 쓰이는 '성' 자는 '별 성星' 자가 아니고 '성 성城' 자일세."

"그렇겠지. 지명에 '별 성星' 자를 잘 쓰지는 않지."

내가 거들었다. 그러자 이번에는 순철이가 농을 되받았다.

"그러면 성태 자네는 고향이 고령이지 않나?"

순철이가 자기 앞의 탁자 위에 놓인 막걸리 사발을 들어 올리며 말했다.

"자네, 이 사발을 만드는 원료가 뭔지 아는가?"

"야, 이 사람아. 내가 명색이 위대헌 고령 출신인데 왜 그걸 모르겠는가? 그야 당연히 고령토지."

"그러면 이 사발도 고령서 나는 고령토로 만든 것이라고 할 수 있는가? 내 말은 도자기는 고령에서 나는 고령토로만 만드느냐 이 말일세."

그 말을 듣고 조용히 술을 마시고 있던 경기도 광주廣州에서 올라온

민수가 목소리를 높였다.

"무슨 섭섭한 말씀을…. 우리 고향 광주서 나는 점토로 만든 광주 도자기는 그 멋이 우아하고 선결하다고 하여 조선 시대에는 최고의 명품으로 쳤다는 사실을 알고들 있나?"

그러자 순철이가 기다렸다는 듯이 말했다.

"그러면 앞으로는 이 사발 만드는 흙은 고령토가 아니라 광주토라해야 하지 않나?"

그 말에 성태가 더 큰 소리로 말했다.

"어림 반 푼어치도 없는 말은 허지들 말라고…. 옛날부터 고령 도자기를 최고로 치기 땜에 그 원료를 고령토라 했겠지. 하등품이 있어야 상등품이 있는 것이 음양의 이치 아니겠는가?"

"성태 이 친구는 광주 도자기가 최고라고 해도 자꾸 우기네."

민수도 지려고 하지 않았다. 그러자 전라도 남원에서 올라온 용만이가 자존심이 상한다는 듯이 말했다.

"야 이 사람들아. 인사동 골동품 시장에 가 보랑께. 남원 도자기보다 비싼 도자기가 어디 있당가?"

분위기가 사뭇 심각해지는 것 같아서 내가 나섰다.

"순철이가 웃자고 헌 소리가 아니겠나? 다들 웃고 술이나 한잔 드세."

내 말에 성태가 능글맞게 웃으며 말했다.

"내가 우리 고향 경상도 친구분 청을 받아들임세. 그래서 고령 도자기를 최고라 우기지는 않겠네. 어디서 만들건 잘 만들어야 최고 아니겠는가? 허허."

"그래, 그래."

모두들 술잔을 들며 한바탕 신나게 웃었다. 잠시 뒤에 성태가 다시 사학과 출신다운 질문을 꺼냈다.

"친구들, 그런데 아까 내가 음양의 이치란 말을 허고 나니 생각나는데 너들 혹시 모순이란 말 생각해 본 적 있나?"

그러자 서울 출신의 현모가 아는 체를 했다.

"옛날 초나라 시대의 무기상 이야기 아닌가?"

"맞네, 그러면 그 무기상에게 얽힌 일화도 잘 알고 있겠네."

"대충은 알고 있지. 초楚나라에 무기 상인이 시장에서 창과 방패를 팔면서 자기가 가지고 온 방패를 들고 큰소리로 이렇게 외쳤지. '이 방패를 보십시오. 아주 견고하여 어떤 창이라도 다 막아낼 수 있습니다' 그는 계속해서 자기 가게의 방패 옆에 놓여 있는 창을 들어 올리며 '여기 이 창을 보십시오. 이 창의 예리함은 천하에 일품이어서 어떤 방패라도 단번에 뚫어 버립니다'라고 외쳤다지. 그러자 구경꾼 중에 어떤 사람이 '그 예리하기 짝이 없는 창으로 그 견고하기 짝이 없는 방패를 찌르면 도대체 어찌 되는 거요?'라고 하자 상인은 말문이 막혀 서둘러 달아났다는 이야기 아닌가?"

현모가 꽤 길게 설명을 하자 성태가 그 말을 다 듣고 나서 아주 재미있고 기발한 이야기를 꺼냈다.

"맞네, 그런데 말일세. 내 생각에는 그 무기상이 재치가 좀 모자란다는 생각이 드네."

그러자 현모가 의아한 얼굴로 말했다.

"사실이지 그 무기상은 어찌 보면 사기 아닌가? 양심이 있으면 도망가는 게 상책이지."

"물론 그럴 수도 있지만 내 말은 그 무기상의 말이 진짜 맞는지 누가확인해 봤나 이 말일세. 정말 그런 창과 방패가 있는지 확인하기 전에는 알 수 없는 일 아닌가?"

그 말에 나는 의아한 생각이 들어 현모를 거들었다.

"그러면 성태 자네는 그 무기상이 어떻게 말하는 것이 좋은지 재치있는 대꾸라도 알고 있단 말인가?"

"나 같았으면 이렇게 말허겠네. '당신들이 내 말이 맞는지 틀렸는지를 확인해 보기 전까지는 알 수 없는 것 아니오. 그러니 내 말은 맞을수도 있고 안 맞을 수도 있는 것 아니요? 왜 눈을 두 개나 뜨고 있으면서 한 가지밖에 못 본단 말이오'라고 말일세."

성태는 어깨를 으쓱이며 어디 반박할 말이 있으면 해 보라는 듯이자신 있게 말했다.

모두들 성태의 말을 듣고 말솜씨가 놀랍다며 한바탕 웃고는 즐겁게술을 마셨다.

"허기사, 말로 해서 성태 자네를 당할 자가 있겠는가?"

순철이가 수긍 반 핀잔 반의 농을 건넸다.

자리를 파하고 집으로 돌아오는 길에 나는 성태가 한 말 중에 음양의 이치와 무기상의 주장이 창으로 방패를 찔러 보기 전에는 맞을 수도 있고 틀릴 수도 있다는 말을 다시 되씹어 보았다. 나는 성태가 한 말을 생각하며 걷다가 갑자기 망치로 머리의 정수리를 얻어맞은 것 같은 충격을 받았다. 그 이유는 성태가 한 말이 양자 역학의 내용과 거의 일맥상통하고 있었기 때문이다.

'왜 내가 미처 그 생각을 못 했지? 그래 성태의 말이 맞아. 음양의 이치가 뭔가? 빛이 있으면 그림자가 있고, 시작이 있으면 끝이 있고, 시작이 있으면 시작이 아닌 것도 있어야 하는 것 아닌가? 그렇다면 과학의 세계도 확실한 것이 있으면 당연히 불확실한 것이 있어야 음양의 이치에 맞는 것 아닌가?'

나는 음양의 이치를 생각하다가 주역에 나오는 64괘 중의 하나인 '항恒' 괘가 문득 머릿속에 떠올랐다. 이 괘에 쓰이는 '항상 항恒' 자의 의미는 '변하지 않고 늘 그러하다, 또는 항구히'라는 뜻을 가진다. 그리고 다른 뜻으로 '반달 긍恒' 자로도 쓰이는데 '영향이나 작용이 두루 미치다'라는 뜻으로도 쓰인다.

나는 '항恒' 괘가 풍기는 동양 사상적 뉘앙스가 '항상 영원히 그러하게 존재하는 것은 반달처럼 음양이 공존하는 것'을 의미하는 것은 아닐까? 하는 생각이 들었다.

나는 이것이 역사적으로 중국인이나 동양 사람들이 '0'의 의미와 양수에 대응하는 음수를 처음으로 발견하고도 '0'의 가치나 크기를 찾지 못한 경우와 비슷하다는 생각이 들었다.

'0'의 의미는 첫째 아무것도 없음을 나타낸다. 두 번째 음수와 양수의 대칭의 중심을 의미한다. 마지막으로, 숫자를 간편하게 표시할 수 있는 자릿수 기수법을 나타낼 때 쓰인다.

중국 사람들은 '0'이 아무것도 없음을 나타내거나 크기가 없는 것임은 알았는데 이것이 음양의 이치에 맞으려면 그 반대 개념인 '0'의 크기나 가치가 있어야 한다. 중국인들은 '0'의 크기를 찾으려고 노력했지만 찾지 못했던 것이다. 그런데 세계최초로 '0'의 가치를 발견하여 새로운 숫자 표기법으로 '0'을 사용한 기수법인 아라비아 숫자를 사용한 사람이 인도의 대수학자 브라마굽타였다.

그 후에 브라마굽타가 0의 의미를 정의하고 0을 자릿수에 따라 그 크기가 달라지는 자릿수 기수법을 사용해 만든 아라비아 숫자는 전 세계가 공통으로 사용하는 숫자가 되었다.

중국은 인류역사에서 화약이나 나침반, 종이, 인쇄술 등의 위대한 발명을 했다. 그러면서도 서양과의 경쟁에서 뒤처진 것이 '0'의 자릿수에 따른 크기를 발견하지 못해서 숫자의 네 자리마다 만, 억, 조 등의 단위를 붙여서 번거롭고 불편한 숫자 표기법을 사용한 데서 기인하지 않았을까 하는 생각이 들었다.

나는 스스로 과학 분야에도 불확실성이 존재해야 한다는 이치를 간과했다는 자책감이 들었다. 생각이 여기에 이르자 '과학이 아무리 발달하더라도 결국에는 음양의 법칙이라는 섭리에서 벗어날 수 없는 것이 아닌가?' 하는 생각이 들었다. 마치 수학에서 '수의 값을 정확하게 규정지을 수 없는 순환소수나 무한소수(무리수)가 존재하는 것과 같은 이치가 아닐까?' 하는 생각도 들었다.

만약에 보어의 양자이론이 진리라면, 그리고 칼 마르크스가 이러한 양자이론을 알고 있었다면 그가 유물론을 〈자본론〉의 이론적 근거로 하여 역사가 필연적, 결정론적으로 발전한다고 주장했을까? 하는 의문이 들었다. 그리고 칼 마르크스가 〈자본론〉에서 공산주의 이론을 전개하면서 유물론만을 전제로 했다면 과학적 이론의 다양성을 배제했기 때문에 논리적 한계를 지닐 수밖에 없다는 생각도 들었다.

따라서 그가 주장한 공산주의 이론도 논리적 한계에 부딪힐 수밖에 없는 것이 아닐까.

내가 이토록 공산주의 이론의 허점을 과학적으로 파고드는 까닭은 현수가 고향 선배인 이만성의 유혹을 뿌리쳤던 것처럼 나 역시 뿌리쳐야 할 거대한 산이 있기 때문이다.

그는 일본이 아니라 미국에서 그것도 과학박사 유학을 마치고 온 엘리트 중의 엘리트 사회주의 사상가이다. 그런 그를 상대하기 위해 나는 이론적으로 무장하고 또 무장할 수밖에 없다. 그런데 내 공부가 이 지점에 이르렀을 때 나는 어쩌면 그와 공산주의에 대한 논쟁을 벌일 수 있을 만큼 나도 이론적 토대를 갖추었을지도 모른다는 일말의 자신감이 맴돌아 희열을 느꼈다. 하지만 나는 곧 내 마음 자세를 제자리로 돌렸다. 교만한 생각이다 아직 이론적으로 완벽하지 않다. 나는 다시 동양학과 서양과학을 비교해 보면서 동양학의 가치를 더 깊이 연구해 보아야겠다는 의욕을 불태웠다.

'24'와 '1'

옛날 유럽의 어느 섬나라에 돈네이로와 돈푸아라는 두 형제가 살았다. 이 섬은 대부분의 지형이 경사가 완만한 넓은 평지로 이루어져 있고, 토지가 비옥하며, 강과 호수가 고루 분포되어 있어서 주민들이 농사짓고 살기에 아주 좋은 곳이었다.

농지 주변으로는 평평하고 넓은 숲이 자리 잡고 있었는데, 사람들이 노력만 하면 숲을 개간하여 농지로 만들기에 아주 적합한 땅이었다.

이 섬에는 일 년 내내 기후가 온화하고, 강수량도 풍부하여 섬 주민들은 열심히 농사를 지어서 풍족한 생활을 하며 살고 있었다.

그런데 세월이 지나면서 인구가 점점 늘어나기 시작하였다. 그래서 주민들은 새로운 농지를 만들기 위해 숲을 조금씩 개간해 갔다. 그로 인해 농산물 생산량은 늘어났으나 숲이 점차 줄어들어 땔감이 부족하게 되어 곤란을 겪게 되었다. 그런데 섬에서 가까운 바다 건너편에는 넓은 산악지대가 있었다. 그곳의 산지는 경사가 심하고 지세가 험하여 농지로 개간하기에는 아주 부적합한 지형이었다.

따라서 산지 대부분은 사람들의 손길이 미치지 않아서 자연 그대로 방치되어 있었다. 그로 인해 이곳 산지에는 숲이 우거져 목재나 땔감이 풍부했다.

섬사람들은 섬 안에 땔감이 부족해지자 배를 타고 바다 건너편의 숲에 가서 땔감을 구해오기 시작하였다. 그런데 이 바다는 사철 바람이 강하게 불고 파도가 심하여 배로 짐을 실어 나르기에 불편하였다. 또한, 섬 연안은 바다 수심이 얕아 배를 댈 수 있는 부두가 없었다. 그래서 섬 주민들은 배로 실어 온 땔감을 배에서 내려 지게에 지고 얕은 바다를 건너기 위해 바지를 걷어 올리고 옮겨야 했다.

섬 주민들의 인구가 점차 늘어나서 땔감이 더욱 부족해지자 바다 건너 숲에서 땔감을 구해오는 사람들이 늘어났다. 섬 주민들은 배로 싣고 온 땔감을 더 편리하게 옮길 수 있게 하려고 바다에 흙을 메워 배를 댈 수 있는 인공섬을 만들고 그곳에 부두와 땔감을 보관할 수 있는 창고도 지었다.

섬사람들은 땔감을 싣고 온 배를 일단 인공섬에 대고 땔감을 부두에 내려서 창고에 보관해 두었다가 필요한 때에 육지로 옮겨서 이용했다. 이로 인해 그들의 땔감 운반은 더 편리해졌지만, 인공섬에서 땔감을 지고 얕은 바다를 건너서 운반해야 하는 불편은 계속되었다.

세월이 흘러 섬 주민들의 땔감의 수요가 더욱 늘어나자 인공섬에 창고를 더 지어 땔감을 보관해 주고 보관료를 받는 사람도 생겨나고, 인공섬에서 땔감을 지고 얕은 바다를 건너는 일을 하고 노임을 받는 전문 짐꾼도 생겨났다.

또한, 섬 안에서는 대규모로 농사를 짓는 사람이 생겨났는데, 이들은 자기가 생산한 농산물을 시장에 많이 내다 팔기 위해 마차를 이용하여 운반했다.

그들 중에는 농한기에 마차를 인공섬의 얕은 바다 건너편으로 끌고 가서 짐꾼 대신 많은 땔감을 주민들의 집까지 실어다 주고 운임을 싸게 받는 사람도 있었다. 섬 건너 육지의 숲 근처에 살던 사람들도 점차 땔감 수요가 늘어나자 좁은 땅에서 농사짓는 것보다 땔감을 파는 것이 훨씬 수익이 높다는 것을 알게 되었다.

그래서 농사를 짓지 않고 숲에서 땔감을 생산하여 파는 일을 전문적으로 하는 사람도 생겨났다. 이곳 산지 쪽 해안에는 수심이 깊어서 배를 댈 수 있는 부두가 있었다. 땔감 운송이 활발해지자 숲 근처에 있는 부두에도 창고업자가 새로 생겨났다.

그리고 육지에서 부족한 농산물을 섬으로 가서 직접 구해 와 숲 근처 사람들에게 파는 중개상인도 생겨났다. 이리하여 섬과 숲 근처에 사는 사람들은 상행위나 물물교환을 통해 생필품이 점차 풍족해지고 예전보다 시간적 여유도 생겨서 생활형편이 날로 풍족해졌다.

섬 주민들의 생활은 예전보다 나아졌지만 한 가지 문제가 있었다. 그것은 아직 행정체제가 갖추어지지 않아서 주민들 간의 질서를 유지하고 분쟁이나 민원을 조정하는 기능을 하는 행정 자치기관이 없었던 점이다.

이로 인해 주민들은 생활에 많은 불편을 겪고 있었다. 그래서 섬 주민들은 그들의 대표를 뽑아서 몇 명의 행정 요원을 두고 섬 주민들의 행정이나 민원을 맡아 보게 하자는 의견이 나왔다.

섬 주민들은 이 일을 의논하기 위해 너른 공터에 모여서 대표를 뽑았는데, 그들 중에서 지도력이 있고 매사에 무사 공평하고 정의감이 강한 돈네이로가 주민 대다수의 지지를 받아 대표가 되었다.

돈네이로가 지도자가 된 뒤에 몇 명의 행정 요원을 두고 섬 주민들의 민원이나 행정에 관련된 일을 잘 해결하여 그들의 생활은 날로 안정되어 갔다. 이로 인해 돈네이로의 권위가 점차 높아지게 되자 이에 대해 불만을 품게 된 사람이 한 사람 있었다. 그는 바로 그의 동생이며 그에게 항상 경쟁의식을 가지고 있던 돈푸아였다.

그는 주위 사람들에게 대놓고 형에 대해 불평을 하지는 않았다. 그는 다른 사람들이 보기에는 인심 좋고 정의감이 강한 사람으로 보였지만 실은 야심이 크고 권세욕이 아주 강한 사람이었다. 그는 어려서부터 형과 무슨 일이건 지지 않으려고 했기 때문에 다툼이 잦았다. 그는 다른 또래 아이들보다 능력도 있고 정의감이 강했지만, 허영심이 강하고 자기 명예를 과시하기를 좋아해 친구들과도 경쟁하기를 마다치 않았다.

그러나 형보다 능력이나 모든 면에서 한 수 아래였던 그는 형과의 경쟁에서 질 때마다 마음속에는 불만의 그림자가 똬리를 틀고 앉았다. 그는 기회만 있으면 다른 사람들이 눈치채지 못하게 형의 자리를 차지하기 위해 치밀하게 계획을 세워 기회만 노리고 있었다.

섬 주민들의 생활이 점점 윤택해지자 섬 안에서의 농지는 점점 더 늘어나고 땔감의 수요도 점점 많아졌다. 그러자 마차를 가지고 운임을 받아 돈을 벌던 사람들이 더 많은 이익을 보기 위해 자기들끼리 돈을 모아 육지에서 인공섬까지 흙을 메워 마차 도로를 만들기로 의견을 모았다. 그리고 그 길 위로 마차로 땔감을 운반해 주고 운임을 받아 더 많은 돈을 벌어들일 계획을 세웠다.

그들은 이 일을 추진하기 위해 돈네이로에게 자기들의 계획안을 제시하고 도움을 구하였다. 돈네이로가 그렇게 되면 많은 짐꾼들이 실업자가 될 텐데 이처럼 중요한 일을 혼자 결정할 수 없으니 주민회의를 열어 결정하자고 제안했다.

돈네이로의 제안대로 며칠 뒤에 주민회의가 열렸다. 마차 주인들은 우리는 짐꾼들보다 훨씬 싼 운임으로 땔감을 운반해 줄 터이니 인공섬까지 마차 도로를 만들 수 있도록 동의를 구했다. 섬 주민들은 자기들의 땔감 운임을 싸게 해 준다는 말에 귀가 솔깃하여 짐꾼들의 반대를 물리치고 마차 주인들의 제안을 받아들이기로 결정하였다.

이리하여 육지에서 인공섬까지 새로운 마차 도로가 신설되자 땔감 운반은 마차 주인들이 독점하게 되었고, 그들의 수익은 더욱 늘어났다.

반면에 인공섬에서 땔감을 날라주고 노임을 받아서 생계를 유지하던 짐꾼들은 하루아침에 일자리를 잃게 되어 불만이 이만저만이 아니었다. 이들은 집단으로 돈네이로를 찾아가서 자기들의 불만을 해소할 방법을 강구해 주지 않으면 집단행동도 불사하겠다고 경고했다. 이로 인해 섬 주민들 사이에 분위기가 험악해지고 폭동의 기운이 감돌기 시작했다.

이때 짐꾼들의 불만을 해결해 주겠다고 재빠르게 나선 사람이 있었는데 그는 바로 돈푸아였다. 그는 행정관인 형을 찾아가서 이들의 민생고를 해결할 방책을 강구해 줄 것을 요청하였다. 돈네이로가 무슨 좋은 방법이 있느냐고 동생에게 물었다. 그러자 돈푸아가

"형님, 이들에게 섬 주민들이 공동으로 관리하는 산지 중에서 아직 개간하지 않고 농사짓기에 좋은 땅을 나누어 주고 농지로 일구어 생활할 수 있도록 해 주면 어떻겠습니까?"

라고 하며 자기 의견을 제안했다.

섬 안에 있는 산지는 그동안 많이 줄어들어서 더 이상의 산지 부족 현상을 막기 위해 주민회의를 통해 농지로 개간하는 것을 제한하여 주민들이 공동으로 관리하고 있었다.

"그러면 주민들의 반대가 심하지 않겠느냐?"

"하여튼 형님이 주민회의를 소집해 주시면 주민들을 설득하는 일은 제가 책임질 터이니 일단 회의를 열어 주십시오."

돈네이로도 동생의 제안이 그럴듯하여 주민회의를 소집하였다. 주민회의가 소집되자 돈푸아는 주민들을 향해 열변을 토했다.

"우리 섬 주민들의 편의를 위해 인공섬까지의 마차 도로를 건설한 뒤에 많은 짐꾼이 일자리를 잃었습니다. 그런데 이분들도 지금까지 우리 이웃이었지 않습니까? 사람들은 무심코 연못에 돌을 던지지만, 재수가 없어서 그 돌에 맞는 개구리는 생사가 걸린 일이 되지 않겠습니까? 그러니 우리 마을에서 공동 관리하는 산지 중에서 농사짓기 좋은 땅을 짐꾼들에게 할애하여 농지로 개간하고 농사를 짓도록 해 주면

어떻겠습니까? 우리에게는 조그만 희생이지만 그들에게는 큰 도움이 되리라 봅니다. 이들도 모두 우리 섬 주민입니다. 이들에게 선심을 베풀도록 부탁드립니다."

돈푸아의 간곡한 요청에 인심 좋은 섬 주민들은 그의 제안에 동의해 주었다. 이 일로 인해 새로 좋은 농지를 구하게 된 짐꾼들은 돈푸아에게 두고두고 감사했다. 돈푸아는 이들을 찾아가 위로하는 척하며 뼈 있는 말 한마디를 해 주었다.

"이번 일은 마차 주인들과 우리 형님이 주동이 되어 그들의 욕심을 챙기려고 벌인 일임을 꼭 기억해 두십시오."

섬 주민들은 필요한 땔감을 편리하게 운반하기 위해 인공섬을 확장하여 부두도 더 만들고, 마차 도로도 건설하여 예전보다 더 많은 땔감을 운반하게 되자 땔감을 실어 나르는 배의 규모도 점차 커졌다.

섬사람들은 예전부터 이 바다를 신의 바다로 불러 왔다. 그런데 이 섬에서 땔감을 더 많이 실은 큰 배가 왕래하기 시작하면서부터 바다 위에서 이상한 일이 일어나기 시작했다. 그것은 배가 일정한 무게 이상의 짐을 싣고 바다를 건너면 어김없이 침몰하는 것이었다.

그 원인을 아는 사람은 아무도 없었다. 사람들은 배에 짐을 많이 실으면 불안해졌고, 어느 정도 짐을 실어야 배가 안전하게 항해할 수 있는지를 몰라 두려움에 떨기 시작했다.

그러던 어느 날 섬 주민들은 의논 끝에 주민들이 인공섬에 모여서 정성으로 음식을 차려 바다에 사는 신에게 제사를 올리고 바다에 배를 무사히 몰고 다닐 수 있도록 도와주기를 간절히 빌었다. 섬 주민들의 정성과 소원이 바다의 신에게 통했는지 그날 밤 섬 지도자인 돈네이로의 꿈에 바다의 신이 현몽하였다.

바다에 사는 신이 돈네이로의 꿈에 나타나 이르기를

"내가 섬 주민들의 정성에 감동하여 내일 그대들을 위해 인공섬에 바위 하나를 가져다 놓을 것이니라. 그것을 기준으로 배에 싣는 짐의 무게를 정하는 데 참고하도록 하여라. 그 바위보다 더 무거운 짐을 배에 싣지 않으면 무사히 항해할 수 있을 것이니라."

라고 하였다.

다음 날, 돈네이로는 꿈이 하도 신기하여 혹시나 하고 아침 일찍 인공섬으로 가 본다. 그런데 정말로 커다란 바위가 인공섬 한복판에 놓여 있었다. 돈네이로는 이 사실을 섬 주민들에게 알리고 어젯밤 꿈에 나타난 바다의 신이 한 말이 사실인지 시험해 보기로 하였다.

주민들은 힘을 합하여 인공섬에 놓여 있는 바위를 굵은 밧줄로 묶었다. 그리고 바위 옆에 단단한 받침대를 만들었다. 그런 뒤에 그 바위를 튼튼한 지렛대 끝에 매달고 받침대에서 바위와 같은 거리의 지렛대 끝에 인공섬에서 가장 큰 배를 밧줄로 매달았다.

그리고 사람들이 돌을 주워 와서 배가 큰 바위의 무게와 평형이 될 때까지 배에 실었다. 섬 주민들이 계속하여 배 위에 돌을 들어와 얹자 드디어 그 큰 바위가 들리기 시작했다.

섬 주민들은 배에 돌을 싣는 것을 멈추고 배에 실었던 돌을 다시 들어냈다. 그리고 들어낸 돌의 무게를 따로 다시 달아서 배 위에 최대한으로 실을 수 있는 짐의 무게를 알아냈다. 그 뒤부터 섬 주민들은 신이 갖다 놓은 바위의 무게에서 배의 무게를 뺀 만큼의 짐을 배에 싣고 다녔다. 그 뒤부터는 정말로 신이 말한 대로 배가 침몰하는 일은 일어나지 않았다. 그제야 섬 주민들은 배에 적당한 무게의 짐을 싣고 다니면서 바다를 안전하게 항해를 할 수 있게 되었다.

그 일이 있고 나서 섬 주민들은 돈네이로를 더욱 존경하게 되었고, 심지어는 그를 바다신의 아들이라고까지 부르게 되었다.

그런데 이 바다에는 항상 파도가 심하여 뱃전에 부딪히는 물보라에 땔감이나 짐이 젖는 경우가 많았다. 그리고 어떤 때는 화주들이 급하게 물건을 실어 날라야 하는 일이 생기면 배에다 정해진 무게보다 적은 짐을 싣고 바다를 건너는 경우가 발생했다. 이런 경우에 선주는 화주에게 그쪽 사정으로 인해 배를 급히 띄웠으므로 한 배 가득히 실었을 때의 운임을 요구하였다. 이로 인해 화주와 선주 간의 분쟁이 일어나기도 했다.

그런데 선주 가운데 수학적인 머리가 뛰어나고 손재주도 좋은 사람이 한 사람 있었다. 그는 배에 싣는 짐을 규격화하면 배에 짐을 효율적으로 많이 실을 수 있고 남보다 많은 물동량을 확보할 수 있겠다는 생각을 하게 되었다.

그는 우선 배에 최대한 실을 수 있는 무게를 24등분한 뒤에 24의 공약수인 1단위부터 2, 3, 4, 6, 8, 12, 24단위의 무게를 실을 수 있는 여러 종류의 상자를 규격화하여 만들었다. 그리고 상자와 짐의 무게를 달

수 있는 큰 저울을 만들고 저울대에 24의 약수 단위로 무게를 달 수 있도록 눈금을 표시하였다.

그런 뒤에 그는 상자들을 창고에 나열해 두고 미리 규격별로 상자에 맞는 무게의 짐을 여러 개 담아 창고에 보관해 두었다가 배가 출항할 시에 전체의 무게의 합이 24가 되게 하여 물건을 실어 날랐다.

선주가 이런 방법을 사용한 뒤로 규격화된 상자의 종류가 많아서 화주들이 가져오는 다양한 무게의 짐을 따로 모으기 쉬웠고, 짐을 담은 상자 무게의 합을 24로 맞추어 배에 싣거나 내리기도 편리했다.

그리하여 이 선주는 배에 실을 짐을 쉽게 확보하여 배에 짐을 덜 채우고 운항하는 횟수가 줄어들어 효율적으로 짐을 운반할 수 있었다. 이리하여 이 선주는 다른 선주들보다 훨씬 많은 수익을 올리게 되었다. 그리고 짐을 상자에 싣고 운반하게 되자 파도의 물보라에 짐이 젖는 피해도 막을 수 있어서 화주들이 그의 배를 이용하는 사람들이 더욱 늘어났다. 그는 금세 큰 부자가 되었다.

이 소문이 퍼지자 다른 선주들도 배에 싣는 상자를 규격화하여 짐을 실어 나르기 시작하였다. 그리하여 규격화된 상자를 제작할 수 있는 자금력이 풍족한 선주들이 화물운반을 독점하게 되어 그들의 이익은 늘어났고 자금력이 부족하여 배에 그냥 짐을 실어 나르는 영세 선주들은 경쟁에 밀려서 사업이 어려워졌다.

이로 인해 영세 선주들의 불만이 가중되기 시작하였고 선주들 간의 또 다른 분쟁 거리가 생겨났다. 이번에도 이 문제를 제기하면서 해결책을 찾아 나선 사람이 돈푸아였다.

돈푸아는 또 형을 찾아가서 지난번에 짐꾼들에게 일자리를 만들어 준 것과 같이 영세 선주들에게 새로운 일자리를 마련해 주라고 요청했다. 돈네이로가 무슨 해결책이 있느냐고 다시 물었다.

"그들에게 각자 조금씩 돈을 투자하여 하나의 큰 창고를 지어서 운영하도록 하고 창고 보관료를 받아 생활에 보태 쓰도록 하면 어떻겠습니까?"

그러자 돈네이로가

"그러면 그들의 동의를 구해오라."

고 하였다.

돈푸아가 영세 선주들과 논의한 끝에 그의 제안을 수용하기로 하여 그 문제는 일단락되었다.

이번 일을 성사시킨 뒤에 돈푸아는 영세 화주들에게 그의 공을 내세우며 자기 속내를 드러내는 말을 잊지 않았다.

"이번 일도 형님이 돈 많은 선주와 손잡고 여러분들을 도와주지 않았기 때문에 일어난 일이오. 형님은 항상 돈 많은 자의 편에 서서 일한다는 사실을 잊지 마시오."

영세 선주들의 문제가 해결되고 난 뒤로 섬사람들의 생활은 점점 윤택해졌다. 섬에서 생산되는 생산물은 풍부해지고 주민들이 살림살이에 쓰고 남는 물건을 사고파는 일도 성행하게 되었다.

대형화된 화물선과 마차의 이용으로 상품의 이동도 원활해져서 필요한 물건을 값싸고 쉽게 구할 수 있게 되었고, 수요가 늘어나니 공급도 늘게 되어 산물의 생산량이 풍부해졌다. 따라서 물동량이 증가하자 상거래도 활발해져서 상업을 전문으로 하는 직업도 생겨났다.

이로 인해 자연스럽게 직업은 분화되고 농업과 임업 이외에 상업과 운수업, 창고업 등이 발달하면서 섬 주민들의 생활은 더욱 풍족해졌다.

섬 주민들의 생활이 향상되자 교통수단도 발달하여 마을에 새로운 길이 생겨나고 시장도 발달하였다. 그리하여 인구도 점차 늘어났고 인구가 집중되면서 도시 형태의 주거지도 새로 생겨났다. 그런데 이 섬에 어두운 그림자가 드리우기 시작했다.

섬 주민들에게 다양한 직업이 생겨나고 산업이 발달하면서 생활이 풍족해지고 윤택해질수록 빈부의 격차도 점점 심해져 갔던 것이다.

예전에는 볼 수 없었던 큰 부자가 새로이 생겨나고, 많은 토지를 소유한 지주나 많은 배를 운영하는 선주들이 등장한 반면 자금이나 기술력이 부족한 서민들은 발전의 대열에서 밀려나게 되어 새로운 빈곤층이 생겨났다. 이 섬에서는 새로운 직종이 생겨나고 예전의 직종이 사양길로 접어들게 되면서 다양한 분야에서 새로운 갈등이 야기되기 시작했다.

이 섬의 숲 근처에 개비노라는 가난한 농부가 살고 있었다. 그는 좁은 농지에 농사를 지으면서 근처 숲에서 땔감을 마련하여 시장에 팔아 겨우 생계를 유지하고 살았다.

그런데 섬사람들이 더 많은 농토를 만들기 위해 숲을 계속 개간하면서 숲의 면적은 점차 줄어들게 되었다. 그리하여 땔감 가격은 점차 비싸져서 땔감을 파는 개비노는 덩달아 이익을 남기게 되면서 생활도 풍족해져 갔다. 그런데 개비노는 원래 술을 좋아했다. 그는 땔감을 팔아 번 돈을 남들과 같이 농지를 늘리는 데에 투자하지 않고 친구들과 어울려서 술판을 벌이고 노는 데에만 열심이었다.

그가 무절제한 생활을 하는 동안에도 땔감 가격이 계속 치솟아서 그의 수입은 더욱 늘어났지만, 그의 방탕한 생활로 인해 가족들의 생계는 더욱 궁핍해져 갔다.

섬에서 땔감 가격이 폭등하자 섬사람들은 배를 타고 섬 건너편의 육지에 가서 값싼 땔감을 구해오기 시작하였다. 그리하여 땔감 값은 폭락하기 시작했다. 그 뒤에도 많은 땔감을 육지에서 운반해 와서 파는 선주들과 배로 싣고 온 땔감을 실어 나르는 마차 주인들이 큰돈을 모으면서 그들의 목소리도 점차 힘을 지니게 되었다.

그들은 땔감 파는 일을 독점하기 위해 섬 안에 있는 숲이 사라지는 것은 섬사람들을 위해 큰 문제가 될 것이라고 지적하며 섬 안에서의 숲의 보호를 주장하고 나섰다. 그들은 주민회의를 열어 농지를 만들기 위해 숲을 훼손하거나 땔감 채취를 엄격히 제한하자는 의견을 제안하였다.

섬 주민들은 그들이 땔감을 팔아서 더 많은 이익을 남기기 위한 의도로 그러한 제안을 한 것임을 알면서도 선주들과 마차 주인들의 위세에 눌려 그들의 제안을 수용하고 말았다.

이 소식을 들은 개비노는 앞날이 캄캄하기만 하였다. 이제는 숲에서 땔감을 마련하여 팔아서 돈을 버는 길이 막혀 버렸다. 그는 하는 수 없이 좁은 땅에서 농사를 지어 생활을 꾸려나갈 수밖에 없게 되었다.

그는 이 결정을 도저히 받아들일 수가 없었다. 그러나 달리 무슨 뾰족한 수가 있는 것도 아니었다. 그는 화를 참지 못하고 술에 기대어 살게 되면서 가족들의 생활은 더욱 궁핍해져 갔다. 가족들은 모두 남의 집에 가서 일하여 돈을 벌어 와야 겨우 생계를 유지하는 처지가 되고 말았다.

이리하여 개비노는 점차 생활에 쪼들리면서 식량이나 생필품을 구하기 위해 점점 빚이 늘어났으며, 돈을 빌릴 때마다 이웃에 사는 마차 주인을 찾아가서 통사정하여 돈을 꾸어다가 썼다. 그런데 그 마차 주인은 그렇게 양심적인 사람이 아니었다. 그는 인공섬에서 육지까지 바다 위로 마차 길을 낼 것을 맨 처음 제안한 사람으로 마차사업을 하여 돈을 많이 번 사람이었다.

그는 늘 돈 자랑하기를 좋아하였고 가난한 사람들을 무시했다. 그리고 돈을 고리대로 제공하고 빚을 갚지 못하면 소리소문없이 가혹한 보복을 하는 악명 높은 고리대금업자였다.

그는 옆집에 사는 개비노가 땔감 장사를 못 하게 되면서 빚에 쪼들리게 되고 점차 술독에 빠져 가는 것을 보고 엉뚱한 욕심을 채울 궁리를 하고는 속으로 쾌재를 불렀다.

'개비노가 생활이 쪼들리게 되면 틀림없이 자기에게 돈을 빌리러 오게 될 것이고, 그의 빚이 점차 늘어나서 갚지 못할 지경이 되면 자기의 요구를 거역하지 못하는 경우가 생기게 될 것이다. 그렇게 되면….'

그는 아무도 모르게 마음속으로 자기 욕심을 채울 방법을 상상하면서 입맛을 다셨다. 그가 그런 상상을 하는 데에는 그럴만한 이유가 있었다. 개비노에게는 결혼할 나이가 다 된 예쁜 딸이 있었는데 그는 개비노의 딸에게 눈독을 들이고 있었던 것이다. 오래지 않아 그의 예상이 적중한 사건이 일어났다.

개비노가 술집에서 술에 취해 노름판에 끼어들었다가 큰돈을 잃게 되었다. 다음 날, 그는 술에서 깨어나 정신을 차리고 나서 빚 갚을 일을 생각하니 앞날이 캄캄했다.

그는 방안에 드러누워 끙끙거리며 고민을 하다가

'에라, 인생살이 이판사판 아닌가? 일단 급한 불이나 끄고 보자.'

고 하면서 이웃집 마차 주인을 찾아가서 돈을 빌려주기를 청하였다.

마차 주인은 이미 개비노가 돈을 잃었다는 것을 소문으로 들어 이미 알고 있었다. 그는 개비노가 자기에게 돈을 빌리러 올 것을 예상하였던 터라 시치미를 떼고 점잖게 말했다.

"자네, 지금까지 내게 빌려 간 돈이 얼마인가? 그 돈도 갚지 못하면서 또 돈을 꾸어 달라고? 사람이 염치가 있어야지. 먼저 지난 빚부터 갚게. 그러면 내가 한번 생각해 보겠네. 그러기 전엔 어림도 없는 일일세."

그 말을 듣고 개비노는 마차 주인에게 통사정했다.

"돈이 있으면 벌써 갚았지요. 갑자기 돈이 급해서 그러니 제발 이웃에 사는 사람 살리는 셈 치고 돈 좀 꿔 주십시오. 돈은 꼭 갚겠습니다."

"내가 자네 말을 어찌 믿나? 오늘은 그만 돌아가게. 나는 자네에게 더 할 말이 없는 것 같네."

개비노가 아무리 통사정을 해도 마차 주인은 들은 척도 하지 않았다. 개비노는 하는 수 없이 돈 빌리는 것을 포기하고 돌아서려고 하는데 마차 주인이 은근한 말투로 넌지시 한마디 던졌다.

"꼭 방법이 없는 건 아닌데… 자네가 꼭 돈을 빌리고 싶으면 오늘 밤에 아무도 몰래 나를 찾아오게나."

그날 밤에 개비노는 혹시나 하는 마음으로 아무도 모르게 마차 주인을 찾아갔다. 그런데 마차 주인은 뜻밖에도 개비노를 반갑게 맞이하며 방으로 불러들였다.

개비노가 방에 들어가 보니 푸짐한 술안주와 같이 커다란 음식상이 차려져 있었다. 개비노가 그 광경을 보고 깜짝 놀라 의아한 표정으로 자리에 앉자 마차 주인은 친절히 술을 권하면서 은근한 목소리로 말했다.

"자네, 요즈음 돈 때문에 고생이 많지? 나도 자네 이웃인데 왜 그 사정을 모르겠나? 일단 술이나 한잔 드시게."

개비노는 영문도 모르고 일단 자기가 좋아하는 술부터 한 잔 마셨다. 그러자 마차 주인도 같이 술잔을 기울이며 계속하여 술잔을 권했다.

개비노가 은근히 술기운이 들자 용기를 내어 마차 주인이 자기에게 과분하게 대접하는 연유가 무엇인지 물었다.

"저는 돈을 빌리러 왔는데 돈 이야기는 하지 않고 자꾸 술만 권하는 연유가 무엇입니까?"

"이 사람아, 이웃 간에 꼭 이유가 있어야 술잔을 나누나? 염려 말고 한 잔 더 드시게."

"저는 성질이 급한 사람입니다. 지금 그 연유를 말하지 않으면 그냥 돌아가겠습니다."

"사람하고는…. 무슨 성질이 그리 급한가? 실은 자네가 빌리려고 하는 그 돈 말일세. 누 좋고 매부 좋은 방법이 하나 있기는 있는데…"

"그게 무엇입니까?"

"자네가 듣기에는 좀 거북할지 모르지만 자네 집안이 가난하여 식구들도 고생이 많지 않은가? 그래서 그러는데 자네 딸 샬리 말일세. 그 딸을 내게 보내주면 내가 행복하게 해 줄 수…"

개비노는 마차 주인의 말이 끝나기도 전에 그의 말을 가로막으며 큰 소리로 말했다.

"당신 미쳤소? 내가 아무리 사정이 급하기로 나를 딸이나 팔아먹는 망나니로 보았소?"

"아니, 이 사람아, 그리 화부터 내지 말고 내 말 좀 들어 보시게. 그렇게만 해주면 내가 자네 빚도 다 갚아 주고, 자네 살림도 돌봐 주겠네. 이게 바로 누 좋고 매부 좋은 일 아닌가?"

"듣기 싫소. 당신이 지금 한 말은 내가 안 들은 것으로 하고 이만 돌아가겠소."

개비노가 자리를 박차고 일어나자 마차 주인은 느긋한 목소리로 말했다.

"잘 생각해 보고 생각이 바뀌면 그때 나를 찾아오게나. 나는 언제든지 자네 요구를 들어줄 준비가 되어 있으니까…"

개비노는 집으로 돌아와서 곰곰이 생각해 보았다. 자기의 마음 한구석에는 마차 주인의 제안대로 하고 싶은 마음이 없는 것은 아니었다.

하지만 내가 사랑하는 딸 샬리가 그 조건을 받아들일 리가 없다는 생각이 들었다.

개비노는 고민 고민하다가 할 수 없이 아내와 의논하기로 마음먹고 아내에게 이 사실을 말했다. 그러자 아내는 예상했던 대로 펄쩍 뛰었다.

"일은 당신이 저질러 놓고 왜 그 부담을 딸에게 지우려고 하십니까?"

"당신 말이 맞아요. 나도 하도 딱해서 한번 해 본 소리요."

그런데 사실 샬리는 이미 사귀고 있는 스미쓰라는 청년이 있었다. 그는 옆집 마차 주인의 집에서 마차를 모는 마부인데 잘생긴 얼굴에 우람한 체격을 가진 멋진 청년이었다.

그는 똑똑하고 예의 바른 청년이어서 자기 주변에 사는 아가씨들 사이에 인기가 많았다. 그런 사실을 알고 있는 개비노의 아내는 사랑하는 딸 샬리에게 차마 그 말을 할 수가 없었다. 그러던 어느 날, 딸 샬리가 수심에 잠겨 있는 어머니를 보고 무슨 일이 있는지 궁금하여 물었다.

"엄마, 무슨 걱정이라도 있으세요?"

"아니다, 걱정은 무슨… 아무 일도 없으니 걱정 말아라."

그런데 눈치 빠른 샬리가 집히는 것이 있어서 엄마에게 다그쳐 물었다.

"엄마, 아빠 빚 때문에 그러시죠? 저도 소문 들어서 다 알고 있어요. 아빠가 노름빚을 크게 졌다고 하던데, 그 일 때문에 그러시는 거 맞죠?"

개비노의 아내는 아무 말을 못 하고 잠자코 있었다. 그러자 샬리는 더욱 다그쳐 물었다. 그녀는 하는 수 없이 남편에게서 들은 이야기를 딸에게 들려주었다.

어머니의 말을 들은 샬리는 깜짝 놀라 크게 고함을 지르며 말했다.

"아무리 집안 사정이 딱해도 그렇지. 나보고 그 늙은 구두쇠 영감에게 시집을 가라고요? 차라리 죽는 게 낫지."

그녀는 울분을 참지 못하고 흐느껴 울기 시작했다.

"얘야, 누가 너 보고 그 영감한테 시집가라고 했나? 네 아빠도 절대로 그런 일은 없을 것이라고 하셨어. 그래서 내가 말을 안 하려고 했던 거야. 걱정 마라."

며칠 뒤에 샬리의 사정을 알게 된 남자친구 스미쓰가 울분을 참지 못하고 돈푸아를 찾아가서 개비노와 그의 가족들에게 있었던 일을 자세히 설명하고 도움을 청했다.

그는 돈푸아에게 지난번에 짐꾼들 문제를 해결했듯이 개비노의 가족 문제를 잘 해결해 달라고 부탁하였다.

돈푸아는 한참을 생각하다가

"내가 돈 문제를 직접 나서서 해결하기는 어려운 일일세. 나도 그런 큰돈을 해결해 줄 만한 여유가 있는 것도 아니고…. 그러니 좀 시간을 두고 생각해 보기로 하세."

"꼭 좀 부탁드립니다. 이 문제가 해결되지 않으면 저는 사랑하는 사람을 잃게 될지도 모릅니다."

"나도 노력해 보겠네. 그런데 자네는 그 못된 마차 주인이 왜 이렇게 사람을 두고 돈으로 흥정하려는 엄청난 일을 저지르고 있다고 생각하나?"

"제가 그것을 어떻게 알겠습니까?"

"이번 일은 마차 주인과 같은 큰 부자들이 우리 형과 손을 잡고 자기들 욕심만 채우려는 탐욕 때문일세. 그 사람들을 혼내 주기 위해서도 자네는 이번에 일어난 일을 널리 소문을 퍼뜨리도록 하게."

"네, 잘 알겠습니다. 하여튼 잘 부탁합니다."

돈푸아는 스미쓰가 돌아가자 이번 일이 형과 그를 따르는 사람들의 세력을 꺾을 좋은 기회라고 생각했다. 그도 스미쓰와 같이 여러 사람에게 마차 주인과 샬리에게 있었던 소문을 퍼뜨리기 시작했다.

그는 형의 편을 드는 부자들이 부를 독점하고 나서부터 가난한 사람들만 피해를 보게 되었다고 하면서 섬 주민들을 부추기고 다녔다.

사실 돈푸아도 상당한 부자였다. 그는 자기의 부모가 상당히 많은 재산을 형과 자기에게 나누어 주어서 경제적인 여유가 있었다. 그런데 그는 주민들의 민원을 해결해 주는 일에 앞장서며 자기는 정의로운 사람임을 내세웠지만 그런 일에 자기의 돈이나 재산은 절대로 쓰지 않았다.

돈푸아는 샬리의 문제를 해결하는 일에는 생색만 내면서 형의 권위를 떨어뜨리는 일에 더 열을 올렸다.

한편 마차 주인은 며칠을 기다려도 개비노에게서 아무런 기별이 없자 개비노를 직접 찾아가서 심하게 빚 독촉을 했다. 때로는 시장가 불량배들을 돈으로 매수한 뒤에 그들을 동원하여 폭력을 가하며 가족까지 위협했다.

결국에는 마음이 여린 샬리가 아버지와 가족들이 당할 고통을 그냥 보고 넘길 수가 없어서 자기를 희생하기로 결심했다.

그녀는 부모와 가족들을 위해 마차 주인의 요구대로 둘째 부인이 되었고, 아버지의 빚도 해결할 수 있었다. 그리하여 샬리의 남자친구 스미쓰는 그 뒤부터 부자들에 대한 반감이 극에 달하게 되었다.

이처럼 돈푸아는 자기가 직접 나서지 않으면서 남의 손을 빌려서 형의 권위를 떨어뜨리는 일을 벌이고 다녔다. 그런 뒤에 자기가 형이 가진 권력을 차지하려고 호시탐탐 기회를 노리고 있었다.

그런데 이 섬에서 이상한 일이 생겨나기 시작하였다. 무슨 원인인지 알 수 없지만, 섬사람들이 예전에 볼 수 없었던 괴이한 병에 걸려서 죽어 나가기 시작한 것이다.

섬 주민들은 괴질이 번지기 시작한 초기에는 그 병을 별로 대수롭지 않게 여기다가 사망자가 점차 늘어나자 불안해지기 시작했다. 아무리 좋은 약을 구해서 먹어 보았지만, 효험이 없었다. 그러자 주민들 사이에 이것은 악마의 저주로 생겨난 괴질이라는 소문이 퍼지기 시작했다. 섬 주민들은 생전 처음 보는 괴질의 출현으로 불안감이 고조되어 어찌할 바를 몰랐다.

그러던 중에 어떤 사람이 예전에 섬과 육지 사이의 배가 이유 없이 침몰했을 때 돈네이로가 신에게 기도하여 해결했던 일을 상기해 냈다. 그는 주변 사람들과 의논하여 돈네이로를 찾아가 해결책을 구해 보기로 했다.

섬 주민들은 그때처럼 신에게 기도하면 신이 또 해결책을 찾아 줄지도 모르는 일이라고 하며 돈네이로에게 그가 주도하여 신에게 기도하는 일을 추진해 줄 것을 청하였다.

돈네이로는 주민들의 대표로서 그들의 요청을 기꺼이 받아들였다. 그는 즉시 섬 주민들과 의논하여 마을 뒷산으로 올라가 신단에 제물을 차려놓고 하늘에 있는 신에게 기도하기로 하였다. 그런데 섬 주민들이 신에게 기도하기 위해 추진하고 있는 일을 탐탁지 않게 여기는 사람이 있었다. 그는 바로 돈푸아였다.

그는 혼자 마음속으로 생각했다.

'만약 이번에도 형의 기도가 통해서 괴질로 죽어가는 주민들의 생사가 걸린 문제를 해결한다면 형의 주민들에 대한 권위는 더욱 높아질 것이 분명하다. 그렇게 되면 자신에게는 두 번 다시 형이 가진 권력을 차지할 기회가 사라지고 말 것이다.'

돈푸아는 사람들에게 형이 기도하는 신은 믿을 수 없으며 주민들이 앓고 있는 질병은 신의 힘으로 절대로 고치지 못할 것이라는 소문을 퍼뜨리고 다녔다. 그러나 사람들은 그의 말을 잘 믿지 않았다.

그동안 돈네이로가 주민들을 위해 일해 온 그의 업적과 무사 공평한 일 처리방식에 대한 신뢰가 깊었고, 동생보다 뛰어난 그의 능력을 믿었기 때문이다.

돈네이로는 섬에서 가장 높은 산에 올라가 신단을 만든 뒤에 정성껏 음식을 차려놓고 무릎을 꿇고 지극정성을 다하여 밤낮으로 빌었다. 섬 주민들도 돈네이로가 신에게 기도하기 위해 준비하는 일을 정성을 다해 도우며 다 같이 기도하였다.

돈네이로는 기도한 지 칠 일째 되던 날 밤에 꿈을 꾸었는데 정말로 하늘에서 신이 나타나 섬 주민들의 괴질 문제에 대한 계시를 내려주었다고 했다.

하늘에 있는 신은 돈네이로에게

"지금 섬 주민들이 고통을 겪게 된 것은 저 서쪽 바다 끝의 절벽 아래에 있는 지옥에 살던 안칼나테라는 불의 악마인 신이 탈출하여 이 섬으로 와서 해코지하고 있기 때문이다. 만일 그대가 백일 동안 안칼나테 신에게 지극정성으로 기도하면 답을 찾을 수 있을지…"

라는 말을 전하고는 사라졌다는 것이다.

이 말을 전해 들은 섬 주민들은 신의 계시가 확실한 답을 주지는 않았지만, 해결책을 찾을 수 있을지도 모른다는 희망을 품게 되었다. 그들은 돈네이로가 백 일 동안 정성으로 기도할 수 있도록 만반의 준비를 해주었다. 돈네이로는 다시 산으로 올라가 안칼나테 신에게 백일기도를 올리기 시작했다.

이 사실을 알게 된 돈푸아는 신이 괴질을 막아낼 수 있는 확실한 계시를 내리지도 않았는데도 형의 말만 믿고 기도하는 것은 바보짓이라고 하며 형의 말을 믿지 말라고 선동하고 다녔다. 그러나 주민들은 돈네이로가 백일기도를 하는 중에도 사람들이 괴질에 걸려 죽는 사람이 계속 나오고 있었기 때문에 모두 겁에 질려 돈푸아의 말을 믿지 않았다. 그러자 돈푸아는 주민들에게 자기가 동방에 있는 신비의 나라로 가서 해결책을 직접 찾아보겠다고 말하고는 먼 동쪽 나라를 향해 길을 떠났다.

돈네이로가 안칼나테 신에게 기도를 올린 정성이 통했던지 기도한 지 꼭 백 일째 되던 날 밤에 돈네이로의 꿈에 안칼나테 신이 나타났다. 안칼나테 신의 머리는 용머리를 닮았고, 이마에는 두 개의 뿔이 나 있었으며, 꼬리가 아홉 개 달려 있는 무시무시한 모습이었다. 어깨 양쪽에 날개를 달고 날아다니기도 하다가 입으로는 불을 내뿜으며 돈네이로에게로 다가왔다.

돈네이로가 정신을 바짝 차리고 섬 주민들의 소원을 말하자, 안칼나테 신은 다시 사방으로 불을 내뿜으며 돈네이로에게 겁을 준 뒤에 입으로 내뿜던 불을 잠시 끄고는 이르기를

"나는 인간들의 영혼을 먹고 사는 신이다. 나는 돈네이로 너에 대해서도 잘 알고 있다. 네가 주민들을 위하는 정성이 하도 지극하여 내가 원하는 조건을 받아들이면 이 섬을 떠나서 괴질이 없어지도록 하겠다."

라고 하였다. 그 말을 들은 돈네이로가

"그 조건이 무엇인지 일러 주시면 그 뜻을 잘 받아들여서 안칼나테 님이 원하는 대로 꼭 해 드리겠습니다."

라고 하였다. 그러자 안칼나테 신이 다시 말했다.

"나는 일주일에 최소한 한 사람의 영혼을 먹어야 살아가는 신이다. 그러하니 일주일에 한 사람씩 칠 주 동안 일곱 사람을 네가 지금까지 기도하던 이 신단에 제물로 바치면 너의 정성을 갸륵하게 여겨 이곳을 떠날 것이다. 만약 약속을 지키지 않으면 이 섬에 남아서 계속하여 섬 주민들을 괴질에 걸려 죽게 할 것이다."

라고 말하고는 하늘로 날아가 버렸다.

다음 날 아침 돈네이로는 즉시 주민들을 소집하여 회의를 열고 자기가 꿈에 본 안칼나테 신의 요구조건을 들어주어야 할지를 의논하였다.

돈네이로 밑에서 섬 주민들을 위한 행정업무를 충실히 해 오고 있던 부하가 말을 꺼냈다.

"안칼나테의 요구조건을 들어주지 않으면 우리 주민 전체가 언제 희생당할지 모르니 그의 요구를 들어주는 것이 좋겠습니다."

라는 의견을 제시하였다.

대부분의 마을 주민들도 그 제안에 찬성하였다. 그러자 돈네이로가 주민들에게 물었다.

"그러면 일주일마다 한 명씩을 제물로 바쳐야 하는데 먼저 누구를 어떻게 뽑는 것이 좋겠습니까?"

그 말에 주민들은 누구도 말을 꺼내지 못하고 있었다. 한참을 기다려도 아무런 의견이 나오지 않자 하는 수 없이 돈네이로가 나섰다.

"사람마다 다 자기 목숨을 버리고 마을 주민들을 위해 희생할 자가 어디 있겠습니까? 그렇다고 우리 섬 주민 전체가 희생당하는 것을 앉아서 기다릴 수도 없는 일이고… 사정이 그러하니 우리 섬 주민 전체를 위해 일주일에 한 사람씩 제비뽑기하여 제물로 바칠 사람을 정하면 어떻겠습니까?"

그 말을 들은 마을 주민들은 '설마 내가 뽑힐 리야 없겠지.'하는 기대를 걸면서 돈네이로의 제안을 받아들이기로 결정했다.

돈네이로는 제비뽑기 방법을 결정해줄 것을 주민들에게 청했다. 그러자 배의 무게를 24등분 하여 공약수를 구한 뒤 여러 가지 규격의 상자를 만드는 것을 고안했던 선주가 방법을 제안하였다.

"우리 마을 주민들의 숫자가 대충 수천 명에 이르니 우선 주민 모두에게 번호를 정해 주고 각자의 번호를 조개껍데기에 적은 뒤에 그 조개껍데기를 커다란 주머니에 넣고 잘 섞어서 그중에서 한 개를 고르면 어떻겠습니까?"

주민들은 이것이 가장 공평한 방법이라고 생각하여 모두 찬성하였다.

돈네이로는 주민들에게 자기도 제비뽑기에 참여할 것이며 자기가 뽑히면 기꺼이 제물이 되겠다고 약속하였다. 그러자 제비뽑기 방법에 대해 이의를 제기하는 주민은 없었다. 제비뽑기는 제물을 바치기로 한 전날에 주민들이 모두 참석한 가운데 시행하기로 하였다.

주민회의를 마친 뒤 안칼나테 신에게 제물을 바치기로 한 전날 전 주민들이 모여서 제비뽑기를 하였다. 제일 먼저 뽑힌 사람은 호숫가 근처에서 농사를 짓고 사는 사람이었다. 그러자 제비뽑기에서 뽑히지 않은 사람들은 모두 자기도 모르게 안도의 한숨을 내쉬었다.

그러나 호숫가에 사는 농부는 이 사실을 도저히 받아들일 수가 없었다. 그 사람은 왜 자기가 뽑혔느냐고 억울해하며 통곡하였다. 하지만 이미 자기도 제비뽑기 방법에 동의하였기 때문에 어쩔 수 없이 제비뽑기 결과에 승복할 수밖에 없었다. 이웃에 사는 사람들이 위로도 해 주었지만, 그 농부의 귀에는 아무 말도 들리지 않았다.

밤이 되자 돈네이로는 무거운 마음으로 호숫가의 농부와 마을 주민들을 대동하고 신단이 차려져 있는 산으로 올라갔다. 돈네이로와 마을 주민들은 제단 앞에 무릎을 꿇고 기도했다. 그리고 돈네이로와 주민들은 그 농부를 신단의 기둥에 묶은 뒤에 눈물로 작별 인사를 나누고 산에서 내려왔다.

다음 날, 돈네이로는 주민들과 같이 아침 일찍 신단에 올라가 제물로 바친 농부가 어떻게 되었는지 살펴보았다. 그런데 그의 꿈에 신이 현몽하여 한 말이 사실이었는지 농부는 흔적도 없이 사라지고 신단의 기둥에는 피 한 방울 흘린 자국도 없이 깨끗하였다.

그 모습을 본 돈네이로와 마을 주민들은 안칼나테 신의 존재와 신의 위력을 확신하게 되었다.

두 번째 주에 제물로 바쳐진 사람은 시장가에서 채소를 팔던 여자였다.

세 번째 주에는 예전에 인공섬에서 짐을 나르던 짐꾼이 제물로 뽑혔다.

네 번째 주에는 인공섬의 창고에서 일하는 일꾼이 제물로 뽑혔다.

다섯 번째 주에는 큰 배에 짐칸을 24등분 하는 방법을 고안한 선주 집의 하인이 제물로 뽑혔다.

이러한 결과를 두고 마을 주민들 사이에는 이상한 소문이 돌기 시작하였다. 제비뽑기에 뽑힌 사람들은 하나같이 가난하고 돈네이로와는 별로 친분이 없는 사람들이라는 것이다.

이 소문을 들은 주민들은 긴가민가했지만 듣고 보니 그럴 만도 하다고 여기는 사람이 점차 늘어났다. 그래서 여섯 번째 주에는 제비뽑기에서 누가 뽑힐지가 섬 주민들의 관심사가 되었다.

여섯째 주가 되어서 제비뽑기를 하였는데 이번에도 또 가난한 농부가 뽑혔다. 이렇게 되자 섬 주민들은 제비뽑기에 무슨 조작이나 사기 수법이 끼어들지 않았나 하는 소문이 삽시간에 퍼져 나갔다.

이러한 소문은 돈네이로와 그의 부하직원과 선주나 마차 주인들과 같은 돈을 많이 버는 사람들만 모르고 있었다. 오히려 돈네이로는 이

제 한 사람만 더 제물로 바치면 섬 주민들에게 괴질이 사라지고 평화가 찾아올 것이라는 확신이 점점 굳어져 가고 있었다.

여섯째 주에 가난한 농부가 제물로 바쳐진 다음 날, 돈푸아가 긴 여행을 마치고 고향으로 돌아왔다. 돈푸아도 금세 제비뽑기에 대해 섬 안에 퍼져 있는 소문을 들었다.

그는 마음속으로 기뻐하며 생각했다.

'이번 기회야말로 형을 물리치고 내가 섬 주민들의 대표가 될 수 있는 절호의 기회다.'

돈푸아는 자기 생각을 즉시 실행에 옮겼다. 섬 주민들을 만나면 그는 확신에 찬 목소리로 말했다.

"나는 형이 만났다는 안칼나테라는 불의 악마가 한 말을 절대로 믿지 않는다. 내가 믿는 것은 내 눈으로 확인한 것만 믿는다. 이번 제비뽑기는 틀림없이 형과 그를 따르는 자들이 음모를 꾸며 조작했을 것이다. 그렇지 않다면 왜 제비뽑기에 뽑힌 사람들은 모두 가난하고 힘없는 사람들만 뽑혔겠는가? 두고 보면 알겠지만 일곱 번째 제비뽑기해도 틀림없이 또 가난한 사람 중의 한 사람이 뽑힐 것이다. 그러니 지난번에 주민회의에서 결정한 제비뽑기에 우리가 참여할 필요가 없다. 안칼나테라는 악마의 신이 형의 꿈에 나타나서 둘이서 무슨 이야기를 나누었는지는 아무도 모르는 일이 아닌가? 내가 단연코 말하는 데 제물은 바치지 않아도 섬 주민들이 괴질로 다 죽어가는 일은 절대로 일어나지 않을 것이다."

돈푸아가 하는 말에 주민들은 혹시 자기가 마지막 제물로 뽑힐지도 몰라 불안해하던 참에 제비뽑기를 안 해도 된다는 말에 귀가 솔깃해서 그를 따르는 자가 늘어났다.

그러자 돈푸아는 더욱 용기를 얻어 주민들에게 자기가 형을 몰아내고 지도자가 되어 여러분들을 위해 열심히 일하겠다고 하며 자기편에 서달라고 공공연하게 선동하고 다녔다.

그래도 지금까지 돈네이로의 능력과 정의감을 믿고 있던 주민들이 반신반의하여 그에게 물었다.

"그렇다면 당신이 어떤 능력이 있어서 형을 몰아낼 수 있으며 만약에 당신이 그 자리를 차지하게 되면 당신은 우리를 위해 무엇을 해 줄 수 있느냐?"

고 물었다.

그라자 돈푸아가 대답했다.

"내가 이번에 여행을 떠난 것은 사실 형이 안칼나테 신에게 들었다고 하는 말을 믿을 수 없어서 그 화를 피하기 위함이었소. 그래서 동방의 먼 곳까지 가서 우리 주민들이 괴질을 막을 방법을 찾아다녔지요."

"그러면 그 방법을 찾았나요?"

"나는 몇 날 며칠을 괴질을 막을 방법을 찾아다니다가 사람들에게 깊은 산 속에 살면서 괴이한 모습을 하고 구름을 타고 다닌다는 노인이 있는데 그 노인이 아주 신통한 약을 가지고 있다는 소문을 들었지요. 나는 그 노인을 한 달이나 넘게 찾아다니다가 겨우 만날 수 있었지요."

"그 노인은 어떤 모습을 하고 있던가요?"

"그 노인은 머리가 허옇고 구불구불한 지팡이를 짚고 있었습니다."

"그 노인이 누군지 물어봤나요?"

"예, 나는 그 노인이 아주 신비스런 느낌이 들어서 먼저 우리 섬에서 일어나고 있는 괴질에 대한 일을 설명하고 나서 괴질을 고칠 수 있는 약을 구할 수 있는지 물어봤지요."

"그랬더니요?"

"그 노인이 말하기를 자기는 동방의 신령스러운 깊은 산 속에 살면서 구름을 타고 다니며 묘약을 구하러 다니는 사람인데 다른 사람들이 자기를 신선이라고 한다더군요. 그러면서 자기에게 신통한 약이 몇 개 있다고 했습니다."

"그러면 우리 마을 사람들을 죽이는 그 괴질을 치료할 약도 있다고 하던가요."

신선이 신통한 약을 가지고 있다는 말에 주민들이 다급하게 물었다. 돈푸아는 주민들과는 달리 느긋하게 대답했다.

"그 노인이 가지고 있는 약은 그런 괴질을 구하는 약은 아니지만, 이 약을 먹은 사람은 여러 민생을 도탄에서 구할 수 있는 신통력이 생긴다고 하였소."

"그 약이 무슨 약인지 좀 더 자세히 설명해 보시오."

"예, 그 노인이 말하기를 동방의 어떤 산속에 숲이 우거진 골짜기가 있는데, 이곳은 태풍이나 찬 눈보라도 없고 사시사철 꽃이 피고 맑은 물이 흐르는 신비스러운 곳이라고 합니다. 그곳에는 신령한 나무 밑에서 자라는 백 년 만에 사람들의 눈에 한 번 띌까 말까 하는 신비한 이름 모를 약초가 있다고 했습니다. 그런데 그 약초는 너무도 희귀해서

구하기가 매우 어렵다고 했습니다."

"그러면 그 노인은 약초를 어떻게 구했다고 했나요?"

"예, 그는 수년 동안을 그 산골짜기에 가서 약초를 구하러 돌아다니다가 천신만고 끝에 겨우 그 신비한 약초 몇 뿌리를 구하여 정성 들여 약을 만들었다고 합니다. 그는 이 귀한 약을 가지고 있다고 하였소."

"그 약이 민생을 도탄에서 구하는 신통력이 생기게 한다는 약인가요?"

"예, 그렇습니다. 그는 사람들이 만약 이 신약을 구해 먹으면 사람의 마음이 깨끗해져서 욕심은 사라지고 많은 사람을 도탄에서 구할 수 있는 새로운 신통력을 가지게 된다고 했습니다."

"그 노인이 그렇게 귀한 약을 당신에게 그냥 주겠다고 하지는 않았을 텐데요?"

돈푸아는 무슨 그런 말을 하느냐는 듯이 손을 내저었다.

"어림도 없는 말씀을… 그 노인은 이 약은 너무도 신비한 약이어서 아무에게나 팔 수 있는 것이 아니고 반드시 민생을 구할 수 있는 능력을 갖추고 지고지순한 마음씨를 가진 사람에게만 팔겠다고 하였소."

"그러면 그 노인에게 어떻게 약을 구했나요?"

"나는 그 노인에게 정중히 자세를 가다듬고 나서 내가 살던 우리 섬 주민들이 지금 괴질로 시달리고 있는 실정을 아까보다 더 자세히 설명했지요. 그리고 나는 태어날 때부터 착한 사람이며 성장하여 어른이 되어서도 섬 주민들에게 단 한 번도 사심을 가지고 다른 사람을 괴롭힌 적이 없다고 나를 소개했지요."

"그러면 그 노인이 당신 말을 믿던가요?"

돈푸아는 진지한 표정을 지으며 말했다.

"그래서 나는 눈물을 흘리며 정성을 다해 간청했지요. 내가 바라는 것은 오직 그 약을 구해 먹고 고향에 돌아가서 주민들을 괴질로부터 구하고 그들을 위해 일하고 싶은 마음뿐이라고 말이지요. 그러니 그 약을 내게 팔면 가격은 얼마든지 쳐서 드리겠으며 그 은혜는 평생 잊지 않겠다고 하였소. 그리고 제발 그 약을 내게 팔라고 또 눈물을 흘리며 두 손 모아 빌면서 간청했지요."

"그러면 당신은 그 노인의 말을 어떻게 해서 믿게 되었소?"

"나도 그것이 궁금하여 노인에게 내가 어떻게 당신을 믿을 수 있느냐고 물었지요?"

"그랬더니요?"

"당신이 신선인 자기를 못 믿겠으면 자기가 내 곁을 떠날 때 어떤 일이 일어나는지를 보면 알게 될 것이라고 하였소."

"그래서 그 약을 사서 먹었습니까?"

"그럼요. 나는 우리 섬 주민들을 위해 지푸라기라도 잡는 심정으로 그 노인의 말을 믿기로 마음먹고 신선에게 말했지요."

그는 잠시 뜸을 들인 뒤에 주위를 둘러보며 자기를 믿어 달라고 바라는 표정을 지으며 신선에게 말하듯이 힘주어 말했다.

"신선님, 저는 정말로 사심이 없는 사람입니다. 저를 믿어 주십시오. 저는 절대로 신선님의 기대에 어긋나지 않도록 우리 섬에 사는 주민들을 위해 온 정성을 다해 헌신할 테니 그 약을 저에게 파시지요 하며 내가 가지고 간 돈을 모두 내놓았소."

옆에 앉아 있던 노인이 궁금하여 물었다.

"그 신선이 당신 청을 들어 주었소?"

"그랬더니 노인이 내 진심을 이해했는지 당신 같은 사람이라면 내가 믿을 만한 사람이 틀림없는 것 같소. 나에게 돈은 소용이 없소. 하면서 그 약을 내게 그냥 주었소. 그러면서 그 약을 먹고 부디 여러 사람을 구하는 일에만 신통력을 행사해야 한다고 신신당부하였소."

주위에 있는 사람이 궁금하여 물었다.

"그러면 그 신선인가 하는 사람은 어떻게 사라졌는데요?"

"나는 신선이 나를 믿고 약을 준 것이 너무 고마워서 그 약을 먹기 전에 손바닥 위에 약을 올려놓고 눈을 감고 감사기도를 드렸소. 그리고 눈을 뜨고 약을 먹으려다가 방안을 둘러보니 그는 이미 소리도 없이 홀연히 사라져버렸더군요."

"그러면 그 신선에게 감사 인사도 못 했겠네요."

"아쉽지만 어쩔 수 없었지요. 나는 그렇게 고마운 신선에게 고맙다는 인사도 못 하고 그냥 약을 먹고 방에서 나올 수밖에 없었지요."

돈푸아의 말을 듣고 제비뽑기로 맨 처음 희생당한 호숫가에 사는 농부의 아들은 확실한 대답이 듣고 싶었다. 그래서 그는 고개를 갸우뚱 기울이며 다시 물었다.

"그래도 당신의 말을 믿기 어렵네요."

그러자 돈푸아가 표정을 바로 하고 진지하게 말했다.

"그러면 이렇게 합시다. 여러분들이 이번 일곱 번째 제비뽑기를 하지 말고 사람을 제물을 바치지 않기로 해 봅시다. 그런 뒤에 형의 말대로 우리 섬에 안칼나테라는 악마가 괴질이 더 번지게 하는 일이 일어나면 내 말이 거짓이라는 것을 인정하겠소. 대신에 만일 우리 주민들에게 괴질이 더 퍼지지 않고 우리 모두가 무사하면 내 말을 믿어도 되지 않겠습니까?"

"알겠소. 그러면 당신 말대로 안칼나테 신에게 제비뽑기로 제물을 바치지 않기로 하고 그 결과를 기다려 보기로 합시다. 그런데 당신이 만일에 우리 섬의 지도자가 되면 우리에게 무엇을 해 줄 수 있소."

"여러분들이 협조하여 내 형을 몰아내고 내가 섬 주민들의 대표가 되면 나는 무엇보다도 우리 섬 주민들 사이에 빈부의 격차를 없애도록 하겠소. 그러기 위해서 먼저 육지에서 인공섬까지의 마차 도로를 없애서 예전대로 짐꾼들이 자유로이 짐을 날라 돈을 벌 수 있도록 해 드리겠소. 그리고 선주들이 배의 짐칸을 규격화하고 배를 대형으로 만들어 폭리를 취하는 것을 금하도록 하겠소. 그리하여 예전처럼 가난한 사람도 작은 배를 운영하여 돈을 벌 수 있게 할 것입니다. 나는 부자들 편이 아니라 바로 가난한 당신들 편에 서서 누구나 다 평등하게 잘사는 섬나라가 되도록 해 드릴 것을 약속드립니다."

처지가 가난했던 섬 주민들은 돈푸아가 제비뽑기를 하지 않아도 된다는 말에 현혹되어 그의 말을 믿고 협조하기로 하였다.

그들은 비밀리에 힘을 모아 돈네이로를 몰아내고 돈푸아를 새로운 지도자를 세우기로 약조하였다.

그리고 거사 일을 일곱 번째 제비뽑기하는 날로 정하고 거사를 위한 역할 분담과 거사 후의 제반 업무 처리를 돈푸아에게 맡기기로 하였다.

드디어 일곱 번째 제물로 바칠 사람을 정하는 제비뽑기를 하기 위해 주민들이 광장으로 모여들었다. 돈네이로가 제비뽑기를 하기 위해 주민들 앞으로 나와 단상에 올라가서 제비뽑기를 실시하려고 하자 누군가가 큰소리로 외쳤다.

"돈네이로, 당신에게 할 말이 있소."

"예, 말씀해 보십시오."

"지금까지 여섯 번의 제비뽑기를 하였는데 거기에 뽑힌 사람은 왜 다 가난하고 힘없는 사람들뿐이었소?"

그 말을 듣고 돈네이로는 의아하다는 표정을 지으며 설명했다.

"그것은 여러분들이 잘 알고 있듯이 번호표를 큰 주머니에 넣고 제비뽑기를 한 결과가 그렇게 나온 것이 아닙니까?"

"그런데 왜 제물로 뽑힌 사람 중에는 부자와 잘 사는 사람은 한 사람도 뽑히지 않았느냐 그 말이오?"

"저를 믿지 못하십니까? 저는 여러분들이 아시다시피 언제나 일을 공정하게 처리해 왔습니다."

그러자 또 다른 사람이 더 큰 소리로 외쳤다.

"제비뽑기할 때에 안칼나테 악마가 신술神術을 부려서 가난한 사람들만 골라서 뽑았는지 누가 압니까?"

그러자 또 다른 사람이 나섰다.

"돈네이로, 당신과 안칼나테 신과 무슨 작당을 한 게 아니오? 우리가 보기에는 당신은 언제나 부자들 편이 아니었소?"

"절대로 그런 일은 없었습니다. 제발 저를 믿어 주십시오."

"우리는 당신 말을 믿을 수 없소. 주민 대표를 다시 뽑읍시다."

"다시 뽑읍시다. 가난한 우리들을 대변할 대표를 다시 뽑읍시다."

광장에 모인 주민들이 순식간에 큰 함성으로 돈네이로에게 항의하며 대들 기세였다. 회의장은 금세 아수라장으로 변해 갔다. 그때 자기가 혹시나 마지막 제비뽑기에 뽑힐지도 모른다는 불안감을 가지고 있던 자가 소리쳤다.

"제비뽑기하지 말자. 돈네이로는 믿을 수 없다. 그는 가난한 자들의 적이다. 그를 체포하여 감옥으로 보내자."

그 말이 끝나기가 무섭게 마부 청년 스미쓰와 그의 동지들이 한꺼번에 달려들어 돈네이로를 밧줄로 포박하여 단상에서 끌고 내려왔다. 그러자 돈네이로가 깜짝 놀라 크게 소리치며 그들을 꾸짖었다.

"너희들이 무례하게 이게 무슨 짓들이냐? 주민들의 대표인 나에게 이런 짓을 하고도 무사할 줄 아느냐?"

돈네이로의 말을 듣고 그의 부하들이 달려들어 그를 구하려고 하였고 선주나 마차 주인 등의 부자들도 거들고 나섰다. 그런데 그들을 막아선 사람들은 미리 약조해 두었던 대로 돈푸아를 지지하는 다수의 주민들이었다. 그들은 한꺼번에 몰려나와서 힘으로 돈네이로의 부하와 그의 지지자들을 제압하였다. 그러고는 돈네이로와 그의 부하들도 체포하여 감옥에 같이 가두었다.

소란이 진정되자 돈푸아가 단상으로 올라갔다. 그를 향해 평소에 그의 도움을 받았던 주로 가난한 사람들의 입에서 환호성이 울려 퍼졌다.

"주민 대표를 다시 뽑읍시다. 우리 서민들을 위해 일해 온 돈푸아를 우리들의 지도자로 선출합시다."

돈푸아는 먼저 주민들을 진정시킨 뒤에 우선 주민들의 대표를 다시 뽑을지를 청중들에게 물었다. 그러자 청중들은 그 말이 나오기를 기다렸다는 듯이 큰 함성으로 답했다.

"새로운 지도자를 뽑읍시다. 돈푸아는 항상 가난한 자들을 위하는 정의로운 자도자입니다."

"돈푸아를 우리들의 지도자로 뽑읍시다."

"옳소, 옳소. 모두 동의합니다."

돈푸아는 단상 위에서 주민들에게 그들의 제안을 수락한다는 인사를 정중히 드린 뒤에 주민 대표 수락연설을 했다.

"주민 여러분! 이 못난 저를 여러분들의 대표로 추대해 주셔서 감사합니다. 그동안 우리 형과 부자들의 횡포로 얼마나 고생이 많으셨습니까? 앞으로는 가난한 사람들과 힘없는 사람들만의 희생을 강요하는 이따위 제비뽑기는 하지 않겠습니다. 여러분은 이제부터 모두 안심하십시오. 단연코 말하건대 안칼나테 신의 저주는 없을 것입니다."

"돈푸아 만세! 우리 지도자 만세!"

군중들의 환호가 터져 나왔다. 돈푸아는 청중들을 진정시킨 뒤에 연설을 계속했다.

"여러분! 저는 여러분들이 이 섬에서 불안해하는 동안 멀리 동방을 돌아다니며 신비스러운 노인을 만나 신묘한 약을 구해 먹었습니다. 노인은 그 약을 먹은 사람은 욕심은 사라지고 여러 사람을 구원할 수 있는 신통력을 지니게 된다고 하였습니다. 여러분! 제 말을 믿으십시오."

"예! 믿습니다. 당신은 항상 우리 가난한 사람들의 편이지요."

단상 아래에 있던 스미쓰가 큰소리로 외쳤다. 청중들이 모두 박수로 응원했다.

"예! 감사합니다. 여러분! 제 말이 사실인지 아닌지는 머지않아 알 수 있을 것입니다. 만약 오늘 제물을 바치지 않아서 내일부터 안칼나테 신의 저주가 계속하여 일어나면 내 말이 거짓이 될 것이고 그러면 저는 이 자리를 다시 형에게 돌려주고 여러분들의 곁을 떠나겠습니다."

"와! 와! 돈푸아 만세! 만세!"

다시 주민들의 함성이 터져 나왔다.

"이제부터 저는 여러분들의 기대에 부응하여 가난하고 약한 서민들을 위하고, 우리 섬사람 모두가 평등하게 잘 사는 섬으로 만들겠습니다. 이를 위해 첫 번째로 땔감을 실어 나르는 일을 가난한 사람들이 누구나 할 수 있도록 하겠습니다. 먼저 배를 대형화하거나 짐칸을 '24'의 약수 크기로 규격화하는 것을 금하고 적은 돈으로 배를 모아서 운송업을 할 수 있도록 하겠습니다. 이를 위한 방편으로 예전에 불평등을 일으킨 '24'라는 숫자의 사용을 금하고, 평등한 세상을 만드는데 가장 유용한 숫자인 '1'을 모든 섬 주민들의 생활에 널리 쓰도록 하겠습니다. 그리고 인공섬까지의 마차 도로를 없애서 예전과 같이 누구나 지게로 짐을 나르는 일을 하여 많은 사람들이 평등하게 돈을 벌 수 있도록 하겠습니다."

돈푸아가 연설을 하는 중에 영세 선주와 짐꾼들의 박수갈채가 터져 나왔다. 돈푸아는 청중들을 진정시킨 뒤에 계속하여 연설을 이어 나갔다.

"이러한 조치에도 불구하고 부정한 방법을 이용하여 남몰래 돈을 모아서 마차 주인이 샬리를 괴롭혔던 경우처럼 가난한 사람들을 괴롭히는 자가 있으면 그 사람의 재산을 몰수하여 서민을 위해 나누어 주도록 하겠습니다."

이 말이 끝나자 부자들은 두려움을 금치 못하였고 가난한 주민들은 더 큰 환호성을 울렸다.

"가난한 사람들의 천국을 만들기 위해서는 그런 사람들을 용서해서야 되겠습니까? 그런 사람들은 감옥으로 보내야 하지 않겠습니까?"

"옳습니다."

"그 감옥에는 여러분들과 같이 가난하고 힘없는 사람들은 절대로 들어가는 일이 없도록 하겠습니다. 감옥에 보낼 자들은 가난한 사람들을 괴롭히는 부자들이나 그들을 위해 일했던 형을 지지하거나 안칼나테 신이 다시 나타나서 저주를 내릴 것이라는 헛소문을 퍼뜨려서 주민들에게 불안감을 조성하는 자들입니다. 이런 자들을 모두 감옥에 보내려면 부득이하게 감옥을 늘려야 하겠습니다. 여러분 저의 제안에 동의하십니까?"

"예! 동의합니다."

"그런 자들은 우리의 적입니다."

"감옥으로 보내야 합니다."

"우리 섬을 평등하게 잘사는 사회로 만듭시다. 우리의 지도자 돈푸아가 하는 일에 힘을 보탭시다."

여러 섬 주민들이 찬성하는 말을 했다.

"감사합니다. 이 돈푸아는 가난한 사람들의 영원한 천국을 만들기 위해 여러분들의 지팡이가 되어 드리겠습니다. 저는 여러분들을 위해 분골쇄신하는 정의의 사도입니다. 저를 믿어 주십시오. 앞으로 사심 없이 일하는 저를 도와주시기 바랍니다."

주민들이 초조하게 기다리던 다음 날이 되었다. 주민들은 안칼나테 신이 어떤 저주를 내릴지 몰라 불안한 마음으로 어떤 사태가 벌어질지 예의 주시하고 있었다. 그런데 하루가 지나고, 이틀이 지나고, 사흘이 지나도 아무런 일이 일어나지 않았다. 주민들은 너무 기뻐서 돈푸아에게로 달려갔다.

"돈푸아! 당신은 정말 위대한 지도자요. 어떻게 하여 그 무시무시한 안칼나테 악마의 저주를 물리칠 수 있었소?"

"요전에 내가 신비한 약초로 만든 약을 먹었다고 하지 않았소. 그 약의 신통력이 이처럼 위대할 줄은 나도 미처 몰랐소."

"당신이야말로 우리 섬 주민들을 위한 정의의 사도가 맞습니다."

누군가가 돈푸아를 칭찬하자 주민들이 모두 감동하여 합창했다.

"돈푸아 만세! 정의의 사도 만세."

"만세! 만세! 돈푸아 만세!"

돈푸아는 자기에게 몰려온 주민들에게 신비한 약초로 만든 약을 구해 먹은 이야기를 신바람이 나서 다시 또 장황하게 늘어놓았다. 이리하여 섬나라는 주민 대표가 바뀌고 가난한 사람들을 중심으로 돈푸아를 도와 새로운 출발을 하게 되었다.

돈푸아가 예언한 대로 안칼나테 신에게 제물을 바치지 않은 한참 뒤에도 아무런 일도 일어나지 않았고 괴질도 점차 사라져서 섬 주민들에게 다시 평화가 찾아왔다. 이렇게 되자 돈네이로의 말을 믿고 제비뽑기로 제물이 되었던 호숫가의 농부를 비롯한 여섯 사람의 가족들이 가만히 있지 않았다.

"따지고 보면 결과적으로 우리 가족들만 억울하게 목숨을 잃지 않았느냐? 돈네이로 그자를 도저히 용서할 수 없다. 그놈을 우리 손으로 처단하자."

하고는 돈네이로가 갇혀 있는 감옥으로 몰려갔다. 그러고는 돈네이로가 있는 감방으로 쳐들어가서 그를 강제로 끌어냈다. 수위들이 말렸지만, 중과부적이었고 워낙 그들의 기세가 험악하여 감히 막으려 들지 못하였다.

제물로 바쳐진 가족들이 한꺼번에 돈네이로에게 달려들어 집단폭행을 가했다. 그는 폭력을 견뎌내지 못하고 끝내 목숨을 잃고 말았다. 결국, 그는 동생의 모함에 의해 희생당하고 만 것이다.

이 소식은 순식간에 섬 주민들에게 퍼졌다. 이 소문을 듣고 가장 불안해하는 사람들은 그동안 부의 혜택을 누리고 살았던 부자들이었다.

이들 중에서도 고리로 돈을 빌려주면서 개비노 가족을 괴롭혔던 마차 주인은 자기에게도 군중들이 몰려들지 않을까 불안해지기 시작하였다. 그래서 그는 재빨리 샬리를 자기 집으로 돌려보냈다. 그뿐만 아니라 개비노의 빚도 없애 주고 어려운 일이 있으면 언제든지 얘기하라고 하면서 기꺼이 이웃을 잘 돌보겠다고 약속하였다.

집으로 돌아온 샬리의 기쁨은 말로 표현할 수 없을 정도였다. 샬리는 즉시 이 소식을 그녀가 사랑하는 스미쓰에 알려 주었다. 스미쓰도 크게 기뻐하며 곧 결혼할 것을 약속하였다.

스미쓰는 기뻐서 샬리에게 말했다.

"우리 같이 돈푸아님을 찾아가서 감사 인사드립시다."

두 사람은 돈푸아를 찾아가 진심으로 감사의 인사를 드렸다. 그리고 스미쓰는 앞으로 돈푸아님을 위해 충성을 다 바치겠다고 약속했다.

이후로 돈푸아를 중심으로 한 섬 주민들을 위한 행정 운영방식도 크게 달라졌고 그들의 생활방식도 돈네이로가 섬 대표가 되기 전의 상태로 되돌아갔다.

예전과 달라진 것은 '24'의 숫자를 쓰지 못하게 된 것과 부자들이 큰 배를 만들거나 마차로 돈을 벌지 못하게 되었고, 예전처럼 큰소리치고 살지 못하게 된 것이다.

세월이 흐르면서 주민들은 새로운 사실을 깨닫기 시작하였다. 얼마 전처럼 부자들이 거리에서 거들먹거리며 어깨에 힘을 주고 다니던 모습은 사라져서 속이 시원해졌다. 그리고 가난한 사람들끼리 정을 나누며 평화롭게 살게 되어 모두들 행복해 보였다.

그런데 섬 주민들이 미처 예상하지 못했던 문제점이 나타나기 시작했다.

그들이 가장 먼저 부딪히게 된 난관은 겨울이 다가오면서 돈네이로가 대표로 있던 시절보다 땔감 가격이 치솟기 시작한 것이다. 이런 일이 일어나게 된 것은 먼저 땔감을 운반하는 선박의 운임이 올랐기 때문이다.

선주들이 배의 짐칸을 규격화하지 못하고 소형 선박으로 땔감을 운반하게 되자 땔감을 운반하는 효율성이 떨어졌다. 그래서 선주들이 예전 가격으로 땔감을 운반해서는 수지타산이 맞지 않아 운임을 올릴 수밖에 없었다. 그리고 땔감을 인공섬에서 마차 도로로 대량 운반하던 것을 짐꾼들이 소량의 짐을 일일이 져서 나르게 되었다. 그런데 짐꾼들은 예전 마차 주인들이 받던 값싼 요금으로는 그들의 생활을 유지할 수가 없었다. 그래서 부득이하게 짐꾼들도 품삯을 올릴 수밖에 없었기 때문에 땔감 가격은 더 올라갔다.

그러던 중에 더 심각한 문제가 발생했다. 예전에 볼 수 없었던 혹한이 닥쳐서 땔감 수요가 늘어나 가격이 폭등한 것이다.

그것은 혹한으로 땔감 수요가 늘어난 이유도 있었지만, 짐꾼들이 인공섬에서 육지까지 차가운 바닷물에 다리를 적시고 들어가서 땔감을 나르려고 하지 않았다. 그래서 짐꾼들은 많은 돈을 주지 않으면 차가운 바닷물에 다리를 적시고 들어가서 땔감을 옮기려고 하지 않았다.

주민들은 할 수 없이 비싼 가격으로 땔감을 살 수밖에 없었기 때문에 땔감 가격이 폭등한 것이다. 설상가상으로 땔감 품귀 현상까지 일어났다. 어쩌다 갑자기 땔감이 시급하게 필요해진 사람은 하는 수 없이 짐꾼들에게 평소에 지불하던 품삯의 몇 배를 주고 땔감을 구해야만 했다.

이렇게 되자 오히려 가난하게 사는 서민들의 생활이 더 심각한 타격을 입게 되었다. 이러한 소식을 전해들은 돈푸아는 입장이 난처해졌다.

섬 주민들의 생활을 평등한 수준으로 유지하는 데에는 성공했지만, 오히려 가난한 사람들에게 불행을 안겨 준 꼴이 되어버린 것이다.

돈푸아는 이런 경우를 대비해서 미리 계획해 둔 대비책이 있었다. 그것은 감옥에 갇혀 있는 죄수들을 동원하여 강제로 짐을 나르게 하는 것이었다.

그는 이런 일에 필요한 죄수를 늘리기 위해 오히려 자기가 나서서 주민들에게 안칼나테 악마가 죽은 형과 부자들과 결탁하여 이 섬에 예전과 다른 저주를 또 내릴지 모른다고 일부러 헛소문을 퍼뜨려 불안감을 조성했다. 그리고 스미쓰를 시켜서 자기에게 조금만 불평불만을 하거나 자기의 지시에 협조하지 않는 자들이 있으면 형을 지지하는 자로 누명을 씌우거나 안칼나테 신과 내통하는 자로 몰아서 가차 없이 수감했다.

그러나 그가 죄수들을 동원하여 부족한 인력을 보충하도록 한 대책도 문제를 근본적으로 해결하지는 못했다.

죄수들만의 인력으로는 섬 전체 주민들이 필요로 하는 땔감을 운반하기에 인력이 부족하였고, 또 다른 문제는 삶에 대한 희망을 잃은 죄수들이 교도관들의 지시에 잘 따르지 않았던 것이다. 그리고 교도관이 죄수들을 심하게 다루면 반발이 심하여 일의 능률이 더욱 떨어졌다.

스미쓰는 죄수들이 찬 바닷물에 들어가서 짐을 나르는 일을 감독하는 책임자였다. 그는 채찍을 들고 큰 소리로 죄수들을 재촉했다.

"너희들은 돈푸아님이 섬 주민들 모두가 평등하게 잘살게 해 주려는 훌륭한 뜻을 제대로 알지 못하고 반대만 한 민중의 적이다. 열심히 일해라. 그렇지 않으면 더 큰 죗값을 치르게 할 것이다."

그래도 죄수들이 말을 듣지 않자 그는 더 큰 소리로 위협했다.

"내 말을 끝까지 듣지 않는 놈은 모두 별도의 감방에 가두었다가 한꺼번에 배에 싣고 먼바다에 나가 깊은 바닷물에 빠뜨려 죽여 버리겠다."

그러나 죄수들은 이미 자신들의 미래에 대한 희망을 포기한 사람들이라 설령 자기들이 죽인다 해도 그의 지시에 잘 따르지 않았다.

죄수를 동원해 강제로 인공섬에서 육지까지 땔감을 운반하여 땔감의 가격은 다소 안정되었지만 그래도 예전에 비해서는 몇 배로 가격이 올랐다. 땔감 가격이 폭등하자 다른 물가도 덩달아 올랐다.

이로 인해 더 큰 고통을 받게 된 사람들은 돈푸아를 지지했고 그의 도움을 기대했던 극빈자들이었다. 극빈자들은 돈이 없어서 몇 배로 값이 오른 땔감을 구하지 못하여 추위에 떨다가 얼어 죽는 사람도 생겨났다. 그러자 돈푸아는 극빈자들에 한해 섬 안에 있는 땔감 채취가 금지된 숲에서 땔감을 구해 쓰는 것을 한시적으로 허용하여 급한 불은 껐다.

주민들은 추운 겨울에 땔감소동이 일어났을 때 돈푸아가 죄수들을 동원하여 자기가 감당해야 할 난제를 해결하는 모습을 보고 난 뒤로 돈푸아의 속셈을 알아차리는 사람이 늘어갔다.

돈푸아가 예상치 못한 사태를 대비해서 투옥자 수를 늘리고 있다는 것을 알아챈 것이다. 섬 주민들 사이에 자기도 감옥에 가게 되지는 않을까 하는 불안감이 커지기 시작했다. 그리하여 주민들은 생활이 예전보다 불편하고 극빈자들의 경제적 고통이 더 심해졌지만, 불평을 참고 평등한 대우에 만족하며 무기력하게 사는 생활에 점차 익숙해져 갔다.

그리고 돈푸아가 부자들이 기를 못 펴게 철저히 단속했기 때문에 돈을 벌어 부자가 되려고 노력하는 사람도 별로 없었다. 그로 인해 섬에서 땔감 값이 폭등하는 데 이어 농산물이나 양고기나 생선 등의 생산량이 줄어들어 생필품 가격도 오르고 시장이 점차 활기를 잃게 되어 그들의 생활 수준은 더욱 나빠져 갔다. 그러나 섬 주민들의 이러한 현실에 대해 대놓고 불평을 말하는 사람은 없었다. 혹시나 그런 불평을 하다가 돈푸아의 계책에 넘어가서 감옥에 갇힐 수도 있기 때문에 섬 주민들은 입조심 또 입조심 하면서 살았다.

그러던 어느 날 보슬비가 소리 없이 내리고 스산한 바람이 불어오는 깊은 밤에 이상한 일이 일어났다. 돈네이로가 묻혀 있는 숲 근처에서 바람을 타고 귀신 소리 같은 이상한 목소리가 들려왔다.

"돈푸아야! 네가 나를 배반할 줄은 정말 몰랐구나! 네가 생각하는 정의는 영원한 것이 아니니라. 세상에는 정답도 정답이 아닐 수 있고, 오답이 정답이 되는 수도 있느니라."

잠시 뒤에 또 점점 가늘어져 가는 목소리가 메아리처럼 들려왔다.

"돈푸아야! 너는 섬사람들이 열심히 일하지 않으려는 이유를 언제쯤 알게 될지…"

여의봉^{如意棒}

마르크스는 역사는 자본주의의 발달로 잉여가치의 집중 현상이 심화되어 빈부 격차가 극대화되면 자체 모순에 의해 멸망하고 필연적으로 공산주의로 발전한다고 주장했다. 그런데 그의 예상과는 달리 자본주의 발달단계에 이르지도 못한 러시아에서 세계최초로 공산주의 혁명이 일어났다.

나는 마르크스의 공산주의 발달이론과 달리 자본주의 단계에도 이르지 못한 후진 농업국인 러시아에서 세계최초로 공산주의 혁명이 일어난 역사적인 사실에 대해 살펴보기로 했다.

레닌은 카잔대학에 다니다가 불법 집회에 참여하여 퇴학당한 후에 공산주의 혁명가들과 접촉하면서 철저한 마르크스주의자가 되었다. 그는 형과 그의 동지들이 알렉산드르 3세의 암살 사건에 실패하여 혁명을 성공적으로 이끌지 못한 것은 조국 러시아에는 프랑스 혁명 때와 같이 부르주아 시민세력이 형성되어 있지 않았기 때문이라고 판단했다.

프랑스 혁명 당시에는 산업혁명이 일어나 정부 주도의 중상주의 정책과 식민지 지배에 의한 경제발전으로 중세 상인들을 중심으로 신흥 부르주아 계층이 형성되어 있었다. 그들의 등장으로 국민의 경제적 생활 수준이 상향 평준화되면서 교육기회가 확대되어 계몽주의 사상가인 볼테르, 루소, 디드로 등에 의해 전개된 시민 혁명 사상이 일반 대중으로 확산되었던 것이다. 그러나 레닌의 조국 러시아는 산업혁명의 단계에 이르지 못하였고, 지형적으로 해외로 진출할 수 있는 부동항이 없어서 자본주의로 발전할 조건을 갖추지 못하고 있었다. 이로 인해 러시아는 부르주아 시민세력이 제대로 형성되지 못했다.

레닌은 조국의 이러한 현실에서 부르주아를 중심으로 차리즘(황제 전제정치)을 타도하는 혁명은 불가능하다고 본다. 그런데도 그는 러시아에서 황제 독재를 몰아내는 방법은 공산주의 혁명밖에 없다는 생각을 굳히고 있었다. 그는 공산주의 혁명운동에 적극적으로 가담하여 활동하다가 체포되어 감옥형을 산 후에 국외로 망명하였다.

1917년 2월에 러시아의 페트로그라드에서 혁명이 일어나 니콜라이 2세가 물러나자 레닌은 망명생활을 끝내고 귀국하였다. 당시 페트로그라드에는 각 공장에서 선출된 노동자 대표위원회인 페트로그라드 소비에트가 구성되어 있었다. 페트로그라드 소비에트는 2월 혁명을 프랑스혁명과 같은 부르주아 혁명으로 간주했기 때문에 부르주아 지도자들이 새 정부를 이끌어야 한다는 주장이 강했다.

이때까지 레닌의 지지 세력인 볼셰비키(정통파, 다수파)는 아주 소수파에 불과했다. 레닌은 소수파인 볼셰비키가 혁명의 주도권을 잡기 위해 망명생활을 하면서 준비한 10개 항의 '4월 테제'를 발표했다.

레닌은 '4월 테제'의 취지를 살리려면 2월 혁명은 '부르주아 혁명'이나 단순한 '러시아 혁명'이 아니라 '사회주의 혁명'이라야 한다고 주장했다. 그리고 그는 '임시정부 타도와 모든 권력은 소비에트로'라는 기치를 내걸고 '4월 테제'의 정신을 실현하려고 당원들을 설득해 나갔다.

그가 내세운 '4월 테제'의 골자는 다음과 같다.

1. 현재 계속되고 있는 제국주의전쟁에 단호히 반대하고 즉각 평화를 실현해야 한다.
2. 부르주아지에게 권력을 넘긴 혁명 1단계에서 프롤레타리아트(무산계급)와 빈농이 권력을 장악하는 혁명의 2단계로 이행해 가야 한다.
3. 임시정부를 지지해서는 안 된다.
4. 소비에트의 권력을 확대해야 한다.
5. 의회제공화국에 반대하고 소비에트공화국을 수립해야 한다.
6. 지주의 토지를 몰수하여 국유화해야 한다.
7. 모든 은행을 소비에트의 통제를 받는 국립은행으로 통합해야 한다.
8. 생산과 분배를 소비에트가 통제해야 한다.
9. 당 대회를 소집하여 강령을 바꾸고 당명을 공산당으로 바꿔야 한다.
10. 새로운 국제혁명조직으로 프롤레타리아의 독재를 실현할 제3의 인터내셔널을 창설해야 한다.

레닌이 '4월 테제'를 내세워 2월 혁명을 사회주의 혁명이라고 한 주장은 러시아를 발칵 뒤집어 놓았다. 그때까지는 누구도 2월 혁명을 분명하게 사회주의 혁명이라고 주장하는 사람은 없었다.

부르주아지는 레닌을 독일의 첩자라고 중상모략했고, 멘셰비키(소수파)의 지도자 마르토프이다는 레닌이 반동에 봉사하고 있다고 비난했다. 그리고 뒤에 멘셰비키의 지도자가 되었던 플레하노프는 '4월 테제'를 잠꼬대 같은 소리라고 폄하했다.

그뿐만 아니라 레닌의 지지 세력인 볼셰비키 내에서도 큰 혼란을 일으켰다. 카메네프 등의 많은 지지자들이 러시아는 아직 사회주의의 토대가 갖추어지지 않았고, 소비에트로의 권력 이전을 주장하는 것이 임시정부 타도라는 오해를 불러일으키게 되어 미처 준비가 덜 된 대중들의 반발을 사지 않을까 우려된다면서 반발했다.

레닌은 이에 굴하지 않고 망명생활 동안에 심사숙고해서 정립한 자신의 공산주의 이론으로 당원들에게 '4월 테제'의 사상적 정당성을 설득했다.

"여러분들은 '2월 혁명'을 '부르주아 혁명'이나 그냥 '러시아 혁명'이라고 여길지 모르나 현재 우리 러시아가 처한 현실을 직시하십시오. 나는 지난번에 러·일간의 제국주의전쟁을 러시아 내의 노동자를 착취하는 계급과 맞서는 내전으로 변화시킬 것을 요구했습니다. 만약 우리 조국 러시아가 일본을 이기고 제국주의가 되면 산업혁명에 성공하여 자본주의 사회로 발전하다가 결국 공산주의가 될 수 있다고 여러분들은 믿고 계시지요. 그러나 우리 러시아는 아직 지주 중심의 농업사회입니다."

그는 잠시 뜸을 들인 뒤에 계속 열변을 토해 냈다.

"그런데 프랑스나 영국의 경우를 보십시오. 마르크스는 이 나라들은 시민 혁명을 성공시킨 나라들이지만 필연적으로 자본주의 단계를 거쳐 공산주의로 나가게 되어 있다고 주장했습니다. 그러나 저는 공산주의로 발전하기 위해 자본주의 발달단계를 꼭 거쳐야 할 필요는 없다고 생각합니다. 우리는 이번에 러시아가 처한 권력과 부의 편중현상을 극복하고 차르를 타도하는 혁명에 성공했습니다. 우리는 지난 차르 체제에서 보았듯이 권력이나 부와 토지 등이 소수에게 집중되면 집중될수록 그로 인한 피해자는 늘어나기 마련입니다. 우리는 이러한 피해자인 무산자를 위한 평등한 사회를 건설한다는 기치로 공산주의 혁명을 일으키면 다수의 농민들과 무산계급은 반드시 우리 편에 서게 될 것입니다. 우리는 그들을 도탄에서 구하기 위해 반드시 공산주의 혁명에 성공해야 합니다."

레닌은 이렇게 열정적으로 당원들을 설득하였는데 그의 주장을 관철하는 데에는 3주일이나 걸렸다. 그리하여 결국 볼셰비키 협의회는 그의 주장을 받아들여 그해 4월 말에 레닌의 '4월 테제'를 공식입장으로 채택했다. 그러나 1917년 7월 3일 있었던 볼셰비키의 무력시위가 임시정부에 의해 진압된 후 레닌은 다시 핀란드로 망명했다. 그 뒤에 자기의 지지기반인 페트로그라드 소비에트가 전국적인 지지를 얻게 되고 다수파로 자리 잡게 되었다. 레닌은 이해 10월에 비밀리에 페트로그라드에 잠입하여 페트로그라드 소비에트 중앙위원들과 의장인 트로츠키의 협력을 얻어 '적위대'를 조직하였다.

곧이어 그의 볼셰비키 적위대는 임시정부 타도에 성공하여 모든 국가권력이 소비에트로 넘어갔다. 그리고 다음 해 1월 8일에 레닌이 주도하여 마르크스주의에 의한 세계최초의 프롤레타리아혁명이 완성되었다. 레닌은 1918년 러시아 사회민주당을 러시아 공산당으로 개칭하면서 공산주의 혁명은 노동자계급의 주도하에 추진해야 하며, 노동자계급의 제일 동맹자는 부르주아지나 도시의 소시민이 아닌 농민이라고 하였다.

나는 이러한 레닌의 주장이 마르크스의 사상을 대부분 수용하였지만 상당한 측면에서 마르크스의 공산주의 이론과 차이를 보인다고 여겼다.

첫째, 러시아 혁명은 애초에 공산주의 혁명이 아니었다. 러시아 혁명은 그가 그토록 존경했던 마르크스의 이론대로 자본주의의 발달로 빈부 격차가 극에 달해 그 모순을 극복하기 위해 노동자들이 일으킨 공산주의 혁명이 아니었다.

애초에 러시아의 2월 혁명을 주도했던 병사들이나 노동자들은 자본가를 궤멸시키기 위해 공산주의 혁명을 일으킨 것이 아니라 차르 타도를 위해 혁명을 일으켰다.

그런데 레닌은 2차 망명을 마치고 귀국하여 '4월 테제'를 내세워 2월 혁명은 '부르주아 혁명'이나 그냥 '러시아 혁명'이 아니라 '사회주의 혁명'으로 혁명의 성격을 새로이 규정해야 한다고 주장했다.

그는 자기주장을 관철하기 위해 차리즘을 타도하고 자기의 지지 세력인 소수파의 볼셰비키가 혁명의 주도권을 잡기 위한 수단으로 '4월 테제'를 슬로건으로 내세워 러시아 혁명을 공산주의 혁명으로 둔갑시켰다.

둘째, 러시아 혁명의 주체세력은 소수의 노동자와 병사와 농민이었다. 러시아 혁명은 마르크스가 주장한 공산주의 발전이론과는 혁명의 주체와 혁명과정이 전혀 달랐다.

러시아 혁명이 일어나기 전에 알렉산드르 2세는 자기 나라를 다른 유럽 국가들처럼 산업혁명을 일으켜 경제를 발전시키려고 노력했다. 그리고 그는 농노를 해방하여 자유인으로 만들어 주고 그들에게 정부에서 장기저리대출을 해서 토지를 소유하도록 하여 경제를 발전시키려고 했지만, 농민들이 호응하지 않아 별 성과를 거두지 못했다. 그런데 알렉산드르 3세는 차르가 되자마자 그동안 누려왔던 국민들의 권리를 빼앗고 귀족들에게 농민을 탄압하는 권리를 부여하여 차르 체제의 강화에만 힘썼다.

그에 더하여 러시아가 러·일 전쟁에서 패하자 국가 경제가 더욱 어려워져서 국민 생활은 더욱 궁핍해졌다. 이로 인해 굶주림에 시달리던 러시아의 소수 노동자와 농민들이 '빵과 평화를 달라!'고 외치며 도시 곳곳에서 시위를 일으켰다.

이때 제1차 세계대전 때에 강제로 징집된 수많은 병사들이 전쟁과 굶주림에 지친 나머지 차르의 시위대 진압명령을 거부하고 시위대에 합류하면서 일어난 혁명이 러시아 2월 혁명이었다. 러시아 혁명은 러시아 경제가 마르크스가 그토록 배격했던 자본주의로 발전하지 못한 데

대한 국민들의 불만으로 일어난 혁명이었던 것이다.

그래서 레닌은 '4월 테제'를 내세워 러시아 혁명을 공산주의 혁명이라는 주장을 관철시키고 나서 혁명 주체를 노동자 대신에 자본주의 발달과 무관한 농민을 노동자계급의 제1 동맹자로 대체했다.

셋째, 레닌의 공산주의 혁명은 마르크스의 주장대로 인간의 의식이 물질문명의 발달에 종속되어 필연적으로 일어난 혁명이 아니라 물질문명의 발달과 무관하게 순전히 인간이 의식적으로 일으킨 변형된 공산주의 혁명이었다.

레닌은 마르크스와 달리 오로지 근로 인민의 무장봉기, 그리고 노동자와 농민의 혁명적 프롤레타리아 독재의 확립을 통해 차리즘을 타도할 수 있다고 하였다. 그리고 제국주의 단계에서의 자본주의 발전의 불균등성으로 인하여, 사회주의 혁명은 모든 자본주의국가에서 동시에 일어나는 것이 아니라 일국 또는 몇몇 국가에서 먼저 일어나 승리한다고 주장하였다.

레닌의 주장대로라면 산업혁명으로 자본주의 단계에 이르지도 못한 농업국가인 러시아에서의 사회주의 혁명은 다른 나라보다 뒤늦게 일어나야 한다. 실제로 그가 러시아 혁명을 공산주의 혁명으로 바꾼 근거로 내세운 '4월 테제'의 어디에도 러시아 공산주의 혁명을 위해 자본가를 타도해야 한다는 문구는 없다.

더구나 '4월 테제'의 제6항에는 지주의 토지를 몰수하여 국유화한다는 조항이 있다. 이것은 자본주의 발달과 전혀 관련이 없는 토지를 자본가가 독점한 잉여가치로 간주하여 노동자들의 공유 대상으로 본 것이다. 따라서 지구 상에서 가장 먼저 러시아에서 공산주의 혁명이 일어난 것은 그의 주장뿐만 아니라 마르크스의 이론과도 정면으로 배치되는 현상이다.

나는 러시아 혁명이 세계최초로 일어난 공산주의 혁명이 된 것은 레닌이 '4월 테제'를 내세워 자신의 의지로 2월 혁명을 공산주의 혁명이라고 한 주장을 억지로 관철했기 때문으로 본다.

레닌은 공산주의의 내포에 역사는 물질문명의 발달에 종속되어 대립물 간의 투쟁을 원동력으로 필연적으로 공산주의 사회로 발전한다는 마르크스의 공산주의 이론의 핵심사상을 포함시키지 않았다.

그는 마르크스 공산주의 사상을 러시아의 실정에 맞게 수정하여 공산주의 내포를 근로 인민의 무장봉기, 그리고 노동자와 농민의 혁명적 프롤레타리아 독재의 확립을 통해 차리즘을 타도하는 것으로 변형시켰다.

또한, 그는 공산주의 내포를 물질문명의 발달에 종속된 역사발전론 대신에 혁명가에 의한 주체적인 역사발전론과 노동자를 위한 민주주의 대신에 프롤레타리아 독재로 대체했다. 그리고 공산주의의 외연에는 노동자에 더하여 자본주의 발전과는 무관한 농민을 포함했다. 그리고 공산주의 외연에서 배격하여 궤멸시켜야 할 대상을 자본가와 권력가 대신에 차리즘과 귀족과 지주와 유산자로 대체했다.

그렇기 때문에 나는 레닌의 혁명이론은 마르크스의 공산주의 이론의 본질에서 크게 벗어나 오로지 정권쟁취를 목표로 하는 정치사상으로 전락한 변형된 공산주의 사상으로 본다.

레닌은 1919년 3월에 볼셰비키 혁명사상을 전 세계로 전파하여 공산주의 세력을 팽창시키기 위해 코민테른Communist International을 창설했다.

이것은 마르크스의 역사 발전의 필연성을 근거로 미래의 세계는 어느 나라나 예외 없이 공산주의로 발전한다는 전제하에 전 세계를 공산화하기 위해 만든 공산주의 국제연합이다.

코민테른 창설의 강령에는 마르크스, 엥겔스의 기본적 사상의 기초위에 제국주의와 프롤레타리아 독재 이론, 민족 해방운동의 근본적 분석, 수정주의 및 사회 민주주의자들에 대한 비판 등의 레닌이 주장한이론을 포함하였다. 특히 레닌은 근본적으로는 마르크스의 역사적 발전단계를 수용하면서 노동운동 역사상 처음으로 자본주의 발달단계와 무관한 식민지국의 대중들에게 주목하였다.

그는 후진국도 선진국 프롤레타리아의 원조를 받으면 자신이 러시아 혁명에서 취했던 인간 의식에 의해 자본주의적 발전단계를 뛰어넘어 소비에트 공산주의로 이행할 수 있다고 주장하여 마르크스의 유물론적 공산주의 발전단계를 수정하였다. 이렇게 레닌이 러시아 혁명방식을 전 세계에 전파하기 위해 창설한 코민테른은 제2의 허리케인의눈이 되었다.

코민테른은 콜럼버스가 서인도제도를 발견하고 나서 서구 열강들이식민지쟁탈전을 아메리카대륙에서 전 세계로 확대해 나갔던 것과 같이 제2의 허리케인의 눈이 되어 공산주의 팽창세력이 전 세계를 공산주의 혁명의 소용돌이 속으로 몰아넣었다.

내가 보기에 레닌은 세계 각국의 독특한 역사, 문화적 배경과 주체적 자결권을 철저히 무시한 데 문제가 있었다고 본다. 그는 세계 각국의 운명을 자기가 판단한 역사발전이 필연이라는 외연 속에 가두어 놓고 코민테른을 통해 전 세계를 공산화하려고 했기 때문이다.

나는 레닌의 이러한 사상은 윌슨의 민족자결주의 정신에도 어긋나는 것이라 본다. 레닌의 혁명사상은 사이비 종교인이 자기가 만든 교리가 인류를 구원하는 진리이고 맹목적으로 믿을 것을 내포로 규정해 놓고 온 세계의 신도들을 자기가 만든 종교의 외연 속에 가두어서 지배하려는 것과 같은 현상으로 본다.

나는 레닌의 공산주의 혁명사상은 자본주의 발달단계와는 무관하게 권력과 부의 집중에 의한 사회갈등을 잘 이용만 하면 인간의 의식이 주도하여 공산주의 혁명을 성공시켜 권력을 장악할 수 있다는 것을 주장한 것으로 판단된다.

권력과 부의 집중이 심한 나라에서는 언제나 어느 곳에서나 피해자가 양산되기 마련이다. 그의 주장은 빈부 격차로 갈등이 심한 나라에서 공산주의는 언제나 노동자와 농민과 같은 상대적 약자를 대변하는 세력임을 선전하고 사회갈등을 조장하여 무장봉기를 일으키고 다수결의 원칙을 선거에 잘 활용하면 언제나 공산주의 혁명이 성공할 수 있다는 강변이다.

나는 레닌이 주장한 이러한 볼셰비키 공산주의 혁명사상은 중국의 소설 서유기에서 손오공이 쓰던 무기인 '여의봉'과 비슷하다고 본다.

그의 혁명사상은 민중의 갈등을 조장하거나 피해의식을 부추겨서 손오공이 여의봉의 크기를 마음대로 조절하듯이 자기 지지 세력을 마음대로 양산하고 동원하여 무장봉기나 선거제도를 통해 권력을 잡을 수 있는 만능무기와 유사한 것이다. 레닌이 창안한 '여의봉'은 혁명과 무장봉기의 양날을 평등과 다수결 선거제도의 부드러운 깃털로 위장한 만능 병기이다.

나는 앞으로 정권욕이 강한 사람이면 자본주의 발달단계와는 상관없이 누구나 사회갈등을 조장하여 피해자를 양산하고, 레닌이 만든 '여의봉'으로 무장봉기를 일으키거나 선거제도를 활용하여 정권을 장악하고 싶은 유혹을 받게 될 것으로 예상해 보았다.

레닌은 먼저 공산주의 내포를 민중의 주체인 농민과 노동자들이 재산을 공동 소유하는 계급 없는 평등한 사회로 규정하고, 1917년 러시아의 사회갈등을 구심력으로 활용하여 무장봉기를 일으켜 세계최초로 볼셰비키 공산주의 국가를 건설했다.

그는 자국을 구심점으로 하여 주변국을 공산화한 뒤에 이들 공산주의의 국가 간의 단결을 통해 강력한 구심체를 만들고, 이 단결력을 원심력으로 구사하여 공산주의 외연을 전 세계로 확장하기 위해 1919년 공산주의 국제연합인 코민테른을 창립했다.

레닌은 코민테른을 통해 공산주의자들에게 역사발전의 방향을 제시하고 무장봉기와 혁명의 정당성을 부여하여 전 세계의 자본가나 정치적 반대세력을 파괴하여 궤멸시키려 했다.

코민테른은 파시즘에 반대하는 인민 통일전선을 채택하고 회원국의 모든 노동자 조직의 통일방안을 마련하여 제2차 세계대전까지 각국에서 공산당을 지원하며 격렬한 혁명투쟁을 전개하였다.

그러다가 1943년에 2차 세계대전의 여건 악화로 인해 대회를 소집할 수 없다는 이유로 코민테른이 해산되었다. 하지만 제2차 세계대전 후에도 소련을 중심으로 한 공산주의자들은 전 세계를 공산화하려는 코민테른 창설의 기조를 유지하며 공산주의 팽창을 위해 계속 투쟁하였다.

이로 인해 중국의 국·공 내전과 우리나라의 6·25전쟁과 같이 농업을 주로 하는 국가에서 공산주의 팽창세력이 일으킨 전쟁이 발발하여 수백만, 수천만 명의 인명 피해와 막대한 경제적 손실을 가져왔다.

그리고 세계의 여러 후진국에서는 자본주의 발달과 무관한 상대적 빈부 격차를 이념 갈등으로 부추기고, 무장봉기를 일으켜 유혈 투쟁이 벌어졌다.

그 결과 공산주의는 허리케인과 같은 회오리바람을 일으켜 세계각지에서 무고한 인명 살상과 막대한 산업시설과 재산, 문화재가 파괴되는 희생을 치르고도 노동자들의 지상낙원은커녕 인류 사회에 깊은 상처만 남긴 정치세력이 되고 말았다.

역사적으로 볼 때 아이러니하게도 세계최초로 공산주의 제도를 채택한 러시아 공화국이나 그 뒤를 이어 공산주의 국가가 되어 코민테른에 가입한 우크라이나, 발트 3국, 우즈베크 공화국 등의 나라들은 하나같이 경제발전이 늦어져 그 나라에 사는 노동자들의 생활은 궁핍해져만 갔다.

그 이유는 간단하다. 마르크스는 잉여가치를 자본가가 아닌 국가가 공유하여 노동자들에게 공정하게 배분하고 노동자를 착취하는 자본가 계급이 없는 공산주의 국가를 건설하면 경제활동을 유발하는 동기가 작동한다고 한 예언이 빗나갔기 때문이다.

그는 경제활동을 유발하는 동기가 저하되면 생산성 둔화로 국가 경제가 위축되고 노동자 전체의 소득이 감소하여 궁핍한 생활을 면치 못한다는 사실을 간과했다.

그런데 그의 주장과는 상반되게 오히려 자본주의 제도를 채택한 국가들은 인간 이기심이 경제활동을 잘 작동시켜 경제발전을 이룩하여 노동자 전체의 소득수준을 향상시켰다. 특히 노사협의가 잘 되는 회사에 근무하는 노동자들의 소득수준은 더욱 향상되고 복지도 개선되었다.

나는 공산주의 제도는 자본주의가 오히려 자체 모순을 보완하고, 경제주체 간의 관계를 개선하여 화이부동의 정신으로 상생의 길을 찾는데 반면교사 역할을 한 정도에 그쳤다고 본다.

일찍이 그리스시대의 철학자 플라톤은 직접민주주의를 폭민 정치혹은 중우정치衆愚政治라고 비판하며 현자에 의한 정치를 강조했다. 그가 말하는 현자란 공동선이나 공동이익의 실현을 위해 정의와 수치를 알고 잘 숙고할 수 있는 능력euboulia을 갖춘 자다. 즉 온전한 사고와 인격을 갖춘 인간이다.

그는 중우정치를 대중적 인기에 영합하고 대중의 요구에 무조건 부응하는 사회적 병리 현상으로 본다. 그는 또한 개인의 능력과 자질 그리고 기여도 등을 고려하지 않는 그릇된 평등관으로 개인이 절제와 시민적 덕목을 경시하고 전문성을 부정하며 인기 영합적 다중주의로 흘러가는 정치라고 했다. 그는 이러한 중우정치가 민주주의를 위협하는 가장 큰 요인으로 본다.

나는 레닌은 자기가 바라는 공산주의 건설을 위해 노동자들은 오히려 플라톤이 우려했던 우중愚衆이 되기를 원했던 것이 아닌가 하는 생각이 들었다. 그가 바라는 노동자들의 이상적인 인간상은 자본가에 대한 적개심을 가지고, 공산주의만이 노동자들의 지상낙원이라는 사상을 신봉하면서, 공산주의자들이 공정하게 배분해 주는 잉여가치에 감사하며 사는 무능력한 인간이었을 것이다.

나는 레닌이 노동자들을 위해 공산주의를 건설해야 한다고 선전했지만, 그는 오히려 플라톤이 경고한 중우정치를 통해 권력을 잡으려고 한 탐욕스런 권력가에 불과하다고 본다.

공자는 군자의 덕목으로 '화이부동和而不同'이라 하여 군자는 생각이 다른 주위 사람들과 친화하여 화합할 줄 아는 사람이고, 소인배는 '동이불화同而不和'라 하여 자기의 이익을 위해 생각이 다른 사람들의 의견을 무시하고 자기들끼리 무리 지어 편향된 행동을 하는 자라고 했다.

나는 거짓 선전으로 노동자들만의 지상낙원을 건설하려는 레닌의 볼셰비키 혁명사상은 공자가 말하는 전형적인 소인배들이 무리 지어 '동이불화'하는 편협한 사고방식과 일맥상통하는 측면이 강하다는 생각이 든다. 자본가들의 부의 독점이나 권력집중과 같은 사회경제적인 모순은 사회 구성원들이 선거나 조세정책과 정치제도의 개선을 통해 얼마든지 능동적으로 극복해 나갈 수 있다고 본다.

그런데 레닌은 이러한 합리적인 방법을 도외시하고, 공산주의 사상만이 진리이고 공산주의 제도만이 완전무결한 제도로 보고, 공산주의는 반드시 성공해야 할 정치제도임을 전제로 했기 때문에 프롤레타리아 독재와 장기집권을 정당화한 것으로 본다.

레닌과 그의 추종자들에게 있어서 공산주의 이론은 절대적 진리이고, 비판의 대상이 아니기 때문에 공산주의를 비판하거나 비협조적인 사람은 공산주의 외연에서 배제하여 수용소로 보내어 혹사시켜도 죄의식을 느끼지 않았다.

레닌은 볼셰비키 혁명사상을 전 세계에 전파하여 지구 상의 모든 나라를 공산화하기 위해 코민테른을 창설하였다. 그리고 이를 구심점으로 하여 자기의 혁명사상을 전 세계에 전파하기 위한 구체적인 방안을 강구해 보았다

- ⊙ 코민테른 회원국은 인류역사는 유물론적 변증법에 의거 투쟁을 원동력으로 하여 필연적으로 공산주의로 발전한다는 사실을 절대적 진리로 확신하고 전 세계의 노동자들을 자본가들로부터 해방시키기 위해 투쟁한다.
- ⊙ 모든 국민을 가해자와 피해자로 양분하고 공산주의는 언제나 노동자와 농민과 상대적 약자의 입장을 대변하는 정치제도임을 미화하여 선전한다.

⊙ 자본가는 권력과 카르텔을 형성하여 노동자의 잉여가치를 착취하는 악의 축임을 부각시킨다. 반면 공산주의지도자는 천성적으로 사욕이 없으며 민중을 도탄에서 구제하는 구세주임을 각인시켜 프롤레타리아 독재와 장기집권을 정당화한다.

⊙ 자본과 권력이 일부 세력에 집중될수록 피해자는 양산된다. 빈부갈등을 부추기고 피해의식을 조장하여 이들을 감언이설로 공산주의 지지자로 유인하여 평등과 다수결 원칙의 선거에서 언제나 승리하도록 한다.

⊙ 공산주의 세계를 건설하는데 민주주의 제도를 최대한으로 활용한다. 민주주의는 완성된 것이 아니라 완성해 가는 것이다. 반대세력이 민주주의 원칙에 반하는 조그만 허점이라도 노출되면 언론과 민중을 총동원하여 집중공격을 가해서 공산주의가 민주주의의 수호세력임을 부각시킨다.

⊙ 정치논쟁이 벌어지면 공산주의의 내포를 중심으로 주제를 선점하라. 그리고 유물론과 변증법으로 상대를 공산주의 외연에 복속시키도록 설득하라. 설득에 실패하면 자아비판을 통해 더욱 강력한 논리를 개발하라.

⊙ 공산주의 이론의 내포가 진리(정)임을 강조하여 외연에서 제외된 모든 경제주체를 모순(반)으로 간주하여 궤멸시키는 수단으로 혁명과 무장봉기를 정당화한다.

⊙ 국민들의 조세부담에 연연하지 말고 국가 예산을 무상으로 집행하고 모든 재산과 자본은 국가소유이며 이것은 민중을 위해 운용된다는 점을 부각시켜서 공산주의 혁명의 기반을 조성한다.

⊙ 전 세계의 공산화를 위해 민중사관에 기초한 획일적인 이념교육을 강화하고 감성에 호소하는 문화적 소재를 개발하고 언론을 장악하여 인간의 이성을 마비시켜 공산당과 지도자에 맹목적인 충성심을 기른다.

나는 이러한 레닌의 주장에 상극의 기운이 흐르고 있어서 살기를 느꼈다. 서로가 상대방을 인정하고 역지사지의 입장에서 문제를 해결하려는 상생의 정신이 결여되어 있다. 그리고 레닌이 제정 러시아의 차리즘을 타도하고 프롤레타리아 독재체제를 확립해야 한다고 한 것은 이율배반적이라고 본다. 차르 독재와 프롤레타리아 독재는 둘 다 독재정치가 아닌가? 국민의 관점에서 보면 공산주의 독재가 언제나 차르에 의한 독재정치보다 국민을 위한 정치라고 신뢰할 수는 없다.

나는 레닌이야말로 콜럼버스가 아메리카대륙을 발견한 뒤에 그곳에 사는 인디언들을 기독교로 개종시켜서 하느님의 신민으로 삼으려 했던 것처럼 코민테른을 창설하여 볼셰비키 혁명사상을 일방적으로 전 세계에 전파하려고 한 무모한 몽상가로 평가할 수밖에 없다.

순^盾: 방패

나는 인간을 선악의 흑백논리로 양분하고, 역사를 자기들이 선택한 선_善이 필연적으로 악을 구축한다는 전제로 내세운 공산주의 팽창세력을 막아내고, 사회 구성원들 간의 화합과 상생의 정신으로 국민통합을 이룬 나라를 스웨덴에서 찾을 수 있었다.

스웨덴은 바이킹의 후예들이 세운 나라인데 역사적으로 덴마크왕조의 지배를 받아 오다가 16세기에 독립하여 17세기 후반의 30년 전쟁 때에는 유럽의 강대국으로 세력을 떨치기도 했던 나라다. 스웨덴은 20세기 초반에 이르러 유럽의 산업혁명에 합류하지 못한 경제 후진국이었으며 국민 대부분이 극빈층에 머물고 있었다. 그로 인해 스웨덴의 약 1백만 명에 달하는 국민이 민생고를 해결하기 위해 미국으로 이민 갈 정도였다.

초기산업화 단계에 있었던 스웨덴 노동자들도 유럽의 다른 국가와 마찬가지로 극심한 저임금을 받고 장시간 노동에 시달리고 있었다. 그리고 노동자들의 대부분은 법적인 보호를 받지 못하여 혹독한 근로환경에 처해 있었다. 그리하여 그들의 불만이 커져서 전국적인 집단 노동운동으로 번져갔다.

이 시기에 북유럽의 다른 나라에서도 노동운동이 강력한 정치세력으로 등장하였다. 특히 러시아에서 볼셰비키의 혁명으로 세계최초로 공산주의 국가가 등장하자 북유럽의 각국에서는 노동운동의 방향을 두고 양 갈래로 나누어졌다.

한편에서는 볼셰비키가 이룩한 혁명적 사회주의를 노동운동의 새로운 대안으로 채택한 반면, 다른 한편에서는 의회 민주주의 노선을 선호하는 경향이 있었다. 스웨덴 역시 사회주의 혁명노선을 택할 것인지, 아니면 민주적 개혁의 방향으로 나갈 것인지를 명확하게 결정짓지 못하고 있었다.

스웨덴의 일부 반체제세력은 볼셰비키 혁명의 영향을 받아 1917년에 좌익 사회당을 조직하였고, 다음 해에 코민테른조직에 가입했다. 이들은 코민테른의 결정사항과 소비에트의 혁명적 공산주의지도자들의 지시에 따라 활동하였으나 국민의 적극적인 지지를 받지 못했다.

스웨덴에서는 사회주의개혁은 의회 민주적 절차를 거쳐서 달성해야 한다는 여론이 지배적이었다. 그리하여 스웨덴의 사회주의운동은 소련과 같은 프롤레타리아 독재정치를 반대하고 민주적인 보통, 평등선거의 시행과 사회보장제도개선을 우선으로 시행하려고 하였다.

1920년대에는 전 세계적인 경제불황이 닥쳤는데 스웨덴 역시 경제불황의 여파를 피하지 못하여 실업문제가 가장 큰 정치이슈로 등장했다. 이때 사민당의 지도자 페르 알빈 한손은 자신이 속한 사민당의 이념으로 계급투쟁과 공산주의이념과는 거리를 두는 중도노선을 표방해 사민당의 정체성을 분명히 하였다. 그것은 '국민의 집' 이념이었다.

사민당은 '국민의 집' 이념을 바탕으로 가족 보조정책과 출산휴가비 확대, 그리고 기초연금의 확대 및 노동휴가의 연장과 장애인보조 등의 사회복지정책을 추진했다. 이러한 '국민의 집' 개념은 사민당의 공통이념으로 자리 잡았다. 그 후에 세계화 시대를 맞이해서 스웨덴 사회주의도 변화의 흐름에 직면하기는 했지만 '국민의 집' 개념은 대다수 국민의 지지를 얻어 스웨덴 사회를 지탱하는 근간이 되었다.

사민당 정부는 주로 케인즈 식 자본주의 경제모델에 기초한 적극적인 노동 시장정책을 채택했다. 그에 따라 노조는 임금수준을 정할 때 반드시 정부의 경제정책을 바탕으로 수립하도록 하였다. 또한, 정부는 노동조합과의 원만한 합의를 바탕으로 기술발전과 경제적 안정을 도모하기 위해 고용주인 기업에 고용의 유연성을 보장해 주고, 노동자들의 직장 이동성을 원활하게 하기 위해 국가가 직업교육을 지원하는 렌-마이드너Rehn-Meidner 모델을 채택해 운영하였다.

1938년에 이르러 노사관계는 노동자 측에서는 임금인상을 자제하고, 사용자 측은 완전고용과 복지개혁을 보장하는 '살트셰바덴 협약Saltsjobaden Agreement : SA'을 체결했다. 이것이 '사회적 조합주의'라 불리는 노사 합의주의 모형이다. 이 모형은 후에 북유럽국가뿐만 아니라 독일이나 프랑스 등의 대륙국가에도 큰 영향을 미쳤다.

스웨덴에서 '사회적 조합주의' 모델이 성립된 것은 사용자와 노동조합을 위시한 계급 간의 타협 혹은 집단협상이 가능하도록 한 조합주의적인 정치, 경제적 여건이었다. 이것은 독특한 정치적 이념을 지닌 정치세력과 강력한 사용자집단 및 노조의 존재와 이들 양자를 결속시킨 사회적 합의에서 비롯된 것이었다.

이는 노조조직 내부에서 민주적 정책 결정과 합의 그리고 다양한 의견제시를 포용할 수 있었고, 정부에서는 각각의 조합들이 공통적으로 내부의 집단협상을 통한 가입 승인절차를 존중했기 때문에 가능했다.

또한, 노조조직 내부에서 조합구성원들에 대한 교육을 시행하여 개별 가입자들의 정치적 역량을 고양하여 내·외부적으로 기본적 합의를 도출하려는 타협적인 태도와 협상 결과를 수용할 줄 아는 유연성을 가진 태도를 권장하였다. 그리고 스웨덴 정부는 사회입법과 경제정책수행에 있어 사용자와 노동자가 국가와 동등한 의사결정자로서 공동 국가기구 혹은 준 국가기구로서의 위상을 보장해 주었다. 그리하여 사용자와 노동자 그리고 정부의 삼자가 모두 상생하는 길을 찾게 된 것이다.

스웨덴의 조상인 바이킹은 원래 바다를 건너 다른 나라에 침입하여 약탈을 일삼던 해적이었다. 그런데 점차 유럽 각지로 인구이동이 이루어지면서 토착민들과 타협하여 노르만, 튜더, 윈저 등의 여러 왕조를 세운 민족이다.

그들은 30년 전쟁 등을 치르면서 해외의 여러 민족과 투쟁하고 접촉하면서 때로는 타협하는 전통이 있었다. 그리고 러시아와 발트해의 양안에 있어 역사적으로 서로 영향을 주고받으면서 투쟁과 협력관계를 유지해 왔다.

1917년 러시아에서 볼셰비키 혁명이 일어나 유럽 각국의 공산주의 세력에 영향을 미쳤을 때 스웨덴은 러시아 혁명 방식을 그대로 받아들이지 않았다. 스웨덴은 사회주의개혁을 의회 민주적 절차를 거쳐서 달성하려고 하였다. 비록 이러한 방식이 문제 해결에 어려운 방법이긴 하였지만, 타협을 통해 해결하려는 그들의 전통방식을 취하였던 것이다.

볼셰비키 혁명세력은 자본가와 지주 그리고 차리즘 세력들을 외연에서 제외된 세력으로 치부하여 궤멸시키고 처단했다. 하지만 협상을 중히 여기는 스웨덴은 상대방을 협상 대상으로 인정하고 협상을 통해 상생하는 정책을 선택했다.

그들은 산업혁명의 결과를 두고 마르크스나 레닌이 자본주의의 폐단에 초점을 맞추어 공산주의발달을 필연적으로 받아들인 것과는 달리 산업혁명의 긍정적인 측면을 수용하여 경제를 순리적으로 발전시키려고 하였다.

스웨덴은 산업혁명의 결과 국민의 경제생활수준이 개선되면서 부의 상향 평준화가 이루어지고, 이를 바탕으로 교육기회가 확대되면 국민 전체의 삶의 질이 향상될 것으로 기대했다. 스웨덴 국민은 이것이 노동자들만의 행복을 추구하는 공산주의보다 낫다고 판단하였다.

스웨덴 정부는 기업가들로 하여금 노동의 잉여가치를 더욱 확대 생산하게 하고 그 가치를 세금으로 환수하여 노동자와 기업, 그리고 정부의 삼자 타협을 통해 그 잉여가치를 공정하게 분배하는 정책을 폈다.

그리하여 자본가와 노동자들이 경제활동으로 얻은 노동의 잉여가치를 더욱 확대 생산하게 하여 총체적 경제발전을 이룬 뒤에 그 혜택이 모든 국민들에게 고루 돌아가게 하여 국민 전체의 경제생활 수준을 향상시켰다. 이것이 노동자와 기업, 그리고 정부의 삼자가 모두 상생하는 '살트셰바덴 협약'의 정신이라 할 수 있다.

1930년대 당시 스웨덴은 유럽에서 노사분규로 인한 파업 일수가 가장 많은 국가였으나, '살트셰바덴 협약' 이후 스웨덴 노동운동은 노동자의 이익뿐만 아니라 스웨덴의 경제성장과 국제경쟁력을 강화하는 활력소가 되었고, 나아가 스웨덴 사회통합의 중추적 역할을 하게 되었다.

스웨덴 노동자들은 자신들만의 행복을 위해 대립물인 자본가들을 궤멸해버린 것이 아니라 자본가를 평등한 협상 대상으로 받아들여 노사 간의 타협을 통해 상호관계를 개선하는 정책을 택했다. 그리하여 노동자와 사용자, 정부의 삼자 간의 상호 협조, 상호 존중, 타협에 입각한 평화적 해결을 통해 국민 전체가 상생하는 복지국가를 이룩했고 이것이 공산주의 확산을 막는 방패였다.

나는 북유럽에서의 노동운동이 볼셰비키가 이룩한 혁명적 사회주의 노선과 의회 민주주의 노선을 지향하는 방향으로 갈라진 것은 인간의 사고 차원의 차이, 즉 일원론적 사고와 이원론적 사고의 차이에 기인한다고 본다.

마르크스가 공산주의 내포를 노동자들만의 낙원을 공통적 속성으로 규정했기 때문에 자본가나 국가권력을 외연 밖의 존재로 치부해 혁명으로 궤멸해야 한다고 주장한 것으로 본다.

나는 일원론적 사고를 하는 사람들에게는 중간지대란 개념이 없어 보인다. 역사발전을 대립물 간의 투쟁으로 가정하면 한 번의 적은 영원한 적이 되는 것이다. 따라서 어느 한쪽이 궤멸할 때까지 투쟁할 수밖에 없다.

나는 공산주의자들이 노동자와 농민들의 희망과 의지를 자의적으로 해석하고 판단하여 미래에 관한 결정을 내리고 자기들만이 구원자가 될 수 있다고 하는 것은 언어도단이라고 생각한다. 이것은 민주주의 정신에도 맞지 않는다. 그리고 개과천선이나 역지사지의 정신으로 대립물 간의 분쟁을 해소하고 상생하는 정신이 끼어들 여지가 없다고 본다.

공산주의자들이 가장 중요시하는 개념이 평등사상이다. 평등사상은 기존의 권위를 타파하고 대중들의 지지를 받기에 적합한 사상이다.

나는 평등사상이 실현되는 과정에도 관성의 법칙이 작용한다고 본다. 불평등한 위치에 있는 사람들이 평등한 지위를 얻기 위한 세력으로 작용하면 상대적으로 우위에 있는 사람들의 지위와 평등한 위치에 도달한 뒤에 그 상태에서 멈추지 않고 역전 현상이 일어나는 것이다.

실제로 지렛대의 물리적인 평형을 수학적으로 계산할 수는 있으나 오차 없이 정확하게 그 위치를 찾기란 불가능에 가깝다.

어떤 정치세력이 평등을 추구하는 힘을 작동하면 그 힘의 방향이 평등한 위치로 상승해 가다가 관성에 의해 두 위치가 평등한 위치에서 멈추지 않고 역전되어 새로운 불평등을 만들게 된다.

나는 레닌의 혁명사상이 노동자나 농민들이 평등한 상태가 되기까지의 혁명방법만 제시하고 혁명 이후에 발생할 수 있는 새로운 불평등에 대한 문제를 간과한 것에 맹점이 있다고 본다.

공산주의 사회에서는 노동자와 농민계급 위에 공산주의 정부와 산하기관에 종사하는 관료계층이 새로운 지배계급으로 등장할 수밖에 없다. 그런데 관료계층 사람들이라고 해서 선천적으로 무욕의 인간으로 태어난 것이 아니다. 그러므로 레닌은 그들의 욕망으로 자행될 수 있는 불평등한 행위를 예상하고 그에 대한 해결책을 제시해야 했다.

대부분 공산주의지도자는 노동자와 농민들의 생활을 향상시키는 것보다 그들 공산주의지도자만이 노동자들의 이익을 대변하고 보장해주는 구세주임을 믿게 하는 일에 더 집착했다.

그런데 스웨덴의 노동운동 방향은 이들과는 달랐다. 스웨덴은 상대방을 협상의 대상으로 보고 상호 간에 발생하는 문제를 역지사지의 입장에서 배려하고 타협을 통해 해결하려고 했다. 그리하여 노동자, 기업, 국가가 각자도생하면서도 상생하는 지혜를 발휘한 것이다.

나는 이것이 동양의 음양의 이치인 상대를 존중하며 역지사지 정신으로 상생할 줄 아는 이원론적인 사고가 아닐까? 하는 생각이 들었다.

그리고 서로가 상생하는 길은 자기가 규정한 내포에 의해 규정되는 외연의 벽을 허물고 상대방의 내포를 인정하고 공동선을 찾아내어 새로운 합의점을 수용하는 외연을 구성하는 것이라 생각한다. 나는 이러한 동양의 전통인 역지사지의 자세가 상생을 중시하는 중용 정신과 맥을 같이 한다고 여겨졌다.

一

격론 激論

학이시습지 불역열호^{學而時習之 不亦說乎}

나는 공산주의를 공부해 나가는 과정에서 점점 공자 선생의 말씀 속으로 빠져들었다. 정말이지 배우고 익히는 과정에 기쁨이 차오르는 것을 몸으로 느끼고 있기 때문이다. 역사와 철학, 종교와 과학을 공부해 나갈수록 뭔가 내가 좇고 있는 그것이 잡힐 듯한 느낌에 순간순간 희열이 차오르는 것이다.

동시에 나는 압박감도 느끼고 있다. 나는 이제 그를 만나 공산주의와 절교해야 할 순간이 다가오고 있기 때문이다. 어차피 그는 오늘도나를 찾아와 마수의 손을 뻗칠 것이 분명하다.

파고들고 또 파고들어 보니 이렇게 허술한 이념인데 도대체 그는 왜공산주의자가 되었을까? 이렇게 겉은 편협하고 속은 극단적인 이념에왜 골몰하게 되었을까? 그가 단지 어리석은 중생이었다면 그럴 수도 있겠다 싶으나 그는 미국에서 공부한 엘리트 중의 엘리트 아니던가.

일면, 그를 이해할 법도 하다. 확증편향이란 말도 있듯이 세상을 살아가는 대부분의 사람들은 자기가 체득한 지식에 확증되어 치우쳐 살아가고 있지 않은가. 그래서 자기처럼 생각하지 않는 타인이 이해가 되지 않고, 그래서 부부가 다투게 되고 사회의 갈등이 일어나고 한 국가 내에서도 이념 투쟁이 일어나고 국가 간 전쟁까지 일어나지 않는가.

현대문명이 발달하면 할수록 이러한 편향적 자기 중심성은 더욱 심해지고 있으니⋯ 어쩌면 나 또한 이 굴레에서 빠져나오지 못한 한 사람일 수도 있을 테다.

문득 조직적 이념이 확증편향을 갖게 되면 무서운 일이 벌어진다는 생각이 들었다. 그 대표적 예가 바로 공산주의가 아니던가. 아마도 그는 더 깊이 공부하다가 이런 모순에 빠져들었을 수도 있겠다.

갑자기 이만성이라는 인물이 떠오르는 건 무슨 까닭일까? 그의 캐릭터는 내가 만나려는 그와 무척 닮았다. 그 때문에 이만성이 떠올랐을까? 그는 이만성이 현수의 고향 선배였던 것처럼 내 고향 선배이기도 하다. 내가 어릴 적 고전면에서 물장구치고 꼬마놀이 할 때 그는 이미 상경하여 서울에서 대학을 다니고 있었다. 그랬기에 나는 직접적으로 그를 몰랐으나 어느 날 그가 갑자기 내 앞에 나타났다.

미국에서 박사까지 공부했다는 사람이 갑자기 고향으로 내려와서는 노동운동인가 뭔가를 한다며 나에게 접근했다. 그때 대학생이었던 그는 방학을 이용해 고향에 와서 봉사활동으로 야학을 운영하고 있었다. 나는 학구열에 불타 그곳에 나갔는데 그가 나에게 유혹의 손길을 뻗쳐온 것이다.

그는 훤칠한 외모에 호감형 인상의 소유자였기에 나는 그에게 빠져들었으며 그가 나에게 주는 책들을 한 권 두 권 읽어나가기 시작했다. 나는 그 책들을 읽으며 공산주의 사상이 이상적이라 생각되었으나 현실적용에는 무리가 있을 것이라는 점도 어렴풋이 느꼈다.

그러던 중 내가 상경하여 대학교에 다닐 때도 그와 인간적으로 친해져 교류를 계속하다가 서울을 자주 오가며 활동하는 그를 따라 그의 지하운동 모임에도 나가기 시작했다.

그러던 어느 날 나는 그가 북한과도 내통하고 있고 북한의 지원까지 받고 있다는 사실을 알고 소스라치게 놀랐다. 그때부터 나는 무조건 그를 떠나야겠다는 마음을 먹고 대학을 졸업한 뒤에 고향 지소로 몸을 피하여 지내던 중 부친의 이야기를 듣게 된 것이었다.

지소마을!

만약 내가 귀향하여 조부 제사 때에 당숙으로부터 아버지의 죽음에 대한 비화悲話를 듣지 못했다면⋯ 어쩌면 그와 함께 여전히 좌익 활동에 가담하고 있었을지도 모르겠다. 아버지의 철천지원수인 북한의 도움을 받는 그를 따라서 말이다. 그런 의미로 나는 그리 처참하게 돌아가신 아버지께 너무 미안하고 조부와 아버지만 생각하면 가슴이 저린다.

한편으로 나는 감사한다. 흔들리는 내 마음을 잡아준 이는 역시 내 아버지뿐이기 때문이다. 조부와 아버지의 이야기를 들으며 나는 드디어 내 마음속 결심을 굳힐 수 있었다. 그동안 나에게는 알고 보면 하잘 것없는 이 이념이 마치 떼어내고 싶었던 껌딱지처럼 달라붙어 떼어낼 수 없었던 것이었는데… 역시 피의 힘은 대단하다.

나는 이제 그 엘리트 선배와 의절하기로 결심했다. 그러나 지금까지 내가 그를 겪어 본 바에 의하면 그의 성격으로 보아 나를 쉽게 포기할 인물이 아니다.

나의 결심을 관철시키기 위해서는 나도 내 나름대로 이론적 무장이 필요했다. 그래서 나는 기회 있을 때마다 진주에 나가면 경상대학교 도서관이나 연암 도서관에 들르거나 서점에 가서 동서양을 막론하고 정치, 사상, 역사 등에 관한 서적을 구해서 읽었다.

어느 무더운 여름날

저벅저벅!

나는 지금 그를 향해 걷고 있다. 내 손에는 그가 좋아하는 술과 안주가 든 봉투가 들려 있다. 내가 중요한 일로 누굴 만나러 간다 하니 고향 어머니가 정성으로 차려준 안주다.

정신적 사상적 무장을 충분히 하였기에 큰 두려움은 없다. 다만, 아직 인간적 의리와 연민의 정이 남아 있어 그것이 마지막 남은 과제다.

나는 멀리 눈앞에 아른거리는 주차장 뒷골목에 있는 낡고 구레한 건물을 보았다. 나는 천천히 그 건물 지하로 내려갔다.

하동군노동위원회!

현판이 달린 곳의 문을 열고 들어가자 그가 검은 소파에 몸을 비스듬히 기댄 채 담배를 피우고 있었다. 나는 그에게 다가가 정중히 인사를 올렸다.

"선배님한테 할 얘기가 좀 있어서 실례를 무릅쓰고 이렇게 찾아뵙게 되었심더."

"아이고, 네가 이 시간에 웬일이고…"

그는 나보다 먼저 손에 든 봉투를 살폈다.

"선배님, 초복도 지내고 해서 선배님이 좋아하는 개게기를 좀 가지왔심더. 어머이가 싸주셨어예. 여름철엔 머라캐 싸도 개게기가 체고지예?"

"후배도 개고기 예찬론자인가 보네."

"옛말에도 있지 않십니꺼? 여름에는 돼지게기는 잘 무야 본전이고, 몸보신 허는 디는 개게기뿐이 읎다 안캅디꺼?"

"그런 말은 나도 자주 들어서 잘 알고 있네만…"

"그거는 옛날 음식물 보관 방법이 발달허지 몬헌 시절에 우리 조상들이 여름에도 안 상허는 게기가 먼지 경험으로 터득헌 지혜 아이겄십니꺼?"

"그런 것도 같네만, 자네 고향에 오더니 사투리가 더 심해진 것 같군. 그려."

"예, 맞십니더. 고향에 오니까 마 저절로 사투리가 나옵니더."

"그래, 할 얘기라는 게 뭐고?"

나는 막상 얘기를 꺼내려고 하니 무슨 말부터 해야 할지 막막해 머

뭉거렸다. 그러자 그가 먼저 선수를 쳤다. 그는 자세를 바로 하더니 그동안 세계의 국제정세와 남한에서 활동하고 있는 공산주의 조직의 활약상에 대해 진부하게 설명하기 시작했다.

바야흐로 국제사회에서 노동자들이 해방되는 세상이 열리고 있으며, 이러한 역사의 변화는 선택의 여지가 없는 필연적인 현실이다. 그러므로 너도 정신 바짝 차리고 비밀 공산당 조직에 가입해서 시대의 흐름에 동참해야 한다. 그리하여 하동군과 조국의 인민을 위해, 나아가 지구 상의 모든 노동자들의 낙원인 공산주의 건설을 위해 활동해 달라고 간곡하게 청했다. 하지만 나는 그동안 그에게 무수히 들어왔던 말이라 그냥 건성으로 흘려들었다.

나는 이미 작심한 바가 있어서 마음을 단단히 먹고 그동안에 생각하고 있었던 내 의견을 말했다.

"선배님의 국제정세 흐름에 대한 고견을 항상 존경하고 있었십니더. 그런디 그동안 제도 공산주의에 관헌 책을 좀 구해 읽음시로 마이 생각해 봤는디요. 실례지만 선배님께 공산주의에 대헌 제 생각을 솔직히 좀 말씸디리도 되겠십니꺼?"

"그럼, 되고말고, 자네와 나 사이에 못할 말이 뭐가 있겠는가? 어려워 말고 말해 보게. 서로 급한 일도 없고 하니 오늘은 밤새도록 이 좋은 안주에 막걸리를 곁들이며 이야기나 나누어 봄세."

"감사헙니더. 제는 오래전부터 제 생각이 다 옳다는 기 아이라 선배님허고 생각의 차원이 다릴 수도 있다는 걸 말씸디리고 싶었십니더."

"생각의 차원이 다르다?"

"예, 제는 그동안 동양의 유학 사상에 관심이 있어서 취미 삼아 유학 서적을 읽음시로 마이 생각해 봤십니더."

"그래서?"

"제가 보기에 서양은 진리를 중히 여기고 진리를 추구허는 학문이나 사상이 발전헌 걸로 봤십니더."

"그러면 그에 비해 동양사상은 다르다는 말인가?"

"예, 그런 거 겉십니더. 동양사상은 진리를 중시험시로 음양의 이치를 바탕으로 상대적인 가치도 중허기 여긴다는 생각이 들었십니더. 그래서 서양사상은 사고 차원이 일원론에 가까운 거 겉고, 동양사상은 그와 더불어 상대적 가치를 고려허는 이원론적인 사고도 중히 여기는 기 크게 다린 거 같았십니더."

"후배는 역시 시골 출신이라 그런지 유학 사상에 관심이 많은 것 같구먼. 현대는 문명이 급속도로 발전하고 있는데 후배는 아직도 낡은 유학 사상에 머물러 있군. 어차피 자본주의는 쇠하고 공산주의가 도래하는 것은 누구도 막을 수 없는 필연적인 역사의 흐름일세."

"선배님은 늘 역사발전의 필연성을 강조허싱지예. 그런디 제 생각에는 역사는 수레바퀴가 굴러가는 것과 유사허다고 봅니다. 제는 역사란 그 시대의 영웅과 사회가 상호작용험시로 발전해 가는 과정 속에 흥망성쇠가 있고, 우연과 필연이 교차하며 발전헌다고 봅니다."

"그래? 후배, 그렇다면 2차 세계대전 때에 그렇게 욱일승천하던 일본도 미국의 원자탄 몇 발에 무조건 항복했지 않은가? 그것이 물질문명의 위력이고, 그러한 문명의 발전은 막을 수 없는 현시대의 추세일세.

한번 보게나. 지금 소련과 중국에서 공산주의가 성장을 거듭하고 있고, 세계각지로 그 확장세를 더해가고 있지 않은가?"

"선배님 말씸은 지금 소련과 중국에서 공산주의가 발전헌 기 마르크스의 주장대로 물질문명의 발달에 종속해서 필연적으로 일어난 역사적 흐름으로 본다 이 말입니꺼?"

나는 그동안 공산주의에 대해 나름대로 공부한 것이 있어서 바로 이론적인 논쟁에 돌입했다. 아마 선배도 그런 논쟁을 기대하고 있었을 것이라 짐작했다.

"그렇지, 그것이 확실한 역사적인 추세이고 현실일세."

"그러모 공산주의 혁명이 왜 자본주의로 발전허지도 몬헌 농업국인 소련과 중국서 먼첨 일어난 깁니꺼? 그거는 마르크스의 공산주의 발전 이론허고 안 맞는 거 아입니꺼?"

그는 자기 의견을 굽히지 않고 계속 말을 이었다.

"후배, 그러면 프랑스의 대 수학자이자 과학자인 라플라스라는 사람을 아는지 모르겠네."

"지난번에 선배님을 서울서 만났을 적에 한 번 들어 본 거 겉기는 헙니더만…"

"그는 우주 만물의 현상은 정확한 수치만 주어지면 뉴턴의 운동법칙으로 모든 현상의 미래를 예측할 수 있다고 주장했네. 이 말은 과학적인 측면에서 보면 미래에 일어날 모든 현상은 현재 우리가 단지 모르고 있을 따름이지 이미 어떤 법칙에 의해 결정되어 있다는 걸세. 마찬가지로 나는 역사의 흐름도 과학적으로 충분히 예측할 수 있다고 보네."

"제 생각에는 과학이 아무리 발전헌다 해도 미래의 역사를 완벽허기 예측헐 수는 읎다고 봅니다."

"후배는 아직도 역사의 흐름을 유학적인 관점에서 해석하기 때문에 최신 과학에 근거해서 역사발전의 방향을 예측한 것을 믿지 못하는 것일세."

"선배님, 제는 유학이 서양과학보다 훌륭헌 학문이라고 주장허지는 않겄십니다. 단지 제는 과학이론에도 한계가 있고 불확실성이 존재한다는 거를 말씀드리는 깁니더."

"그런가? 그렇다면 쉽게 말해서 해가 뜨고 지는 현상을 두고 말해봄세. 서양과학이 우리나라에 들어오기 전까지 동양의 유학자들이 지구의 자전으로 이런 현상이 일어나는 사실을 알고 가르친 사람이 어디 있었는가? 그런 것이 현실적으로 존재하는 유학과 과학의 부정할 수 없는 차일세."

"제도 그 점은 인정헙니다. 그렇다고 해서 현재의 과학이론이 삼라만상의 모든 현상이나 법칙을 완벽허고로 설명헐 정도로 발전했다고 보지는 않십니다. 제가 알기로는 과학은 지금도 발전허고 있고, 앞으로도 발전헐 분야가 얼마든지 열려 있다고 봅니다."

"그래? 그렇다면 자네는 현재 과학의 아버지를 누구라고 알고 있는가?"

"뉴턴으로 알고 있십니다."

"자네도 알면서 자꾸 답답한 이야기만 늘어놓는가? 그러니까 내 말은 현시점에서 가장 발전된 과학이론을 근거로 이야기하자는 것일세."

"제는 현대에 이르러 과학은 뉴턴 물리학 이상으로 발전하고 있다고 알고 있십니더."

"아인슈타인의 상대성이론을 두고 하는 말인가?"

"그것뿐이 아입니더."

"또 다른 과학이론이 발표되기라도 했단 말인가?"

"예. 그렇십니더. 선배님은 혹시 최근에 발표된 보어의 '양자이론'에 관한 서적을 읽어 보신 적이 있십니꺼?"

내 말에 그는 항상 공산주의 이론에 대한 자부심을 가지고 이야기하던 자신에게 생소한 '보어'의 '양자이론'이란 말을 들어서 그런지 약간 긴장된 표정을 지으며 말했다.

"대충은 알고 있네만 나는 화학을 전공해서 양자이론에 대해 깊이 있게 알지는 못하네."

"선배님헌티 생소한 이론에 관해 이야기 허는 기 실례인 거 겉기는 헌디요. 제가 그에 대헌 이야기를 좀 해도 되겠십니꺼?"

"후배, 자네는 생각보다 쉽지 않은 상대구먼. 자네는 과학을 전공하지도 않았으면서 벌써 그런 과학서적까지 다 구해서 읽었나? 그래, 양자이론이 어떤 이론인지 한번 들어나 보세."

"감사험니더. 제가 읽은 보어의 양자이론에 의하면 미래의 상태는 오직 확률적 예측만이 가능허고, 결정론적인 과학적 사고를 전면 부정했십니더."

"그런 이론도 있었는가?"

"예, 이 이론에 따르면 우연 또는 확률, 즉 예측 불가능성이 우주를 지배허고 있다는 기지예. 그런디 제는 만약 마르크스가 뉴턴 물리학뿐만 아니라 이런 양자이론이 있다는 거를 알고 '자본론'을 저술했이모 역사를 필연적, 결정론적으로 발전헌다는 주장을 했을까? 허는 의구심이 들었십니더."

"글쎄, 나는 그런 이론은 생소한지라 뭐라 할 말이 없네그려."

"선배님, 제는 최신 과학이론이 급속도로 발전허고 있고 그 영역도 확장을 계속해가고 있다고 봅니더. 그래서 현대에는 마르크스의 유물론보다 과학의 세계를 더 폭넓게 받아들이고 해석해서 미래를 개방적인 입장에서 예측허는 기 옳다고 생각헙니더."

"그래, 미래의 세계를 예측할 때는 개방적인 자세가 중요하기는 하지."

그는 내가 마르크스의 유물론보다 더 최신 과학에 근거해서 미래를 개방적인 자세로 예측해야 한다고 주장하자 할 말이 궁했는지 억지로 내 말에 수긍하는 눈치였다. 그는 잠시 침묵했다. 나는 그의 눈치를 보아가며 천천히 말을 이었다.

"제가 너무 아는 체를 해서 죄송헙니더. 선배님도 언제 한번 기회를 봐서 보어의 양자이론을 읽어 보시모 좋겠십니더."

"그래, 어디 시간이 나면 한번 읽어 보기로 하지. 한데 자네가 과학지식에 대해 그렇게까지 깊이 있게 알고 있는 줄은 미처 몰랐군. 정말 놀라우이."

"죄송헙니더."

"그러고 보니 우리가 너무 토론에 열중한 모양일세. 일단 술이나 한잔 들고 이야기를 나눔세."

그는 현재까지 그가 신앙처럼 굳게 믿고 있던 과학적 유물론에 대해 내가 자기에게는 생소한 최신 양자이론을 근거로 비판을 가하자 술잔을 들자고 하며 화제를 돌렸다. 우리 둘 사이에 약간 어색한 분위기가 흘렀다. 나는 무조건 밀어붙이다가 분위기를 깰까 봐 그와 조심스레 술잔을 주고받으며 일상적인 대화에 열중했다. 밤이 깊어 가자 얼근히 술에 취해 농담을 나눌 정도로 분위기가 무르익어 갔다.

이때다 싶어 나는 화제를 바꾸었다.

"성님, 오늘이 복날이지예? 오늘이 와 복날인지 혹시 알고 계십니꺼?"

나는 지금까지 그를 선배라고 깍듯이 존칭을 쓰다가 술기운에 경상도 사람들이 호감을 나타낼 때 쓰는 호칭인 '성님'이란 말이 나도 모르는 사이에 튀어나왔다.

"자네도 알다시피 나는 동양전통에 관심을 놓은 지가 오래되어서 잘 모르겠네. 거기에도 무슨 의미가 있는가?"

그는 내 말에 관심을 가지는 척하며 말을 받았다.

"복날이라 쿨 때 '복伏' 자가 엎디릴 '복伏' 자 아입니꺼?"

"그런가?"

"제도 서울에 있일 때 오행을 아는 친구헌티 들은 이야긴데요. 오늘을 복날이라 쿠는 이유는 여름이 가고 가을의 음기가 다가오기는 했으나, 아직 뜨거운 여름의 양기에 눌려 엎드려 있는 형상이라 캅디더."

"그렇군."

"선배님, 심심허닝깨로 노느니 염불헌다 생각허시고 제 이야기를 한번 들어 주실랍니꺼?"

"그래, 지금까지는 내가 자네한테 주로 이야기를 많이 했으니까 품앗이라 생각하고 자네 이야기를 한번 들어 봄세."

"고맙십니다. 그러닝깨 복날의 '복伏' 자는 가을의 금金의 기운이 하늘에서 대지로 내려오다가 아직 여름의 더운 기운이 강렬허기 땜에 제압당해 복종屈伏허고 있는 형상이라고 헙디더."

"그런가?"

"예, 그라고 여름의 불기운에 가을의 쇠金 기운이 세 번 굴복헌다는 뜻으로 복伏 자를 세 본 써서 열흘 간격으로 '초복初伏', '중복中伏', '말복末伏'을 '삼복三伏'이라 헌다고 허네요."

"자네, 요새 오행에도 관심이 많나 보네."

"친구헌티 들은 풍월이지예. 그런디 복날을 '십간++' [2] 중에 '경庚'일로 삼은 거는 별을 뜻하는 '경庚'은 오행으로 볼 때 속성상 약헌 '금金'에 해당허고, 계절로는 '가을'을 상징허기 땜에 금의 기운이 내장된 '경庚'일을 복날로 정해 몸보신을 해서 더우를 이기라 카는 거랍니더."

"그러면 자네가 한 말대로 '경庚'이 서늘한 가을을 뜻한다면 여름의 더운 열기를 이기기 위해서는 뜨거운 개장국을 먹어야 할 게 아니라 시원헌 음식을 먹어야 이치에 맞는 것 아닌가?"

"그렇긴 허지예, 그런디 제가 보기에는 거기에도 조상들의 지혜가 들

---

[2] 갑을병정무기경신임계(甲乙丙丁戊己庚辛壬癸)의 10개의 천간

어있지 않나 카는 생각이 듭니더."

"그래? 그게 뭔가?"

"예, 상대편 세력이 강헐 때는 겁을 묵고 피헐 기 아이라 오히려 심으로 강력허게 맞서야 헌다는 깁니더. 덥다고 시원헌 음식만 찾을 기 아이라 몸보신을 해서 건강을 길러 갖고 열은 열로써 물리쳐야 헌다는 '이열치열以熱治熱'의 적극적인 자세를 가지라는 기지예."

"그러고 보니 그 말도 일리는 있어 보이네만. 과학적인 근거는 좀 부족해 보이는구먼."

"그럴 깁니더."

그의 대답이 아쉽기는 했지만, 맞장구를 쳐 주니 나는 더욱 신이 나서 열변을 계속해갔다. 어느 순간부터인지 이야기가 거듭될수록 내가 화제를 주도하고 있다는 생각이 들었다.

나는 예전부터 그에게 꼭 말해 주고 싶었던 상생의 가치에 관한 이야기를 꺼냈다.

"성님, 제가 좀 전에 오행으로 복날의 의미와 날짜를 정했다 허지 않았십니꺼? 그런디 제는 이 오행의 핵심 사상을 상생의 정신이라 보는디요. 그에 대해 말씸을 좀 디리도 되겠십니꺼?"

"그래, 말해 보게."

"동양 사상가 중의 한 사람인 노자의 〈도덕경〉에 '유무상생有無相生'이란 구절이 나오는디요."

"유무상생? 그건 처음 들어 보는 말인데…"

"예, 이 말은 '있음'과 '없음'이 서로 함께 험시로 대화허는 정신이 '상생'이라는 기지예. 이것이 모든 것을 이분법적인 사고로 선악을 판단허는 서양사상과 큰 차이라고 봅니더."

"'있음'과 '없음'이 서로 대화한다? 그건 좀 허무맹랑한 말이 아닌가?"

그는 최신 과학과 논리적 근거에 따라서 정립한 훌륭한 공산주의 사상을 비과학적인 동양사상으로 비판하는 것이 아니꼬웠던지 내가 하는 말을 폄하해서 말했다.

"그래도 중 염불 듣는 셈 치고 제 이야구를 한번 들어 보실랍니꺼?"

"꼭 하고 싶으면 말해 보게."

그는 그런 말에는 별 관심이 없다는 듯이 건성으로 대답했다.

"예, 고맙십니더. 옛날 중국의 '음양오행설'에서는 '상생相生'을 '음陰과 양陽의 조화調和'로 보는 거 겉십니더. 그중에서 '음陰'의 기운은 '물과 같은디 그 기운이 위로 올라가서 하늘에 구름이 되고, '양陽'의 기운은 '불'과 같아서 그 기운이 아래로 내려와 구름을 비로 내리게 허고, 여기에 더하여 아래로 내리쬐는 '햇볕'의 작용으로 순환하는 과정을 통해 서로 '조화調和'를 이룬다는 기지예."

"서로 조화를 이룬다?"

"예, 그곳에서 만물이 소생허고 생장험시로 '상생'헌다는 사상입니더."

"그러니까 자네 말은 음과 양의 기운이 조화를 이루어야 만물이 소생한다는 뜻인가?"

나는 그가 내 말에 관심을 기울이는 느낌이 들어 더욱 진지하게 말했다.

"예, 그렇십니다. 그라고 또 동양에서는 삼라만상의 세계를 '음양陰陽'과 '오행五行'의 세계관을 토대로 '팔괘八卦'로 나타내기도 헙니다."

"그래? 그것은 점괘를 말하는 것 같은데 하필이면 왜 '팔괘'인가?"

"그거는 태극에서 음과 양이 나오고 이걸 둘로 나눈 것을 '사상四象'이라고 허고, 또 이거를 다시 양분허모 2×2×2=8이 데서 '팔괘八卦'가 된다는 기지예."

"그래? 그런데 어떤 사람은 '64괘'로 점을 친다고 하던데 '64괘'는 또 뭔가?"

"예, 그거는 후세 사람들이 '팔괘八卦'를 점술로 쓸라고 '상괘上卦'와 '하괘下로卦'로 나누고 또 그거를 조합해서 '64괘'로 맨딜았다고 헙니더."

"내가 듣기에는 '팔괘'나 '64괘'나 비과학적인 사실에 근거한 것들이어서 모두 헛소리로밖에 안 들리네."

"그럴 낍니더. 그래도 제는 오행의 정신인 상생의 중요성을 밀씸디리고 잡아서 허는 말입니더."

"그래, 계속해 보게."

"그러닝깨로 주역에서는 인간과 자연의 존재양상과 변화의 체계를 한 가지 진리로 파악헐라고 헌 기 아이고, 음양의 이치로 여러 가지 사물의 변화를 예측허고 길흉吉凶을 점치는 방법을 찾으려고 했던 기지예."

"길흉을 점친다? 허, 참."

그는 내 말이 한심하다는 듯이 말했다.

"예, 그런디 여기에는 음양의 조화를 강조헌 괘卦 중에서 최고로 길吉

허다는 '길괘吉卦'가 있십니더."

"그것이 무슨 괘인가?"

"예, 그거는 '겸괘謙卦'입니더. 이 '겸괘謙卦'는 덕德의 중심을 상징허는 괘닙니더."

"그렇다면 덕의 중심이 상징하는 것이 무엇인가?"

"이 '겸괘謙卦'를 산에 비유해서 설명드리모 '곤상간하坤上艮下' 형상의 '겸괘謙卦'가 뎁니더. 이 뜻은 우에는 땅을 의미허는 '곤坤'괘인 '☷'괘가 있고, 밑에는 산을 의미허는 '간艮'괘인 '☶'괘가 겹치서 '지산겸地山謙괘'인 '겸(☷)괘'가 됩니더. 이거는 천지天地와 상하上下의 위치가 뒤바뀐 형상이지예."

"허 참, 천지의 상하가 뒤바뀐다?"

"예, 그런디도 두 괘가 상대를 서로 멸하려 허지 않고 상생헐라 쿠는 겸손謙遜의 미덕을 갖춘 괘라 해서 젤 좋은 길괘吉卦로 여기지예. 너무 이야기가 질어서 죄송헙니더."

"그러면 나머지 63개의 괘는 안 좋은 괘란 말인가?"

"꼭 그런 건 아이지예. 나머지 괘도 각자 길흉화복吉凶禍福의 의미를 지니고 있지만, 겸괘 보담은 상생의 정신이 덜허다는 기지예. 그래서 나머지 괘도 나름대로 의미가 있다는 깁니더."

"과학이란 확실하고 단순명료해야지 내가 보기에는 점괘니 상생이니 하는 것은 애매모호하고 비과학적인 낡은 유교 잔재 같네."

"그기 성님과 제 생각의 차이라고 봅니더. 제는 아까 말헌 보어의 주장대로 최신 과학의 세계에도 불확실성의 이론이 존재허는디 음양오행설과 같은 사상적인 분야의 불확실성을 구태여 부정헐 필요는 없다고 봅니더."

"허, 참, 또 그 보어라는 과학자 이야긴가? 나는 하찮은 점괘와 같은 비과학적인 사상을 과학이론에 결부시키는 자네가 한심할 뿐이네."

내가 계속하여 보어의 양자이론을 예로 들며 집요하게 내 주장을 굽히지 않자 그는 불쾌감이 들었는지 인상을 찌푸렸다. 나는 아차 실수했다 싶어서 입을 다물었다. 잠시 어색한 분위기가 흘렀다.

짧은 침묵을 먼저 깬 사람은 오히려 그였다. 그 역시 하수는 아니었다. 그는 오히려 이번 기회에 나를 설득시키려고 작정했는지 조용히 대화를 이어갔다.

"자네가 상생의 중요성을 강조하는 이유는 잘 알겠네. 하지만 그런 상생의 정신이 현대와 같이 과학 문명이 발전하고, 정치세력 간의 이념 분쟁이나 국가 간의 전쟁이 끊이지 않고 있는 국제사회에서도 통하리라 보는가? 몇십 년 전까지만 해도 온 세계가 영, 미 중심의 연합국과 독, 일, 이태리의 추축국으로 갈라서서 제2차 세계대전을 벌이지 않았는가?"

"허지만 현재 국제사회에서는 2차 세계대전에서 승리헌 연합국을 중심으로 전쟁을 막고 세계평화를 위해 국제연합을 만들어서 활동허고 있다 아입니꺼? 그래서 제는 오히려 현대와 같이 국제관계가 분열과 반목을 거듭하는 복잡한 상황에서 상생의 정신이 더 중요해졌다고 봅니더."

"그래, 자네가 상생의 정신을 얼마나 중히 여기는지는 알겠네. 그런데 국제연합의 활동이 성공적으로 이루어져서 세계평화가 온다고 해도 물질문명은 더욱 발전할 것이고, 그리되면 인류의 미래는 필연적으로 공산주의로 발전하게 되어 있다는 것을 왜 모르는가?"

그는 계속해서 자기주장을 굽히지 않고 강변하고 있었다. 나는 잠시 분위기를 식히는 것이 좋겠다는 생각이 들어서 그에게 술을 권하며 말했다.

"성님, 제가 심중에 있는 말을 허다 보니까 고마 잔소리가 좀 길어지고 말았네예. 성님, 제 말을 좀 잘 이해허시고 술이나 한 잔 더 자시고 이야기를 계속헙시더."

그는 마지못해 자세를 고쳐 앉으며 내가 권하는 술을 받아 마셨다.

나는 평소에 노동자를 위한 공산주의 건설이 현실적으로 가능한지에 대한 의구심을 가지고 있었다. 나는 이번 기회에 그 가능성에 대한 선배의 확실한 의견을 구하고 싶어서 다시 질문을 던졌다.

"성님은 공산주의는 자본가가 독점허던 잉여가치를 노동자들이 공유허는 평등헌 사회라고 했지예?"

"맞네만."

"그런디 제는 과연 노동자들만의 평등헌 사회 건설이 가능헐까? 허는 의문이 들었십니더."

"어떤 의문이 들었단 말인가?"

"그러모 제가 공산주의 사회를 식물이 자라는 숲에 비유해서 말씀드리도 괜찮겠십니꺼?"

"그래, 말해 보게."

그는 내 말에 대한 역공의 기회를 잡으려고 그러는지 자세를 고쳐 앉으며 진지한 태도로 경청했다.

"비교적 강수량이 적은 지역의 어느 숲에 여러 식물이 생태계를 이루어 공존, 공생허고 있었는디요. 제는 그 숲에서 자라는 키 큰 나무를 자본가에 비유허고, 키가 작은 나무를 노동자에 비유해 보겄십니더."

"비유가 그럴 듯 허네."

"그런디 언젠가부터 이 숲에 갑작스러운 기후변화로 강수량이 늘어나게 되어 생태계에 큰 변화가 일어났다고 칩시더."

"그래, 무슨 말인지 알겠네. 계속해 보게."

"그로 인해 키 큰 나무는 풍부해진 강수량의 영향으로 크게 자라 나뭇가지를 사방으로 뻗어 햇볕을 가려서 작은 나무가 자라는데 큰 방해가 뎄다 칩시더."

"그렇겠지."

"그런 경우에 키가 작은 나무들이 평등허기 잘 살기 위해 키 큰 나무들을 베 내삐야 헌다는 기 공산주의 이론허고 비슷허지예?"

"비슷한 현상이라 할 수도 있겠네."

"그런디 제는 이런 경우에 몇 가지 의문점이 생깁니더."

"그게 뭔가?"

"그 숲에는 키 작은 나무보담 더 키가 작은 나무나 잡초가 그 밑에 또 살고 있었을 거 아입니꺼?"

"그야 그렇지."

"그런 경우에 키 큰 나무를 베내고 나모 이제 키 작은 나무는 햇볕을 새로 많이 받아서 잘 자라게 되었지예. 그래도 여전히 키가 더 작은 식물과 잡초는 예전처럼 햇볕을 못 받고 살 거 아입니꺼?"

"그래서?"

"그러니까 인제 키 작은 나무들이 입장이 뒤바끼서 가해자가 되고, 그 밑에 살던 식물이 피해자가 된다는 기지예."

"공산주의 사회에서는 어떤 경우에도 피해자가 없는 평등한 세상을 만들자는 것일세."

"제가 숲의 나무를 예로 든 것은 공산주의가 아무리 잉여가치를 평등허기 공유헌다 해도 이익을 보는 사람이 있이모 손해 보는 사람도 있다고 봅니더. 그런디 그거를 어떤 조건에서도 잉여가치를 인위적으로 공평허기 나누는 기 가능허냐 이 말입니더."

"나는 얼마든지 가능하다고 보네."

"그렇십니꺼? 그러모 공산주의 사회에서 경우에 따라 잉여가치가 발생허지 않는 악조건에서 일허는 노동자도 있일 거 아입니꺼?"

"구체적인 예를 들어 보게."

"예를 들모 생산가도 안 되는 값싼 석탄을 생산헐라꼬 지하탄광에서 석탄 분진을 마심시로 일하는 노동자들이나 혹한의 얼음 바다에서 어획량을 늘릴라꼬 값싼 물고기를 잡는 어부들도 있을 거 아입니꺼?"

"그래서…"

"공산주의 사회에서는 그런 노동자들도 평등헌 대우를 받을 권리가 있는 기지예?"

"당연히 노동자들은 모두 평등한 대우를 받고 살아야지."

"그러모 잉여가치를 생산허지 몬헌 광부나 어부들헌티는 누구의 잉여가치를 떼 와서 그들헌티 배분해 주느냐 이 말입니더."

"그러한 악조건의 노동환경에서 일할 노동자들은 따로 정해져 있네."

"예! 그런 노동자도 있십니꺼?"

나는 그의 대답이 너무 예상 밖이라서 깜짝 놀라 되물었다.

"있네. 그들은 변증법에서 '정'의 내부적 모순인 '반'에 해당하는 자들일세."

"도대체 그런 사람들이 누군디예?"

"예를 들면 자본가나 그들을 옹호하는 국가권력에 종사했거나 타락한 부르주아 사상으로 공산주의 사상을 부정하고 위대한 프롤레타리아 최고지도자에게 충성하지 않는 자들이 있지 않은가?"

"예. 공산주의의 반동분자 말입니꺼?"

"그렇다네. 먼저 악조건의 노동현장에 수용소를 만든 뒤에 반동분자들을 그곳에 보내 노역을 시키면 되는 것일세."

나는 그가 대화 중에 평등한 공산주의 사회에서 프롤레타리아 지도자를 위대한 지도자라는 존칭을 쓰는 것을 보고 그가 얼마나 공산주의 사상에 깊이 빠져 있는지를 알 것만 같았다.

나는 코민테른 강령에 프롤레타리아 독재 조항을 포함시킨 것을 보고, 평등한 노동자를 위한다는 공산주의 사회에 왜 독재자가 필요한지에 깊은 회의감을 가지고 있었다.

나는 그가 공산주의 사상에 너무 심취한 나머지 공산주의 독재자를 기독교의 하나님에 버금가는 구세주로 과대평가하는 몽상가가 아닌가 하는 의구심이 들었다. 왠지 그러한 그에게서 환멸감마저 느꼈지만, 내색은 하지 않고 대화에 충실했다.

"성님, 그런 방법은 변증법 논리대로라면 '정'의 모순을 털어내는 기아이라 오히려 그 모순을 활용허는 거 겉은디요?"

"뭐, 활용한다? 변증법에 그런 논리는 없네."

"그러니까 반동분자들은 모순에 해당허는 사람들이기 땜에 썩은 보리 씨앗처럼 궤멸해서 없애버려야 헐 대상 아입니꺼?"

"당연하지."

"그런디 노동자들이 악조건에서 해야 헐 일을 반동분자들이 대신해 도움을 주었으니까 오히려 활용헌 거 아입니꺼? 그래서 제는 그들도 당연히 평등허기 노동자 대우를 받아야 헌다고 봅니더."

"그들은 투쟁해서 궤멸해야 할 대립물에 불과하기 때문에 그런 대접을 받을 자격이 없는 자들일세. 오히려 그런 곳에서 일하며 살아 있는 것만 해도 감지덕지해야 할 자들일세."

"그러니까 달리 말해서 그들은 사상이 불손하다는 이유로 노동자들의 또 다른 피해자가 된 거 아입니꺼?"

"모순을 극복해서 궤멸해야 할 대상이 피해자로 둔갑할 수는 없는 것일세."

"제 생각에는 자본가도 망허모 노동자가 될 수도 있고, 또 공산주의 사상에 반대허는 사람도 잘 교화시키모 얼마든지 공산주의에 충성헐 수 있다고 보는디요."

"토마토가 썩는 현상과 같은 질적인 변화를 일으키는 것이 곧 혁명일세. 그런 사람들은 보리 씨앗이 썩은 부패물과 같은 존재에 불과하기 때문에 영원히 구제할 대상이 될 수 없는 자들일세."

"결국, 공산주의 사회에는 개과천선이란 있을 수 없는 기네예. 그라고 모순에 해당허는 사람의 생명도 썩은 보리 씨앗에 불과헌 기고요?"

"이 사람아! 어찌 노동자들의 낙원을 고통 없이 만들 수 있겠는가?"

그는 결의에 찬 어투로 공산주의 건설의 당위성을 강조했다. 그러면서 그는 내가 잉여가치를 생산하지 못하는 일에 종사하는 노동자의 예를 들어 평등논리의 허점을 비판한 데 대한 반박할 논리를 찾지 못했는지 잠시 침묵했다.

나는 이어서 공산주의 국가를 건설한 이후에도 노동자들의 평등한 사회가 유지할 수 있는지에 대해 키 작은 나무에 비유해서 질문했다.

"성님, 곤란헌 질문을 자꾸 드리서 제송헙니다. 그런디 제는 공산주의를 키가 작은 나무들만 평등허기 살게 된 세상에 비유했을 경우에 또 다린 의문점이 있십니더."

"그것이 무엇인가?"

"키가 작은 나무들끼리 자라면서 서로 가해자와 피해자가 되지 않을라 쿠모 모두 키가 똑같이 자라야 허는디 그기 현실적으로 가능허냐는 깁니더."

"그런 경우는 대밭을 보게. 대나무들끼리 경쟁하면서도 키기 비슷하게 자라서 그림자로 인해 서로 가해하는 경우는 없지 않나?"

"대나무는 죽순이 거의 같은 시기에 나오기 땜에 그렇지만 대부분의 생태계에서는 같은 종끼리도 싹트는 시기와 생장 속도의 차이로 인해 생존경쟁에 실패해서 폐사허는 식물도 많다고 봅니다. 공산주의 사회에서도 이런 현상이 일어나지 않는다고 보장헐 수 있을까예?"

"자네는 아무리 공산주의 사회라고 해도 장기간의 세월이 흐르면 노동자들 간에도 소득 차가 날 수밖에 없다는 말을 하고 싶은 모양인데 공산당에서 철저히 소득분배를 하기 때문에 그런 것은 별문제 될 게 없다고 보네."

"잘 알겠십니다. 노동자들의 평등헌 소득분배는 잘 시행허모 어느 정도 가능허리라 봅니다. 그런데도 제는 또 다른 문제가 있다고 봅니다."

"또 무엇이 문제인가?"

"공산주의 국가도 나라를 경영허기 위해서는 잉여가치를 인민에게 공평허기 배분허고, 노동자를 작업조건이 다른 현장에 배치허거나 고급 기술자를 배정허는 등의 일을 처리허는 관료조직이 필요헐 거 아입니까?"

"그야 그렇지."

"그라모 공산주의 사회에서는 노동자들과 관료조직에 종사허는 사람들의 수익을 평등허기 분배허는가요?"

"내가 알기로는 차등이 있다고 알고 있네."

"그렇다면 그 점이 공산주의 사회에서도 불평등헌 계층이 존재헌다는 증거 아입니꺼?"

"그렇지만 공산당원이나 관료조직에 종사하는 사람들은 누구보다 노동자와 당에 대한 강한 충성심으로 과업을 수행하기 때문에 그 정도의 대접은 받아야 한다고 보네."

"성님은 지금꺼지 공산주의 사회는 누구나 평등허다고 그렇게 강조허지 않았십니꺼? 그런디 공산주의 사회에 그런 불평등헌 계층이 존재헌다는 것은 논리적으로 안 맞는 말 겉은디요."

"공산주의도 나라를 잘 경영하기 위해서는 공산당에 혼신을 바쳐 충성하는 열성 당원을 우대해야 하는 것일세."

"그렇십니꺼? 그런디 관료들도 사람인디 그들이 노동현장에 인원을 배정허거나 잉여가치를 배분허는 과정에서 파생되는 부수적인 이권이 발생헐 수도 있는 거 아닙니꺼?"

"걱정도 팔잘세. 그래서?"

"그런 경우에 아무리 충성심이 강헌 관료라 해도 비밀리에 이권을 챙기려는 유혹에 빠질 수도 있는 거 아닙니꺼?"

"이 사람아. 내가 단연코 말하는데 공산주의 국가에서 자네가 염려하는 그런 관료는 있을 수 없네. 공산주의 국가에서는 당에 충성하는 열성 당원들만 관료가 될 수 있기 때문에 자본가들과 같은 사악한 욕망을 가진 사람은 없단 말일세."

"그들도 다 자본가들과 똑같은 인간인디 어찌 인성에 그런 근본적인 차이가 있을 수 있단 말입니까?"

"그것은 자네가 아직 공산주의지도자나 당원들의 당에 대한 충성심을 잘 몰라서 그러는데 설령 그들이 그런 유혹에 빠진다 해도 수시로 자아비판을 해서 새로운 결의를 다지기 때문에 그런 우려는 기우일 뿐이네."

그는 자아비판이란 말을 하면서 마치 지금 자기가 자아비판이라도 하는 것처럼 진지한 표정을 지었다.

"마르크스는 욕망에 가득 찬 자본가의 사악한 본성은 교화가 불가능허기 땜에 궤멸해야 헐 대상으로 취급했다 아입니꺼? 그런디 공산주의 관료도 사람인디 어떻게 자아비판을 헌다고 인성이 완전히 달라질 수 있다는 깁니꺼?"

"자네는 공산주의지도자들의 충성심을 과소평가하고 있는 것 같네. 공산주의 국가의 관료나 당 지도자는 혹독한 자아비판을 통해 사리사욕에 대한 자기 절제를 할 수 있고, 당에 대한 열렬한 충성심으로 무장한 열성 당원만이 될 수 있지. 따라서 열성 당 지도자들의 충성심은 의심할 여지가 없다네."

"제는 자아비판으로 충성당원의 인성이 자본가와 달라질 수 있다는 성님의 주장을 믿기도 에롭지만 그 말씸은 마르크스가 그렇게 배격했던 관념론적인 주장으로밖에 안 들리는디요."

"…"

내가 자아비판에 대한 신빙성을 관념론을 예를 들어 의문을 제기하자 그는 자기주장을 뒷받침할 유물론적인 증거를 찾지 못했는지 잠시 침묵이 흘렀다.

나는 선배가 사람 인격에 대해 이분법적인 사고와 이중적 시각을 가지고 있다는 것을 이제야 알게 되었다. 나는 지금까지 존경했던 그에 대한 지식인으로서의 권위와 이미지에 신뢰가 무너지는 것 같았다. 나는 몇 번이고 쓴 입맛을 다시고 나서 술잔을 들이켰다.

　나는 그가 즐겨 인용하는 진화론으로 공산주의 사회의 일률적인 평
등보다 다양한 계층의 사람들이 어울려 사는 공동사회의 장점을 공생
관계를 예로 들어 제시했다.
　"성님, 제는 키 작은 나무들이 키 큰 나무를 베내지 않고도 서로 공
생허는 방법이 있다고 봅니더."
　"과연 그게 가능할까? 그래, 어디 말해 보게."
　"예, 예를 들모 키 작은 나무들이 그늘진 환경에 적응허기 위해 진화
헐 수도 있고, 아니면 씨앗을 자기 종이 살 수 있는 숲 밖으로 멀리 날
려 보내서 다른 장소에서 살 수도 있다고 봅니더."
　"자네가 든 비유에 대해 이해는 가네. 그런데 그러한 식물의 유전적
변이는 긴 세월이 필요하지 않겠나? 내가 하는 말은 노동자들이 어떻
게 그렇게 긴 세월 동안 고통을 참고 기다릴 수 있겠느냐는 것일세."
　"그거는 잘 알겄십니더. 그런디 실제 생태계에서 식물은 독자 식생허
는 기 아이고 주위의 여러 동식물과 상호작용을 험시로 공존 공생하
고 살지 않십니꺼? 제는 그 생태계를 건강하게 살릴라 카모 자연도태
현상을 잘 유지, 보존되도록 허는 기 중요허다고 봅니더."
　"다윈의 적자생존을 두고 하는 말인가?"
　"그렇십니더. 어떤 종이 악조건에 처하게 되더라도 스스로 환경 적응
능력을 길러 다린 종과의 생존경쟁에서 살아남아야 자기 종을 보존하
면서 건강헌 생태계를 유지허는디 도움이 된다고 봅니더."

"자네는 악조건에 처한 식물의 종을 노동자에 비유한 것인가?"

"예, 그렇습니다."

"그렇다면 자네는 자본가들에게 핍박받아 굶주리다 못해 인간성마저 상실해 가는 노동자들의 고통을 잘 알고 있지 않나?"

"예, 잘 알고 있습니다. 그렇지만 제는 어느 한 종이 독자 생존허다가는 다른 종과 생존 경쟁헐 기회를 갖지 못해서 자생력이 더 약해진다고 봅니다."

"자네는 결국 노동자들과 자본가가 공생관계를 유지하는 것이 서로에게 도움이 된다는 말을 하고 싶은 게로군."

"예, 제는 자본가뿐만 아니라 노동자들끼리도 서로 경쟁하는 것이 그렇게 나쁘지 않다고 생각헙니다."

내가 식물의 공생관계를 예를 들며 공산주의를 비판하자 그는 노동자가 자본가와 공생한다는 말에 동의할 수 없었는지 묵묵부답이었다.

그는 잠시 뭔가를 생각하더니 동물 생태계의 예를 들어 공산주의의 정당성을 주장했다.

"내 생각에 자네는 아무래도 노동자들이 고생하는 혹독한 노동현장의 실태를 제대로 파악하지 못하고 있는 것 같네. 내가 이런 현실에 맞는 다른 경우를 예로 들어 보겠네."

"말씸해 보시지요."

"나는 자본가를 사자에, 노동자를 토끼에 비유해서 설명해 보겠네."

"예. 무슨 말씀인지 알겠습니다."

"자네는 토끼와 사자가 한 초원에서 같이 살 수 있다고 보는가?"

"물론 토끼와 사자가 한 초원에서 딱 두 마리만 산다면 토끼가 잡혀먹히겠지요. 그렇지만 현재도 지구 각지의 자연 생태계에는 토끼와 사자가 공생허고 있지 않십니꺼?"

"그렇지만 토끼는 늘 사자에게 생명의 위협을 받는 불안한 처지가 아니겠나?"

"물론 그렇겠지예."

"그래서 나는 토끼가 초원에서 평화롭게 살도록 하기 위해서 사자를 잡아 없애야 한다는 것일세."

"그러모 성님은 사자가 읎는 초원에서 토끼가 낙원을 이루며 잘 살수 있다고 봅니꺼?"

"그야 당연하지."

"그 점이 제허고 성님 생각이 근본적으로 다린 거 겉십니더."

"왜 그런가?"

"제 생각에는 그 초원에 사자가 읎이모 토끼의 개체 수가 기하급수적으로 늘어나서 먹이가 부족해 토끼가 한꺼번에 아사허는 현상도 생길 수 있다고 봅니더."

"그래도 사자하고 같이 사는 두려운 세상보다야 낫지 않겠나?"

"그렇지만 토끼가 사자에게 잡혀먹히는 경우는 소수에 불과허지만 먹이 부족으로 아사허는 경우는 대량의 희생이 따르므로 오히려 더 위험한 상황이 아닐까요?"

"나는 토끼의 개체 수가 늘어나서 대량으로 아사했다는 현상은 좀처럼 일어나기 어렵다고 보네."

"제 생각은 사자가 토끼 사냥을 허는 기 토끼에게 해만 끼치는 기 아이라 초원의 넓이에 알맞게 개체 수를 조절허는 순기능도 허고 있다는 걸 말씀드리는 깁니더."

"자네는 사자에게 잡혀먹히는 토끼의 고통을 너무 공감하지 못하는 것 같네."

"그렇지만 사자가 사냥헐 때 체력이 약헌 토끼는 잡혀먹히고 체력이 강헌 토끼가 살아남지 않겠십니꺼? 이로 인해 토끼는 양호헌 유전 형질을 후손에게 물려주게 되어 오히려 자기 종을 보존허는디 도움이 될 수도 있다고 봅니더."

"자네는 지금 당장 사자에게 목숨의 위협을 느끼고 사는 토끼나 노동자들의 고통을 너무 쉽게 이야기하는구먼."

"그렇지는 않십니더. 제는 사자가 읎는 초원에서 토끼 개체 수가 급증허모 먹이 사슬의 불균형이 일어나 오히려 토끼들이 고통을 겪게 된다고 봅니더. 마찬가지로 자본가가 읎는 노동자들만의 세상에서 스스로 잉여가치를 증대시키려는 동기가 부족해지면 생산성이 감소하여 오히려 노동자들의 수익이 줄어들 수도 있다는 기지예."

"자네는 노동자들의 경제활동 의지를 너무 폄하해서 소극적으로 보는 것 같네. 그렇다면 자네는 노동자들의 경제활동 능력을 기를 수 있는 다른 방도라도 있다는 말인가?"

"제 생각에는 정부가 자본가들의 경제활동을 활성화하는 정책을 쓰고 노동자들에게도 경제적인 지원을 통한 창업의 길을 열어 주면서 노사 간에 상생의 길을 찾는 것이 오히려 노동자들의 수익을 늘릴 수 있는 방도라고 봅니더."

"자네는 계속 자본가들의 탐욕을 합리화하려고 주장하고 있군, 나는 그런 자네가 한심할 뿐이네."

"제는 아무리 자본가의 잉여가치에 대한 욕망에 문제가 있다고 해도 그것이 순기능으로 작용해서 기업이 이윤을 창출허모 결국 노동자들의 소득증대에도 도움이 된다는 것이지예."

"제국주의 시대에 자본가들의 탐욕은 끝이 없었고 그들의 인성이 얼마나 악독한지는 역사가 말해 주고 있지 않나?"

"제는 세상만사 얻는 기 있이모 잃는 것도 있다고 봅니더. 노동자들도 자기 욕심만 채우려다가 회사 운영에 지장을 초래허모 회사 운영이 어려워져서 오히려 자기 소득이 줄어들 수도 있다고 봅니더."

"이 사람아! 과도한 욕망은 노동자들이 아니라 자본가들이 가진 악마의 심보라는 걸 몇 번 말해야 알아듣겠는가?"

나는 대가 없는 이득이 없다는 음양의 이치를 들어 노동자의 욕심도 문제가 될 수 있다고 하자 그는 노동자를 비하한다고 느꼈는지 목소리가 높아졌다.

선배는 나를 만난 뒤부터 대화할 기회가 있으면 공산주의 사상인 유물변증법을 거의 일방적으로 주입하다시피 해 왔다. 나는 그동안 변증법을 이해하기 위해 동양사상과 비교해 보면서 책을 읽다가 몇 가지 의문점을 갖게 되었다. 나는 이번 기회에 내가 주체가 되어 선배와 변증법에 대한 논쟁을 벌여 보고 싶었다.

나는 다시 자세를 바로 하고 앉았다. 내가 감히 대선배에게 수준 높은 사상을 주제로 논쟁을 벌이기는 좀 미안했지만, 그동안 품어 오던 변증법에 대한 의문점을 제기해 보고 싶었다.

"성님, 실은 제가 마르크스의 변증법 이론을 동양사상과 비교해서 고찰해 보다가 변증법 논리의 전개과정에 의문점을 가진 기 있었십니더."

"그래? 자네가 생각하는 의문점이 무엇인지 말해 보게."

내가 동양사상과 비교해서 의문을 제기하려고 하자 그는 약간 긴장된 표정을 지으며 내 말을 받았다.

"전에 성님이 변증법을 설명험시로 '정'은 어떤 모순적 면모를 지닌 상태이고 '정'을 부정하여 모순을 극복한 상태를 '반'이라 했지예."

"맞네."

"그런디 '정'의 내부에 존재하는 두 대립물이 서로 투쟁허다가 모순을 극복헌 상태를 우째서 '반'이라고 하는지 잘 이해가 가지 않았십니더."

"여기서 말하는 '반'은 단순한 사전적 의미의 '반'이 아니라 대립물 간에 투쟁해서 모순적인 대립물, 즉 자본가를 타도하는 단계를 가리키는 말이네."

"네, 그러모 그거는 '정'의 내부에 있던 모순을 털어낸 기지 '정'을 부정허거나 반대허는 의미는 아니지요?"

"그것은 '정'의 내부에 존재하는 모순인 자본가를 타도하는 것이네."

"그런디 원래 '반'은 서로 뜻이 맞서거나 반대되거나 어긋난다는 의미가 아입니꺼?"

"사전적인 의미는 그러하네."

"제 생각은 변증법의 '정'과 '반'은 '음'과 '양'의 관계처럼 그 의미가 서로 상반되면서 독립적이고 동등헌 가치의 개념이 아니라는 생각이 들었십나더."

"그게 무슨 말인가?"

"만일 '반'이 '정'의 모순을 털어낸 기모 이때의 '반'은 '정'과 별개의 개념이 아니고 '정'에서 부수적으로 파생된 개념이 아닙니꺼?"

"자네는 변증법을 잘못 이해해서 그러는데 변증법은 모순을 극복하고 진리에 접근해 가는 논리학일세. 그래서 '정'은 언제나 진리이고 '반'은 오류인 모순을 털어내는 과정이라 할 수 있네."

"알겠십니더. 그래서 '합'도 자체 모순을 지니기 땜에 다시 '정'이 되어 자체 모순을 털어내는 과정을 반복허모 결국에는 '정'이 더 순수해져서 진리에 접근해 간다는 거 아입니꺼?"

"그렇지."

"그렇다모 제는 이때 사용허는 용어를 '반'보다는 '정제'라는 의미로 정의허는 기 어떨까 허는 생각이 들었십니더."

"마르크스가 변증법에서 말하는 '반'을 그런 식으로 정의할 수는 없는 것일세."

그는 계속 변증법 이론을 신나게 설명하고 있었다.

"물론 그렇지만 저는 그가 '합'의 도출과정이 객관적이라는 것을 강조헐라고 '정제'의 의미를 가진 용어 대신에 '정'의 의미와 상반되는 '반'의 개념을 억지로 끌어다 붙인 거 겉다는 생각이 들었십니더."

"야, 이 사람아! 변증법에서 말하는 '반'은 '정'의 모순을 털어낸 상태라는 것을 몇 번이나 설명해야 알아듣겠는가?"

그는 반론이 궁해졌는지 짜증스럽게 말했다.

그래도 나는 그의 감정의 변화에 개의치 않고 또 다른 관점에서 '합'의 도출과정의 객관성에 대한 의문점을 제기했다.

"성님, 미안허지만 제가 가진 또 다린 의문점을 말씸디리도 되겠십니꺼?"

"허 참! 자네는 보기보다 까다롭군. 그래, 말해 보게."

"예, 고맙십니다. 성님은 변증법 논리의 전개방식에서 '합'을 도출헐 적에 '정'과 '반'이 배제된 이 세상 모든 현상에서 취사선택해 '합'으로 초월헌다 했지예."

"그렇네."

"그라고 그 '합'도 자체 모순을 지니기 땜에 다시 '정'으로 나아가 모순을 털어내는 과정을 반복헌다고도 했지예."

"그래서?"

"그런디 제는 이때 '합'이 '정'이 아닌 '반' 쪽으로도 나아가서 모순을 극복허는 과정을 반복헐 수 있느냐 허는 의문이 들었십니다."

"변증법에서 '합'의 도출과정이 반복되는 과정을 두고 하는 말인가?"

"예, 그렇십니다. 제는 이걸 설명허기 위해서는 장미가 번식허는 현상을 예로 드는 기 적절허다는 생각이 듭니더."

"장미? 장미도 대량번식이 가능한가?"

"장미의 번식방법을 개량하면 얼마든지 가능허다고 봅니더. 그래서 제는 '합'의 도출과정을 장미의 생장에 비유해서 말씀디리 보겠십니더."

"그래, 말해 보게."

"'정', '반', '합'의 과정에서 장미에 기생허는 진딧물은 장미의 생장을 방해허기 땜새 모순이라 쿨 수 있는 거 아입니꺼?"

"그래서?"

"그런 경우 장미와 진딧물이 공존허는 '정'의 단계에서 장미가 모순인 진딧물의 피해를 극복허고, '정'과 '반'이 배제된 상태에서 취사선택해서 '합'이 되어 장미가 대량 번식허는 걸 변증법 논리와 결부시킬 수 있겠지예?"

"자네 말이 무슨 말인지 알겠네. 그런데 진딧물은 장미의 내부에서 투쟁하는 대립물이 아니므로 예로 들기에 부적절한 것 같네."

"그래도 진딧물이 장미 내부의 진을 빨아 먹지 않십니꺼? 그래서 장미 내부에서 대립물끼리 투쟁허는 경우와 크게 다르지는 않다고 봅니더."

"허허 참, 그건 그렇군."

"제는 장미가 진딧물의 피해를 이겨내지 몬허고 고사허모, 즉 '정'이 모순을 극복허지 몬헐 경우 역지사지의 입장에서 '반'인 진딧물이 주체가 되어 '반'의 모순인 장미를 극복허고 '반'인 진딧물 쪽으로 '합'이 통일될 수도 있는 긴가? 해서 말씀드리는 깁니더."

"변증법은 '정'의 내부에 존재하는 대립물이 서로 투쟁해서 모순을 털어내고 모든 현상에서 취사선택하여 '합'으로 도출되는 것이므로 자네 말처럼 될 수는 없네."

"성님, 변증법의 논리적 구조는 '정'과 '반'이 배제된 모든 현상에서 취사선택해서 도출된 '합'이 항상 다시 '정'으로만 일방적으로 나아가 모순을 털어내는 과정을 반복허고로 돼 있지 않십니꺼?"

"그렇지."

"그렇기 땜에 마르크스가 변증법을 인간사회에 적용해서 '정'에 해당 허는 노동자가 주체가 되어 '반'인 자본가를 타도하고 '합'의 단계인 공산주의가 도래허는 기 논리적으로 결정되어 있다는 것을 근거로 역사 발전을 필연이라 주장헌 거 아입니꺼?"

"그렇긴 하네. 그런데 자네는 마르크스의 주장이 마치 큰 문제점이 라도 있는 것처럼 말하는 것 같네."

내가 변증법의 '합'의 도출과정은 근거로 공산주의의 결정론적 필연 성을 비판하자 그는 심사가 뒤틀렸는지 이맛살을 찌푸렸다.

"제는 인간의 마음은 주관적이며 역사는 의식이 다양헌 사람들이 상호작용험시로 발전허기 때문에 미래를 예측허기 어렵다고 봅니더. 그런디 우째서 역사의 발전방향이 일방적으로 '정' 쪽으로만 나아가도 록 미리 결정되어 있다는 깁니꺼?"

"자네는 유학 사상에 너무 깊이 빠져서 아직도 유물론을 바탕으로 하는 역사의 발전단계를 외면하려고 하는 것 같네."

그의 푸념에도 불구하고 나는 미래 역사의 불확실성에 대해 평소에 생각하고 있던 신념을 분명히 말했다.

"제는 인류역사의 방향은 마치 달걀 껍데기를 부수고 갓 태어난 뱅 아리가 어느 방향으로 걸어나갈지 알 수 없는 거와 비슷허다고 생각헙니더."

"자네는 이야기 중에 왜 갑자기 병아리 이야기를 꺼내는가?"

"예, 그거는 인간이 자신이 가지고 있던 세계관의 벽을 깨는 것을 병아리의 부화에 비유헌 기지예. 병아리가 계란을 깨고 나와서 난생 차음 본 세상은 과거에는 상상도 해보지 못헌 새 세상이 아이겠십니꺼? 그런 세상을 처음 본 병아리가 자신이 먹이를 찾아가야 할 방향을 어찌 미리 정해진 대로 갈 수 있단 말입니꺼?"

"그건 그렇지만 병아리가 먹이를 잘 찾도록 어미 닭이 도와주지 않는가? 그와 같이 마르크스가 인류 역사가 나아갈 방향을 과학적이고 논리적으로 예측한 것이 아니겠는가?"

"아무리 과학을 근거와 논리로 미래를 예측했다고 하지만 어미 닭마다 병아리를 안내하는 방식과 방향이 다르듯이 인류역사의 방향도 선지자의 판단에 따라 다양하게 해석될 수 있다고 봅니더."

"그것은 자네가 과학의 법칙을 너무 경시허기 때문에 위대한 사상가가 예언한 역사의 미래를 다른 사람들과 대동소이하게 보는 것 같네."

"제는 알에서 깨어난 병어리가 어미 닭이 가리키는 방향을 맹목적으로 따라가지 않고 능동적으로 방향을 정해서 먹이를 찾아갈 수도 있다고 봅니더. 그와 마찬가지로 어떤 사상가의 예언이 아무리 정확하다고 해도 온고지신의 자세로 역사를 능동적으로 재해석하고 자기가 나아가야 할 방향을 스스로 정허는 것이 옳다고 봅니더."

"자네는 어찌 위대한 역사의 미래를 하등동물인 병아리에 비유하려 하는가? 자네는 아직도 과학적인 사고가 부족하다고 보네."

"제는 하찮은 동물의 세계에서도 배울 점이 있다고 봅니더. 벵아리가 자신이 선택헌 방향이 옳고 그런지는 그것을 확인해 보기 전까지 알 수 없듯이 마르크스가 아무리 과학적 이론을 근거로 역사의 미래를 결정론적으로 예언했다고 해도 역사의 방향이 인류의 이상에 부합했는지는 인류가 경험해서 확인해 보기 전까지는 알 수 없다고 봅니더."

"자네는 계속 역사의 미래가 불확실하다고 하는데 그러면 자네가 하는 말에 대한 근거라도 있다는 말인가?"

"제는 보어의 최신 양자이론도 과학의 중요헌 한 분야로 보고 그에 근거해서 허는 말입니더."

"보어의 양자이론이라… 허 참 또 그 양자이론인가?"

선배는 내가 최신과학이론인 양자이론을 말하자 할 말이 궁했는지 잠시 침묵이 흘렀다. 나는 그의 입장을 아랑곳지 않고 말을 계속했다.

"그라고 벵아리는 알에서 깨어난 뒤에 자신을 보호해 주던 달걀 껍데기에 대한 미련을 버리고 새로운 먹이를 찾아 나가지 않습니꺼?"

"그게 무슨 뜻으로 하는 말인가?"

"벵아리는 과거에 집착허기보다 미래를 더 중히 여긴다는 뜻이지예."

"그것은 마르크스가 과거에 집착한 것이 아니라 더욱 나은 세상으로 나아가기 위해 과거의 폐단을 처단한 것일세."

"제는 사람들이 과거의 오류를 무자비하게 처단하지 않고 상생의 정신으로 포용하면서 새로운 미래를 건설헐 수도 있다고 봅니더."

"나는 그런 말을 하는 자네를 보면 현시대의 조류에 따라가지 못하는 것이 안타까울 따름일세."

선배는 내 눈치를 보며 안쓰러운 표정으로 말했다. 우리 두 사람 사이에 잠시 침묵이 흘렀다. 나는 다시 본론적인 대화로 돌아왔다.

"제가 생각하기에 마르크스는 먼저 공산주의의 내포를 유물론과 변증법적인 논리로 규정해 놓고, 역사의 발전방향을 예측했기 때문에 결정론적 필연이라는 외연을 벗어날 수 없었다고 봅니더."

"자네는 역사발전의 필연성을 비판하고 싶은 모양인데… 그런데 잠깐만, 내포와 외연이란 말이 좀 생소한 용어군."

"예, 제가 아는 대로 좀 설명 드리도 되겠십니꺼?"

"그래, 말해 보게."

"감사험니더. 그 말은 제가 대학 시절 논리학 강의 시간에 '개념'을 정의허는 용어로 배웠는디요, 개념은 '내포'와 '외연'으로 정의험니더. 이때 '내포'는 어떤 개념을 정의하는 공통의 속성이나 요소를 의미허고, 그에 따라 규정되는 대상의 범위를 '외연'이라고 험니더."

"잘 알겠네. 아까 하던 말을 계속해 보게."

"예, 제 말은 만약 마르크스가 유물론의 내포인 '역사는 물질문명의 발달에 종속되어 과학적 법칙에 따라 발전헌다'는 규정에 보어의 양자이론인 과학적 불확실성의 이론을 포함했이모 역사가 필연적으로 공산주의로 발전헌다는 주장을 달리 했일 기라 생각험니더. 그래서 마르크스의 역사발전론의 과학적인 근거가 한계를 지닐 수밖에 읎다고 봅니더."

"나는 지금까지 라플라스의 주장처럼 과학의 진리를 근거로 마르크스의 역사발전론을 얘기하고 있는데, 마르크스가 주장한 과학적인 근거가 한계를 지닐 수밖에 없다고? 자네는 내 뒤통수를 치려고 궤변을 늘어놓고 있는 것 같네."

내가 집요하게 그의 논리를 파고들자 그는 내가 얄밉게 느껴졌는지 궤변이란 단어까지 꺼내며 흥분해서 공격했다.

"제는 성님을 공박허고 싶은 마음은 조금도 읎십니더. 제는 단지 내포를 규정헐 때 객관성의 보장이 필수라는 걸 말씸디리고 있는 깁니더."

"나는 내포와 외연과 같은 철학적인 용어에 대해서는 별로 관심이 없네. 하지만 학문에도 진리가 있고 세상의 모든 현상은 과학적 법칙에 의해 움직이고 있다는 사실은 부정할 수는 없네."

그는 여전히 자기의 주장을 굽히지 않으려고 진리와 과학적 법칙의 중요성을 강조했다. 나는 조금 뜸을 들인 뒤에 다시 생각을 정리해서 말했다.

"제 말은 개념을 정의헐 적에 외연은 언제나 내포에 의해 그 범주가 종속될 수밖에 읎다는 깁니더. 그래서 내포를 사적으로 잘못 규정허모 그에 따라 외연도 오류 속에 갇히게 된다는 깁니더. 부언허모 플라톤의 동굴의 우상에 빠질 수 있다는 기지예."

"뭣이? 동굴의 우상? 그러면 지금 내가 플라톤이 말하는 동굴의 우상을 보는 오류에 빠졌다 이 말인가? 야, 이 사람아! 내가 대학 시절에 정치학 공부는 안 했지만, 서양사상에 대한 서적도 많이 읽었네. 말을 좀 가려서 하게."

그는 내가 마르크스의 변증법에 대해 내포의 설정이 사적인 오류를 범하면 동굴의 우상에 빠질 수 있다고 하자 자존심이 상했는지 격한 감정으로 목소리가 커졌다.

"죄송헙니더. 제는 꼭 성님을 두고 드린 말씀은 아인깨로 양해를 구헙니더."

나는 그의 흥분을 가라앉히기 위해 양해를 구했다.

나는 그의 답답한 심정을 눈치채고 잠시 뜸을 들인 뒤에 '합'의 해석과 적용에 대한 논쟁을 벌였다.

"성님, 자꾸 반론을 제기해서 미안헙니다마는 제 생각에는 변증법의 '합'의 도출과정과 해석에 잘 이해가 안 가는 부분이 있십니더."

"그래? 그러면 먼저 '마르크스의 변증법 이론에서 '합'의 도출과정에 대한 의문점을 말해 보게."

"원래 변증법은 진리를 추구허는 논리학 아입니꺼?"

"맞네."

"이때 '정'의 단계에서 자신 속에 포함하고 있던 모순을 털어내고 취사선택해서 도출된 '합'이 진리고 진리는 하나지예?"

"그렇다네, 그래서 진리에 해당하는 가장 이상적인 정치제도가 공산주의일세."

"엥겔스는 변증법에서 '정'과 '반'이 배제된 세상 모든 현상에서 취사선택하여 '합'으로 초월헌다고 허지 않았십니꺼?"

"맞네."

"이때 취사선택허는 대상이 원래의 진리와 다른 현상도 고려 대상이되냐 이 말이지예."

"그게 무슨 말인가?"

"예를 들자모 진리인 공산주의가 아닌 자본주의나 민주주의, 군주제, 입헌 군주제 등의 정치제도도 취사선택해서 '합'의 단계로 도출될 수 있느냐 허는 깁니더."

"그렇게 될 수는 없네. 그런 정치제도는 털어내야 할 모순의 대상일 뿐일세."

"그러닝께 제 말은 변증법은 '정'의 상태에서 그 모순을 털어내고 다시 모든 현상에서 취사선택해서 공산주의인 '합'으로 초월한다 해 놓고 실제로는 공산주의 이외의 여러 정치제도를 배제허고 공산주의만이 '합'으로 도출될 수밖에 없도록 논리적 구조가 결정되어 있다는 기지예."

"자네 말은 논리적으로 무리한 접근방식일세."

"제는 아무리 생각해도 제 생각의 어떤 점이 무리인지 잘 모르겠습니더."

"그것은 자네가 변증법 이론의 핵심을 제대로 파악하고 있지 못하기 때문일세."

"제 생각에 원래 '합'의 의미는 여럿을 한데 모으거나 서로 다른 개념을 결합시켜 새로운 개념을 구성허는 거 아닙니꺼?"

"일반적으로 그렇게 해석하지."

"그러면 '정'에서 '반'인 모순을 털어내고 취사선택해서 '합'이 된 것을 산술적으로 말허모 '차差'라 해야 허는 기 맞겠다는 생각이 듭니더."

"허, 참! 뭐? '차'라 했나? 자네는 성격이 시비 걸기를 좋아하는 친구

같네. 변증법 논리에서의 '합'은 모순을 털어내고 모든 현상에서 취사선택해서 초월한 단계를 말하는 것이네."

그는 내가 뜻밖에도 '합'을 '차'라고 해석하자 불쾌감을 드러내며 말했다.

"제도 그것은 잘 알고 있십니더. 그런디 플라톤이 중시헌 변증법은 상대방의 입장에 어떤 자기모순이 있는가를 논증하여 객관적인 진리를 인식허는 논리학이었지 않십니꺼?"

"맞는 말이네."

"그런디 마르크스는 주관성이 강헌 인간의 인성 중에서 욕망을 모순으로 간주하여 대립물의 투쟁을 통해 처단허고 노동자들의 평등헌 사회를 건설허는 것을 진리에 부합허는 '합'의 단계로 상정하여 역사를 발전시키려는 것이 공산주의 정치제도라 허지 않았십니꺼?"

"그렇네."

"제는 마르크스가 객관적인 진리를 인식허는 변증법을 주관적인 인간의 의식이나 주관적인 가치관의 충돌이나 상호작용으로 이루어지는 정치제도에 적용시킨 점이 논리적인 문제가 있다고 봅니더."

"나는 그 점이 오히려 마르크스의 위대한 창의성의 발로라고 보네."

"성님은 그렇게 생각헐지 모르지만 제는 마르크스의 이러한 논리적용의 오류가 인류의 대재앙의 씨앗을 잉태하게 했다고 봅니더."

"뭣이? 인류 대재앙의 씨앗이라? 이 사람이 못하는 말이 없군."

"마르크스가 그런 잘못된 인식을 지니고 있었기 때문에 객관적인 진리를 추구허기 위해 모순을 털어내듯이 탐욕스런 자본가를 혁명으로 궤멸시켜야 한다 주장하면서 인간 생명의 대량학살에 대해 조금도 죄의식을 느끼지 못한 것이 아니겠습니꺼?"

"변증법은 자연이나 사회에 있어서 모든 사물은 그 내부에 서로 대립하는 두 측면이 서로 투쟁을 원동력으로 하여 변화 발전헌다고 보기 때문에 노동자들의 천국을 건설하기 위해서는 그런 희생은 피할 수 없네."

"그러모 변증법에서 '합'을 도출허기 위해 이 세상 모든 현상에는 취사 선택허는 대상에는 내부의 두 대립물이 투쟁을 원동력으로 변화, 발전허는 현상뿐이고, 상생이나 화합허는 현상은 포함될 수 없는 깁니꺼?"

"상생이나 화합? 민중사관에는 자본가와 노동자가 공존하는 낡은 유학의 잔재인 이율배반적인 용어는 없다네. 역사란 두 대립물 간의 투쟁을 원동력으로 하여 '합'의 단계로 발전한다고 하지 않았는가?"

"그러모 공산주의 역사의 발전을 위해서는 투쟁이 최선의 방책이라 이 말씀입니꺼?"

"그렇다네. 공산주의 혁명을 앞당기기 위해서는 두 대립물이 투쟁해서 모순을 털어내는 방법을 택할 수밖에 없는 것일세."

"성님 말씸은 결국 노동자들의 지상낙원을 맨딜라꼬 보리 씨가 썩듯이 자본가를 혁명으로 궤멸허는 기 정당허다는 깁니까?"

"그건 필요악일세. 노동자들의 지상낙원을 만들기 위해서는 보리가 싹틀 때 그 씨앗이 썩어 없어지듯이 악의 뿌리는 발본색원해야 하는 것일세."

"그래요? 그러모 성님은 콜럼버스가 아메리카대륙을 발견헌 뒤에 프란체스코회 사제들이 마야인들을 기독교의 외연에 들지 않는다꼬 마야문명을 파괴허고 개종허지 않는 자들을 무자비허기 학살했던 사실을 알고 있십니꺼?"

"그래, 대강은 알고 있네."

"예, 그 뒤에도 농업 제국주의 시대에 바베이도스 섬의 영국인 설탕 농원 농장주와 미국과 인도 등지의 목화 농장주들이 인디언이나 흑인 노예들을 기독교 외연에 속하지 않는다고 짐승처럼 혹사신 사실도 알고 계시지예?"

"그것도 알고는 있네."

"그러모 이러한 과거의 역사적 사건이 공산주의자들이 자본가나 권력가를 공산주의 외연에 들지 않는다꼬 혁명으로 대량학살하는 거 허고 뭣이 다르다는 깁니꺼?"

"공산주의는 종교사상과 같은 관념론을 배제헌다네. 그리고 노동자들의 해방을 위해 위대한 과업을 수행하고 있는 공산주의자를 그런 악독한 자본주의 농장주에 비유한다는 것은 언어도단일세."

"그렇지만 성님은 조금 전에 썩은 보리 씨앗을 예로 듬시로 공산주의 계급의 대립물에 해당허는 자들을 학살허거나 희생을 강요허는 기 정당허다고 했는디요. 이것은 공산주의 인민의 외연에서 이들을 배제했기 땜에 그런 주장을 허시는 거 아입니꺼?"

"이 사람아! 그런 논리적인 개념 정의가 뭐가 그리 중요한가? 거듭 말하지만, 자본가나 공산주의 사상을 추종하지 않는 자들은 인민의 적이기 때문에 당연히 노동자들의 범주에서 배제해야 하는 자들일세."

"그러니까 공산주의 세계관에는 노동자와 자본가들이 역지사지의 입장에서 서로를 이해허고 화합해서 모든 인류가 어울려 잘 살기 위헌 상생의 정신 같은 거는 읎는 기네예?"

"그것은 미래에 다가올 노동자들의 낙원을 부정하는 것이네."

나는 선배가 인간 생명의 대량학살을 전제로 하는 혁명을 논하면서도 눈썹 하나 까닥하지 않는 모습을 보고 공산주의의 발전이론이 얼마나 인간의 생명을 경시하는 극단적인 사상인지 다시 깨달았다. 나는 선배의 말을 듣고 김일성이가 6·25 전쟁을 일으킨 이유를 알 것만 같아서 다시 물어보았다.

"선배님, 그래서 북한 김일성이가 레닌이 후진국도 선진국 프롤레타리아 원조를 받으모 소비에트 공산주의로 이행헐 수 있다는 말을 믿고 투쟁을 통해 공산주의 혁명을 앞당길 끼라고 6·25전쟁을 일바싰다 이 말씸입니꺼?"

"김일성 지도자가 레닌의 말을 믿었다기보다는 선견지명이 있어서 남한을 자본주의 단계를 거치지 않고 노동자와 농민을 해방시키기 위해 일으킨 전쟁일세."

나는 그가 김일성에 대해 존칭을 쓰며 레닌이 한 말을 김일성의 선견지명으로 미화하는 말을 듣고 그가 얼마나 공산주의 사상에 심취해 있는지를 알 수 있을 것 같았다.

"아무리 그렇다고 우리나라 유사 이래 한 번도 경험허지 못헌 공산주의를 맨딜 끼라고 소련으로부터 막강헌 전쟁 무기와 중국으로부터

군사력 지원을 받아 우리 민족의 최악의 참사인 민족상잔의 전쟁을 일
바씼다 이 말입니꺼?"

"위대한 공산주의 건설을 위해서 그 정도의 희생은 감수해야 하는
것일세."

"그라모 선배님은 6·25전쟁으로 북한 공산군헌티 수많은 사람이 억
울하게 목숨을 잃고 막대헌 재산 피해를 입었는디도 별 기 아이라는
깁니꺼?"

"그때 공산군한테 희생당한 사람들이 억울하기야 하겠지만, 그렇다
고 왜정 시대에 일본 제국주의자들에게 징용으로 끌려간 사람이나, 이
번 전쟁에서 미 제국주의 점령군에 희생당한 사람들만큼이야 억울하
겠는가?"

"성님은 그라모 전쟁으로 사람의 귀중헌 생명이 사느냐, 죽느냐? 허
는 판국에 가해자가 누군지가 더 중요허다 이 말입니꺼?"

"공산주의 건설이 그만큼 중요한 역사적 사명이라 이 말일세. 자네가
늘 즐겨 쓰던 음양의 이치대로 얻는 것이 있으려면 잃는 것도 있어야
하는 것 아닌가?"

나는 선배가 하나뿐인 인간 생명의 존엄성을 하찮은 짐승 취급하듯
이 무시하는 말을 듣고 하도 기가 차서 그의 얼굴을 다시 쳐다보았다.
그의 표정은 무미건조함 그 자체였다. 그가 하는 말을 통해 그래도 한
때는 존경하기까지 했던 선배가 사람 목숨을 파리 목숨 취급하는 인
면수심人面獸心의 이중인격자라는 사실을 알고 소름이 돋았다. 나는 그
의 입에서 무심코 튀어나오는 '궤멸'이라는 말과 자본가와 노동자 간의

'상생'은 절대로 용납될 수 없다는 말을 듣고 갑자기 온몸으로 전해져 오는 강한 전율을 느꼈다.

그 까닭은 6·25전쟁 때에 상상 속의 아버지가 치안대에 고문당하여 고생고생하다가 돌아가실 때의 고통스러운 표정이 내 머릿속을 스쳐 갔기 때문이다. 울분을 참지 못해 나도 모르게 두 주먹을 불끈 쥐었다. 주먹이 부르르 떨렸다. 그러나 나는 그와의 논쟁에서 이기기 위해 꾹 참았다.

잠시 눈을 감고 내 감정을 추스르고 나서 인류 보편적 가치인 생명의 존엄성과 상생의 정신을 일언지하에 무시하는 그의 얼굴을 찬찬히 살펴보았다. 그는 공산주의 지상낙원을 건설하기 위해 자본가나 공산주의 외연 밖에 존재하는 인간은 궤멸하여 없애는 것이 당연하다고 주장하면서 무덤덤한 표정으로 눈썹 하나 까딱하지 않았다.

나는 그의 표정에서 아버지가 돌아가실 때의 고통스러운 표정과 대비되는 또 다른 한 장면이 연상되어 하마터면 자리에서 벌떡 일어나 그의 귀싸대기를 한 대 갈겨 주고 싶은 충격을 받았다. 갑자기 그의 얼굴에서 6·25 전쟁 때 아버지를 고문했던 고전면 치안대원들이 징그러울 정도로 능글맞게 웃으면서 아버지에게 몽둥이세례를 가하는 장면이 떠올랐기 때문이다.

원래 고전면 주민들은 고전면을 남북으로 가로질러 흐르는 주교천과 고전천 주변에 촌락을 이루고 평화롭게 살면서 5일마다 열리는 배드리장날에 만나 물건을 사고팔면서 서로 집안 소식과 안부도 전하며 정을 나누고 살았다. 그리고 금남면 갈사만 주변에 사는 어민들도 큰 디의 개펄에서 김을 양식하여 팔면서 섬진강 하구에서 고기잡이하며 평화롭게 살면서 이웃 마을 사람들끼리 아무리 큰 분쟁이 일어나도 서로 목숨을 걸고 싸운 적은 없었다.

이렇게 내 고향 주민들은 이웃끼리 인정을 주고받으며 평화롭게 살아왔다. 그런데 공산주의자들이 이들에게 치안대원이라는 완장을 채워주면서 무슨 말로 세뇌했기에 그토록 잔인해질 수 있었단 말인가?

그들은 완장 찬 사람들에게 평등한 세상을 건설한다는 구실을 주어 인간의 마음속 깊숙한 곳에 똬리를 틀고 잠자고 있던 살인 본능을 일깨워서 이웃 사람들이 따발총에 맞아 죽어가며 토해 내는 단말마의 비명을 듣고 희열을 느끼는 말초신경을 자극하지는 않았을까?

나는 공산주의이념이 이렇게도 인간을 무자비하게 만들 수 있는 사상이라는 것을 생각하니 온몸에 소름이 돋았다. 나는 이제야 공산주의자들이 왜 죄 없는 아버지를 고문하고 인민재판을 하여 죽이려고 했는지 그 이유를 알 것만 같다.

'공산주의자들에게 있어서 내 아버지는 영문도 모르고
썩어 없어져야 할 한 알의 보리 씨앗에 불과했던 것이다.'

나는 아버지가 돌아가실 때의 고통스러웠던 심정을 되새기며 이제 단호히 공산주의자들과 결별할 것을 다시 한 번 마음속으로 다짐했다. 나는 이번 기회에 그의 붉은 공산주의 손아귀에서 완전히 벗어나기로 내 마음을 다잡았다.

그래도 나는 선배에게 옛정을 생각해서 변증법에서 모순을 털어내는 예로 든 보리 씨앗의 경우를 들어 상생의 정신을 말해 주고 싶었다.

"선배님은 변증법에서 예로 든 보리 씨앗이 썩으모 완전히 읂어진다고 보는 깁니꺼?"

"그야 당연하지 않은가? 자네는 썩은 보리 씨앗이 사라지지 않고 남아 있는 것을 보았는가?"

"선배님, 제는 그 점이 마르크스가 그 당시에 발전허지 몬헌 과학이론으로 변증법 이론을 세웠기 땜에 자본가를 혁명으로 멸허는 것을 보리 씨앗이 썩어 읂어지는 현상으로 보고 변증법 이론을 잘못 적용헌기라 봅니더."

"무슨 근거로 그런 주장을 하는가?"

"선배님도 화학을 전공허싰이닝께 '질량보존의 법칙'을 잘 알고 계실거 아입니꺼?"

"그야 내 전공이니까 잘 알고 있지."

"그러닝께 썩은 보리는 읂어진 기 아이고 유기물로 분해되어 다른식물이 자라는데 거름이 된다는 기 요즈음 밝혀진 생태계 이론으로 알고 있십니더."

"생태계 이론이라…"

그는 생태계 이론이 생소하게 들렸는지 말끝을 흐렸다.

"선배님도 화학을 전공했으니까 식물의 광합성작용을 잘 알고 계실거 아입니꺼?"

"그야 그렇지, 식물이 햇볕과 물과 이산화탄소로 광합성작용을 하여 녹말을 생산한다는 사실은 잘 알고 있네."

"예, 맞십니다. 요즈음 각광을 받는 생태계 이론에 따르모 생산자인 식물은 광합성작용으로 태양에너지를 모아서 녹말을 만들고 토양에서는 유기물을 흡수하여 잘 자라면 소비자인 초식동물의 먹이가 되고, 또 초식동물은 육식동물의 먹이가 되고, 이들 모두가 죽어서 보리 씨앗처럼 썩으모 분해자인 미생물이 유기물로 분해하여 다시 식물의 거름이 되는 과정을 반복하여 에너지가 생태계 내에서 순환헌다는 깁니더."

"생태계에서 에너지가 순환한다?"

"예, 그런디 마르크스는 이런 생태계 이론을 몰랐기 땜에 자본가를 멸허는 것을 보리 씨앗이 썩어 읋어지는 것으로 잘못 알고 이를 인간 사회에 적용허는 오류를 범했다는 기지예. 제는 그가 낡은 구시대의 과학이론에 근거해서 정립헌 변증법 이론의 오류가 현대과학에 의해 밝혀지고 있다고 보는 깁니더."

"자네가 하고 싶은 말이 무엇인데 말이 그렇게 긴가?"

그는 내가 마르크스의 변증법을 생태계 이론으로 비판하자 자기 전공을 살려 질량보존의 법칙으로 반박할 수 없었던지 짜증스런 반응을 보였다. 그러나 나는 아랑곳하지 않았다.

"죄송헙니다. 제 말은 마르크스 주장대로 보리 씨앗이 썩으모 그냥 읋어지는 기 아이고 그것이 유기물인 다린 에너지로 변환되어 생태계의 여러 요소 사이를 순환험시로 상호작용을 해서 생태계가 건전허기 유지됨시로 상생헌다는 깁니더."

"결국, 자네 이야기는 상생이 중요하다 이 말이군. 자네 주장도 상당히 과학적인 근거는 있다고 보지만 그렇다고 자본가들의 악행을 정당화할 수는 없네."

"그러니까 선배님 말씸은 선악의 두 대립물 중에 선인 내 편이 아이모 다린 거는 전부 다 영원헌 적이라 이 말입니꺼?"

"그렇다네, 아무리 생태계에 대한 과학적인 이론이 뒷받침한다고 해도 정치나 사상은 호, 불호가 분명해야 하고 내 편과 네 편은 당연히 구분되어야 하네. 그리고 자본가는 노동자와 절대로 상생할 수는 없고 궤멸해야 마땅할 자들일세."

"예, 알겠십니더. 제는 배도 양쪽으로 흔들려야 안전하지 한쪽으로만 심하게 기울어지면 침몰하고 마는 것처럼 상생의 중요성을 말씸 디린 깁니더."

"그렇다고 노동자와 자본가가 같은 배를 타고 항해할 수는 없네. 사회 모순을 털어내기 위해서는 희생이 따를 수밖에 없다는 말일세."

"예…."

그는 내 마음속에서 일고 있는 아버지의 죽음에 대한 바늘로 심장을 찌르는 것 같은 고통의 격랑을 아는지 모르는지 무덤덤하게 자본가는 궤멸하는 것이 당연하다는 주장을 열심히 피력하기에 바빴다.

그는 나하고 공산주의의 사상에 대한 논쟁에서 내게 별로 얻을 것이 없었는지 이제 시대적 흐름에 비추어 공산주의 혁명이 시급한 과제임을 주장했다.

"내가 오늘 저녁에 자네에게 꼭 해 주고 싶은 말은 현재 우리나라 노동자들이 처한 비참한 현실을 알고, 그 대안은 공산주의 혁명밖에 없다는 것일세."

"제는 우리나라 사람들은 자본주의에 대한 거부감이 그리 크지 않다고 봅니더."

"그것은 아직 남한 사회에 마르크스가 사상이 제대로 전파되지 않았기 때문일세. 우리가 공산주의 역사발전 필연성을 전제로 하지 않으면 대화가 곤란한 것일세."

"성님 말씸대로 세상이 필연적으로 공산주의로 발전헌다고 칩시더. 그러모 소련에 이어 공산주의가 된 나라 중에서 현재 노동자들이 잉여가치를 공유험시로 그들의 지상낙원을 이룬 나라가 있십니꺼?"

"아직은 아니지만, 지금은 소련이 주축이 되어 중국과 동구 여러 나라와 북한이 공산주의 혁명에 성공해서 노동자들을 해방시키고 그들의 지상낙원을 만들기 위해 매진하고 있다는 것을 알아야 하네."

"허지만 현재꺼지 공산주의가 성공해서 노동자들의 지상낙원을 이룬 나라는 읎지 않십니꺼? 그런디 세계적으로 성공사례도 읎는 정치제도를 맨딜 끼라고 6·25전쟁 때처럼 같은 민족끼리 피를 흘림시로 싸워서야 되겠십니꺼?"

"자네는 요즘 내가 공산주의 이야기만 하면 자네는 6·25전쟁 이야기를 자꾸 하는구먼."

"예, 그런 일이 좀 있십니더."

나는 갑자기 6·25 당시 아버지와 고향의 사건들이 떠올라 울컥했다.

"자네허고 나 사이에 못할 이야기가 있는가? 왜 무슨 일인데 그러나?"

나는 이왕 선배와 결별하기로 하고 온 마당에 아버지 이야기를 못할 것도 없다는 생각이 들어 6·25 전쟁 때 아버지와 고향 사람들이 겪었던 사건 이야기를 했다.

"제가 몇 년 전의 우리 조부님 제사 때에 예전의 6·25 당시 제 고향에서 있었던 끔찍한 이야기를 들었지예. 그때 제 아버지는 치안대 고문으로 돌아가시고 수많은 고전면 사람들도 고초를 겪었다 안 쿱니꺼?"

나는 갑자기 눈가가 시큰하고 목이 잠겼다. 아버지 사건이 주마등처럼 지나갔기 때문이다. 그에게 내 아버지가 어떻게 돌아가셨는지에 대해 울먹이는 목소리로 토해 냈다.

"성님, 한번 가마이 생각을 좀 해 보이소. 6·25 전쟁 때 우리 고향에 사는 시골 사람들이 '칼 마르크스'의 '칼'자를 아는 사람들이 몇이나 되겠십니꺼? 우리 아부지도 마찬가지지요. 그런 우리 아부지허고 고향 사람들을 생전 듣도 보도 몬헌 공산주의자들이 뭐 땜에 함부로 직임니꺼?"

내가 갑자기 고향에서 공산주의자들이 저지른 만행을 이야기하자 그가 잠시 머뭇거렸다.

"그런 일이 있었군."

"그래서 제는 공산주의가 선배님이 설명헌 거허고는 상구 다르다는 걸 절실히 깨달았십니더."

"자네 부친께 그런 불상사가 있었던 줄은 미처 몰랐네. 뭐라 위로해야 할지 모르겠군."

선배가 진심으로 하는 말인지는 모르지만 나는 이번 대화에서 뭔가를 얻어야겠다는 마음에서 그냥 받아넘겼다.

"지금 와서 성님이 마음 씰 일은 아이라 생각헙니더. 그래서 제가 과헌 말을 하더라도 양해를 구헙니다."

"그래, 알겠네. 그러면 하던 이야기나 계속험세."

"예, 그리 허지요."

"내 말은 우리 하동사람들이 그런 과거의 아픔을 딛고 일어나 지금부터라도 공산주의 사상의 진실을 알고 자본가가 없는 노동자들의 세상을 건설하려는 투지를 길러야 한다는 걸세."

"제는 자본주의 사회에서 발생허는 모순이 아무리 크더라도 과격헌 공산주의식 해결 방법보다는 인간의 의지와 노력으로 상생의 해결책을 강구헐 수 있다고 봅니더."

"과연 그럴까? 우리나라가 해방된 지 30년이 다 되어 가는데도 그런 방식의 해결책을 왜 찾지 못하고 있는가? 자네 말대로 되려면 백년하청일세, 그런 사회가 오기까지 노동자들이 감수해야 할 희생은 어찌한단 말인가? 그래서 공산주의 혁명이 시급하다는 것이네."

"제는 성님의 생각에 동의헐 수 없십니더. 역사적으로 살피보모 동서고금을 막론허고 어느 시대, 어느 사회에나 모순은 있었고, 부작용도 있었십니더. 그렇지만 지금꺼지 그런 문제는 인간의 의지와 노력으로 현실에 맞는 방책을 찾아 잘 해결해 왔다고 봅니더."

"그래? 이 사람아, 현재 자본주의 국가들의 현실을 보게. 강력한 권력을 가진 국가가 자본가들이 노동자들의 부를 착취하는 것을 제도적으로 보장해 주고 있지 않은가? 노동자들이 무슨 힘으로 그런 거대한 권력과 맞서 싸워서 가난을 극복할 수 있단 말인가?"

"그러모 현재 자본주의 선진국에서는 와 공산주의 혁명이 안 일어나고, 후진국인 쏘련허고 중국서 먼첨 일어난 깁니꺼? 그거는 현재 선진 자본주의국가에서는 자본주의의 모순과 부작용을 인간의 의지로 사회제도와 경제체제를 개선해서 해결점을 잘 찾아가고 있다는 증거 아입니꺼?"

"그것이 자네와 나의 견해차일세. 노동자들을 자본가들의 착취로부터 해방시켜 그들의 고통을 해결해 주기 위해 하루빨리 자본가들을 민중혁명과 무장봉기로 궤멸시키고 공산주의 사회를 건설해야 한단 말일세."

이제 그는 자기주장을 강요하다시피 하고 있었다.

"제가 어릴 때 배운 유학의 '동몽선습童蒙先習'이라는 책에서 천지지간 만물지중天地之間 萬物之衆에 유인惟人이 최귀最貴허다 했는디요. 아무리 공산주의 사회를 건설헌다고 사람 목심을 그렇게 함부로 직일 수 있는 겁니꺼?"

"야, 이 사람아, 물론 사람의 목숨도 중하지만 보리가 더 많이 번식하기 위해서는 씨앗이 썩어야 한다는 이치를 몇 번이나 설명해야 알아듣겠는가?"

"제는 생각만 해도 끔찍시럽십니더. 확실허지도 않고 허상일지도 모리는 공산주의 유토피아를 건설헐 끼라고 우찌 사람 목숨을 가지고 도박을 헌단 말입니꺼?"

나는 그가 인명을 살상하는 극단적인 내용을 말하면서도 아무런 감정의 동요도 없이 일상적인 말투로 말하는 태도가 하도 기가 차서 술잔을 들고 천천히 술을 마셨다.

그런데 그는 지금까지 누구보다도 공산주의 사상에 대해 정통하고 있다고 자부하고 살았으며 언제나 상대방에게 변증법 이론을 설파하면서 주도적인 역할을 해온 인물이다. 그런데 내가 그동안 공부한 학문의 논리적 형식을 빌려 마르크스 이론을 비판하자 그의 얼굴빛이 점점 어두워져 가는 것 같은 느낌이 들었다.

"자네, 보기보다 도전적인 친굴세그려. 도박이라는 말을 그렇게 함부로 쓰는 것이 아닐세. 자네 이야기를 한참 듣다 보니 내가 자네 이야기에 말려들어서 술이 다 깨는 것 같네."

"제가 허는 말에 어폐가 있었다모 용서를 구헙니더. 인자 밤도 깊고 했잉깨로 이만 제 이야구를 마무리허고 싶십니더."

밤이 깊었다는 말에 그는 주머니에서 회중시계를 꺼내보며 말했다.

"시간이 벌써 자정이 다 되어 가네. 자네가 왜 내 의견에 조목조목 비판하는지 그 이유를 알 것만 같네. 아마 자네 부친 일 때문인 것 같은데 자네도 시간을 가지고 더 깊이 생각해 보면 내 진심을 이해하리라 보네. 그래, 우리가 하던 이야기는 이 정도로 마무리하고 술이나 한 잔씩 더 나누고 마치기로 허세."

그는 나와의 논쟁에 지쳤는지 자포자기한 눈치였다.

"예, 그리 허지요. 제는 결론적으로 역사를 대허는 자세는 개방적인 마음으로 온고지신의 정신을 살리는 기 중요허다 봅니더. 마르크스의 결정론적인 공산주의 이론이 앞으로 우리 인류를 구원헐 빛이 될지 아이모 한때 지나가는 열병이 될지는 시간을 두고 지켜봐야 헐 기라고 봅니더."

내가 공산주의 사상을 열병에 비유하자 그런 표현이 과격하다고 여겼는지 그가 다시 얼굴을 붉히며 언성을 높였다. 그의 눈에는 불꽃이 튀고 있었다.

"자네! 방금 열병이라 했나? 이 사람이 보자 보자 하니 정말로 못 말릴 사람이네그려. 사람을 앞에 앉혀두고 못 하는 말이 없구먼."

나는 공손히 머리를 숙이며 사과했다.

"성님! 제 말에 불쾌한 점이 있었이모 널리 이해를 구헙니더."

"자네 말 속에는 뼈가 있다는 걸 알겠네. 자네를 알고 보니 무서운 사람이라는 생각이 드네. 앞으로 자네하고 말을 섞어서는 별 도움이 안 될 사람인 것 같네."

그는 내 성정의 근본을 부정적으로 몰아붙임으로써 이 대화의 주도권을 잡으려고 하는 듯 보였다. 하지만 나는 오히려 그의 말에서 마음이 홀가분해지고 안정감이 느껴졌다. 그가 그의 입으로 나와의 결별을 암시하는 말을 뱉었기 때문이다. 앞으로 더 이상 그가 나를 찾아올 일은 없을 것이라는 예감이 들었다.

나는 지금까지 그와 쌓아 온 정분을 생각해서 마지막으로 그에게 뭔가 좋은 말을 해 주고 잡았다.

"제가 선배님께 마지막으로 꼭 드리고 잡은 말씸은 마르크스처럼 이 세상의 악을 물리치고 지상낙원을 이룰라 쿠는[3] 의지도 중요허지만 사람들이 불확실헌 미래에 대해 온고이지신의 정신으로 모든 인류의 복된 삶과 보다 나은 역사의 방향을 찾으려고 서로 경쟁하는 것이 상생의 길이 아닐까 해서 말씸디리는 겁니더."

"또 상생 이야긴가?"

그는 이제 대답하기도 귀찮은지 무덤덤하게 반문했다.

"오늘 제가 선배님께 무례를 했다면 용서해 주시기 바랍니더. 앞으로 서로의 생각이 다른 점을 인정험시로 옛정은 간직하며 살아 갔이모 허는 기 제 부탁입니더. 그리고 앞으로 선배님의 뜻하신 일이 성공허시길 빌겠십니더."

그렇게 나는 그와 마지막 결별 인사 같은 말을 나누고 황급히 그의 사무실을 빠져나왔다. 이후로 나는 더 이상 그를 볼 일은 없을 듯했다.

---

3) 이루려고 하는

一   지게

한참 길게 난 외길을 걷고 있는데 하얀 도포를 입은 할아버지와 멋지게 생긴 한 장부가 나타났다. 그런데 할아버지는 눈가가 촉촉이 젖어 있고 장부는 몸이 불편한지 절뚝거리고 있다. 나도 모르게 가까이 다가갔더니 말도 건네지 않았는데 두 분이 바로 나의 조부와 부친임을 느낌으로 알 수 있었다.

내가 넙죽 절하며 조부와 부친의 얼굴을 보는데 조부의 얼굴은 또렷이 알 수 있었으나 부친의 모습은 처음 보는 낯선 얼굴이었다. 그런데도 어렵지 않게 그가 내 부친임을 알 수 있었던 까닭은 그가 나를 무척이나 닮아 있었기 때문이었다.

나는 조부더러 왜 울고 계시냐고 여쭈었더니 대답이 없으셨다. 이번에는 부친더러 어디 몸이 불편하시냐 여쭈었더니 여전히 무표정이셨다. 그리고 나는 다시 홀로 그 길게 난 외길을 걷기 시작했다. 그러다가

잠에서 깨어났다.

나는 무엇보다 꿈에서라도 부친의 얼굴을 본 것이 기뻤다. 그러나 왜 조부와 부친의 표정이 없었는지 그 이유가 궁금했다. 나라면 너무 반가워 얼싸안아주었을 텐데⋯ 나는 궁금증을 안은 채 조부와 부친이 사셨던 지금 내가 사는 집을 옛 추억을 더듬어 가며 다시 한 번 마당 구석구석까지 찬찬히 살펴보았다.

오래돼 색이 바랜 대청마루, 이곳에서 대식구가 함께 뒹굴며 밥을 먹었을 것이다. 마당에는 지게가 놓여 있고 한쪽에 머슴들이 살던 별채의 흔적도 아직 남아 있었다. 나는 어제 꾼 꿈 때문인지 스산하고 쓸쓸한 기운이 감도는 이 집에서 조부와 부친의 체취가 남은 물건을 찾았다. 옛날의 모든 물건은 다 정리되고 없는데 이상하게도 마당 한구석에 지게는 그대로 덩그러니 놓여 있다. 나는 그 지게 가까이 다가갔다.

아! 기억이 떠오른다. 내가 네댓 살밖에 안 되었을 땐데 조부와 부친이 지게를 지는 모습이 보인다. 맞다. 이 지게는 바로 조부와 부친이 직접 지셨던 지게다. 지게는 지겟작대기에 의해 두 발로 받쳐져 있다. 나도 모르게 그 지게를 만져 본다. 나는 조부와 부친의 체취가 남은 지게를 오랜만에 져본다. 지겟작대기를 손에 쥐고 지게를 어깨에 진다. 정말 조부와 부친의 체취가 느껴졌다.

그러나 너무 오랜만에 져보는 지게라 지게질이 서툴다. 나는 그 지게를 지고 한참이나 집안 이곳저곳을 뱅뱅 돌았다. 조부와 부친을 좀 더 오래 느껴보고 싶었기 때문이다. 그러기를 한 시간이나 했을까, 나는 다시 지게를 내려놓으려 하는데 아뿔싸 지겟작대기가 보이지 않는다. 아까 어딘가 놓아뒀었는데 기억이 잘 나지 않는다.

지겟작대기가 없으니 지게를 세울 수가 없다. 나는 지게를 진 채로 두리번거리며 집 안 구석구석을 뒤져 겨우 지겟작대기를 찾았다. 그렇게 지겟작대기로 지게 중간을 받쳐 드디어 원래 그 자리에 지게를 세울 수 있었다.

그 순간이다. 나는 그 지게를 유심히 바라보다 무릎을 탁 쳤다. 인제 보니 지게는 발이 두 개가 아니라 세 개였다. 발 두 개로는 지게를 지탱할 수 없고 반드시 지게의 중심을 이루는 지겟작대기까지 더해져야 비로소 지게의 발이 완성되는 것이었다.

순간, 사과나무 밑에서 사과가 떨어지는 것을 보고 만유인력을 발견했다는 뉴턴이 떠오른 까닭은 무엇일까. 나 역시 뉴턴처럼 오랫동안 고민했던 뭔가가 뻥 뚫린 기분이 들었다. 시원한 생수를 마셔 목마름이 날아간 기분이 들었다.

내가 공산주의를 이기기 위해 그동안 그토록 파고들었던 유물론, 세계사, 유학, 철학, 과학… 거기서 나는 학문의 깊이를 깨닫는 희열을 맛보았지만 뭔지 알 수 없는 목마름이 있었다. 드디어 동양의 이원론을 이용하여 이론적으로 그를 누르고 일원론에 입각한 공산주의를 이겼건만, 그 사무실 문을 박차고 나올 때 드디어 자유로운 몸이 된 것처럼 느꼈건만, 그런데도 나에겐 설명하지 못할 목마름이 있었다. 아마도 그래서 조부와 부친이 꿈에 오셨을 때 나에게 웃음을 보여주지 않았던 것 같다.

이제 나는 적어도 그 목마름에서는 벗어날 수 있을 것 같다. 그리고 오늘 밤 꿈에는 활짝 웃는 모습으로 서로 껴안는 조부와 부친을 만날 수 있을 것 같다. 물론 다시 목마를 수 있겠고 다시 답답할 수는 있겠으나 나에게는 조부와 부친이 있기에 이제 당당히 세상 속으로 나아갈 수 있겠다.

산화 散華

몽환은 아들의 장례식이 치러지는 동안 평상심을 유지하려고 애를 썼다. 그는 눈물을 보이지 않았고 조문객이 와서 그를 위로하면 다 자기 팔자 사나운 탓으로 돌리고는 무덤덤하게 대화를 나눈 뒤에 문상객을 돌려보냈다.

장례식 둘째 날에 방깨 삼현 선생이 찾아왔다. 그는 빈소를 보고 나서 몽환이 앉아 있는 사랑방으로 들어왔다. 그는 몽환의 손을 잡고 눈물을 흘리며 진심으로 사과했다.

"동숭! 으흐흐, 동숭 낯을 볼 면목이 없네. 내 몬난 자슥 놈이 헌 일이기는 허지만 다 내 죄일세. 이러코롬 엄청난 내 죄를 자네헌티 무신 수로 보상해야 헐지 모리겠네. 자네도 알다시피 진송은 내 제자임시로 내 자석과 똑같이 여기고 살지 않았능가? 그런 내 맴이 이리도 씨린디 자네 맴이야 오죽허겠능가? 다 내 잘못일세. 다 내 죄인깨로 나를 원망허시게."

"성님! 내가 어찌 성님 맴을 모리겠십니꺼? 다 압니더. 그런깨로 너무 상심허지 마이소. 그기 다 내 자슥 놈 팔자 아이겠십니꺼?"

"동숭-! 말만 해도 고맙네. 그래도 어떻던가 심지를 단다이 허고 자식 생각일랑 빨리 잊아삐리게. 내는 이번 일로 자네 건강을 해칠까 그기 더 걱정일세."

"성님, 걱정 놓으이소. 내 걱정은 말고 성님도 바쁠 낀디요. 고마 집에 돌아가시서 볼일 보이소."

삼현 선생은 몽환의 만류에도 불구하고 자리를 지키며 이런저런 이야기로 몽환의 마음을 위로하다가 집으로 돌아갔다. 뒤이어 무구동에 사는 회정 선생이 부고를 받고 문상을 왔다.

"아이고, 사형! 이기 무신 청천벽력 겉은 일이란 말이오? 조선 천지에 사형 자제분맨키로 법 없이도 살 착헌 사람헌티 이기 무신 당치도 않은 날벼락이란 말이오? 하늘도 참 무심헙니더."

"회정 선생! 그라내도 바쁠 낀디 먼다꼬 먼 길을 찾아오싰십니꺼? 우신애 요기부터 좀 허고 시시지요."

"이 마당에 요기는 무신 요기요? 세상이 아무리 험허다꼬 이래서는 안 데지요. 그놈의 공산주의가 머신지? 사람 목심을 이리 함부로록 건아 가서야 데겠십니꺼? 그래, 그런 무작헌 일을 벌인 사람이 삼현 선생 자제라 카던디 참말입니꺼?"

"그라내도 조끔 전에 삼현 성님이 댕기 갔십니더. 내 자식 팔자가 다 그런 걸 남 탓을 해서 무신 소용이 있겠십니꺼?"

"허, 참, 우쩌다 점잖은 삼현 선생허고 사형 새에 이런 일이 다 일어 난단 말입니꺼? 두 사람이 그동안 호형호제험시로 친형제보담 더 친 허기 지낸 새였는디…. 운멩의 장난치고는 참 얄궂은 인연입니더. 우찌 이리 안타까울 수가 있단 말이요?"

몽환은 작은아들을 시켜서 회정 선생의 식사 대접을 하도록 했다. 잠시 후에 회정 선생이 식사를 마치고 오자 몽환이 한 가지 청을 했다.

"회정 선생님, 미안허지만 부택이 한 개 있는디 말씸디리도 데겠십니 꺼?"

"예, 머이던지 말씸해 보이소. 무신 일입니꺼?"

"다린 기 아이고 양밭꼴 산에 가모 전에 쓴 메느리 산소가 있는디요. 내 큰아 묘 자리를 그 자리에 같이 씰라고 헙니더. 그 자리를 장지로 정해도 괜찮은 모 자린지 좀 봐 주실랍니꺼?"

"예, 그리 허고말고요. 내를 그리로 안내해 주이소."

"소남 동숭, 회정 선생님 모시고 장지에 좀 댕기 오게."

몽환은 조카가 위급하다는 급보를 받고 산청에서 집에 와 있는 동생에게 회정 선생의 안내를 부탁하였다. 두 사람은 양밭골 장지로 향했다.

지소들판에는 벼 이삭이 9월의 따사로운 햇볕을 받아 알맹이가 영 글어 무거워진 고개를 숙이고 바람에 흔들거리고 있었다. 몽환은 사랑 방 마루에 앉아 자식의 일로 심란해진 마음을 달래기 위해 담배를 피 우고 있었다. 그때 다섯 살 된 손자 만식이가 세 살배기 동생 옥식이의 손을 잡고 사립문을 들어서며 마당에서 우케를 널고 있는 며느리에게 말했다.

"엄마, 내가 살[4] 밖에 아부지가 저리로 가는 걸 봤는디."

"머시? 너 아부지를 봤다고? 그기 참말이가? 그래, 어디로 가대?"

"저-, 지수깨 꼬랑 있는 디로 가던디."

"그래, 알겄다. 너 아부지가 그리로 가던가 배? 하모 갈라모 그리로 갔일 끼다."

몽환은 어린 손주와 서른여덟 살에 청상과부가 된 며느리가 나누는 대화를 듣고는 억장이 무너지는 것 같았다. 앞으로 저 젊은 며느리와 어린 손자들이 살아갈 험난한 미래를 생각하니 눈물이 앞을 가렸다.

다음 날, 몽환은 아침을 먹고 나서 큰머슴 장 센을 불렀다.

"장 센, 요새 우리 큰 소가 살이 좀 빠진 거 아이가?"

"예? 제는 잘 모리겄는디요. 그새 살이 빠진 거 겉이 비던가요?"

"아매도 그런 거 겉네. 내가 오늘은 소꼴을 좀 베 와야겠네. 바지개 허고 낫 좀 갈아서 챙기 놓게."

"예, 그리 허지요."

몽환은 지게를 지고 소꼴을 벤다고 대문을 나섰다. 그는 지수깨 도랑을 건너서 분두골 쪽으로 걸어갔다. 그런데 그는 자기 밭두렁에 이르러 풀이 무성한 곳이 있는데도 풀을 베지 않고 그냥 지나쳐 갔다. 그러고는 곧장 가장골 고개를 넘어서 양밭골 쪽으로 정신 나간 사람처럼 터벅터벅 걸어갔다.

---

4) 사립문

그가 다다른 곳은 묘를 쓴지 얼마 안 되는 아들의 묘소였다. 몽환은 아들의 무덤 옆에 지게를 지겟작대기로 받쳐 세워놓고 잔디밭에 앉았다. 그는 멀리 소-산을 바라보다가 담뱃대에 불을 붙여 담배를 피우기 시작했다.

몽환의 마음은 지난날 결혼하여 새실에서 이삿짐 석 짐을 지고 지소 웃물에 있는 초가삼간으로 이사 와서 신혼 살림살이를 하던 때로 돌아가 있었다. 그는 담배를 피우면서 혼잣말로 중얼거리기 시작했다.

"야아야! 애비가 왔다. 내 말 들리나?"

몽환은 자리에서 일어나 무덤 위의 잔디를 두 손으로 쓰다듬으며 아들과 대화를 나누기 시작했다.

"웃몰 오둠패이[5] 집에 이새 와서 살다가 달디이[6] 겉은 네를 얻었을 적에 내는 온 세상을 다 얻은 거보다 기뻤단다. 그때 어린 네는 내 희망이고 내 인생의 전부였느니라. 그러던 네가 인자 이 애비 대신에 그 기헌 목심을 베리고 저승 가는 길에 애비를 앞장서고 말았고나. 이 호로자슥아! 으흐흑, 그런디 공산주의 놈들은 지주를 인민재판으로 직인다 쿠더마 방깨 종세 그 무작시런 놈은 지주인 내는 가마이 냐두고 와 죄 읎는 네를 잡아간단 말이고? 그래 놓고 내 가심에 대못을 박아? 이 천하에 몹씰 놈아. 으흐흐, 내 아들아! 내 가심이 찢어지디 아파서 내가 몬 살겄다. 으흐흐."

---

5) 오막살이
6) 달덩이

몽환은 무덤 위에 엎드려서 큰 소리로 울기 시작했다. 그동안에 참고 참았던 눈물이 한꺼번에 비 오듯이 쏟아져 내렸다. 저 가슴 속 깊은 곳에서 오랫동안 억누르고 억눌러 왔던 슬픔이 흐느낌에서 시작하여 엉엉 우는 소리로, 그리고 아이고, 으흐흐, 울부짖는 통곡 소리로 크기를 더해갔다. 몽환의 애절한 통곡 소리에 산소 옆에 서 있는 떡갈나무 잎이 파르르 떨리며 흔들거렸다.

"불쌍헌 내 아들아! 네가 죽기 전에 그렇게 소원했던 병원 한번 못보낸 기 후회막급이구나. 이기 다 내가 못난 탓이니 이 애비를 원망허거라. 그러고 이승에서 미련은 다 버리고 부디 맴 비우고 황천길로 가거래이. 인생살이 다 공수래공수거 아이겠나? 북망산의 현관문玄關門[7]을 지나거들랑 거기서 좋은 새 기운을 받아서 이승에서 못다헌 생을 다 누리고 잘 살도록 허거라. 이 애비가 빌고 또 비마. 진송이 내 아들아! 네는 이번 전쟁 때 미군도 살리 보내고, 네 사촌 동생도 살리 주고, 빨갱이 네 동서허고 처조카허고 네 아들 처남도 살리 주고, 고전멘 빨갱이들 다 살리 줌시로 정작 네 목심은 지키지 몬 했고나. 네 죽음이 헛데지 않허고로 이승에 두고 간 네 식솔들은 내가 잘 보살피 주마."

몽환은 무덤을 감싸 안듯이 두 팔을 벌려 죽은 자식의 몸뚱이를 껴안으려는 자세로 잔디를 쓰다듬으며 눈물을 비 오듯이 흘렸다.

"내 아들아! 회정 선생 말씸이 이 묘 자리가 네 후손들헌티 길헌 자리라고 허더구나. 네가 쌓은 선이 복이 돼서 네 식솔들헌티 다 돌아가

7) 북망산에 있는 이승에서 저승으로 넘어가는 문. 새 기(氣)를 받는 곳이라고도 함.

고로 내가 꼭 힘써 주마. 그런디 진송아! 이 애비는 그 무작시런 종세 그놈을 원망험시로 살지는 않을 끼다. 제놈이 진 죄가 어디 가겠나? 그 기 다 제놈 업보니라. 제놈 팔자가 얼매나 잘 풀리는지 내가 두고 볼 끼 다. 진송아! 내는 네를 내 가심에 묻고 살 끼다. 그런깨로 네는 부디 저 승에 가서 마음 펜히 잘 살거래이. 이 애비가 부탁허고 또 부탁허마."

몽환은 또다시 흐느끼다가 무덤 주위를 살펴보니 잔디가 듬성듬성 빈 곳이 눈에 띄었다. 몽환은 이미 축축해진 옷소매로 눈물을 훔치고 나서 잔디가 빈 곳에 뿌릴 잔디 씨를 모으기 시작했다.

손안에서 잔디 씨앗이 훑어지는 소리가 들려왔다.

"오드득 오드득."

잔디 씨를 훑어 모으는 그의 손에 힘이 더해져 갔다.

붉은 지게 전 5권